김구─한국 독립운동의 큰 별

서연비람은 조선 시대 왕궁 내, 강론의 자리였던 서연(書筵)에서 강관(講官)이 왕세자에게 가르치던 경전의 요지를 수집하여 기록한 책(비람備覽)을 말합니다. 서연비람 출판사는 민주주의 국가의 주인인 시민들 역시 지속 가능한 과거와 현재, 미래의 이치를 깨우치고 체현해야 한다는 믿음으로 엄선한 도서를 발간합니다.

역사와 문학 비람북스 인물 시리즈

김구 – 한국 독립운동의 큰 별

초판 1쇄 2023년 09월 29일
지은이 김상렬
편집주간 김종성
편집장 이상기
펴낸이 윤진성
펴낸곳 서연비람
등록 2016년 6월 29일 제 2016-000147호
주소 서울시 강남구 남부순환로 2909, 201-2호
전자주소 birambooks@daum.net

ⓒ 김상렬 2023, Printed in Korea.

ISBN 979-11-89171-61-2 44810
ISBN 979-11-89171-26-1 (세트)

값 9,800원

역사와 문학

비람북스 인물시리즈

김구

한국 독립운동의 큰 별

김상렬 장편소설

서연비람

차례

작가의 말   7

1. 동학군의 '아기 접주'가 되다   11
2. 소년 안중근과의 만남   32
3. 감옥에서 배운 진리의 길   55
4. 질긴 인연은 다시 시작되고   82
5. 낯선 땅, 상하이 임시 정부   112
6. 호랑이를 잡으려면 호랑이 굴로   146
7. 탈출, 또 탈출의 망명시대   178
8. 피난길에 꽃피운 독립운동   201
9. 아, 해방! 고국으로 돌아오다   234
10. 꿈에도 소원은 남북통일   256

장편소설 김구 해설   283
김구 연보   287
장편소설 김구를 전후한 한국사 연표   293

작가의 말

문화민족을 사랑한 애국자

백범 김구는 진정 우리 민족의 큰 스승이며 나라 사랑에 있어서 자랑스러운 귀감이다.

그는 오롯이 '투혼의 운명'을 타고난 사람이었는데, 어렸을 땐 상놈의 굴레를 벗어나기 위한 서당 공부로, 피 끓는 청년기엔 동학 접주로서의 위정척사 운동으로 그 빛나는 투쟁의 역사를 시작했다. 낯선 중국 땅의 임시 정부에선 무서운 항일 독립전선의 최전선에서 목숨 걸고 왜적과 싸웠으며, 격동의 해방정국에선 치열한 반외세, 반통일 세력과 외로운 투쟁으로 일관하였다. 따라서 자나 깨나 숱한 억압자들에 대한 불타는 저항정신으로 맞서 온 당신의 일생은, 애국의 참뜻이 무엇이며 나라를 위해 어떻게 행동해야 하는가를 생생하게 보여준다.

그는 우선 성품이 강직하고 솔직담백하였다. 일단 옳다고 판단한 일이면 하늘이 두 쪽 나더라도 끝까지 밀어붙이는 혁명성을 유감없이 발휘하였는데, 사리사욕을 접은 대의 앞에서는 더욱 그러했다. 이 어찌 복잡하고 혼탁한 오늘의 어지러운 국제 상황과 시대적 위기 앞에서 모범으로 삼지 않을 수 있으랴.

네 소원이 무엇이냐 하고 하느님이 물으시면 나는 서슴지 않고 '내 소원은 대한 독립이오' 하고 대답할 것이다. 그다음 소원은 무엇이냐고 하면 나는 또 '우리나라의 독립이오'라고 할 것이요, 또 그다음 소원이 무엇이냐 하는 세 번째 물음에도 나는 더욱 소리 높여 '우리나라 대한의 완전한 자주독립이오' 하고 대답할 것이다.

『백범일지』에 기록된 이와 같은 다짐을 보더라도, 그의 애국심이 얼마나 올곧은지 충분히 미루어 짐작할 수 있을 터이다. 거기에 덧붙여 무력의 독재국가가 아닌 찬란한 '문화강국'을 한결같이 강조하고 있으니, 오늘날의 눈부신 '한류 문화'의 힘이 과연 어디에서 비롯된 것인지 오늘에 새삼 되새겨 음미해 봄 직하다.

2023년 8월 15일
김상렬

1. 동학군의 '아기 접주'가 되다

저 못난 얼굴이 과연 누구인가?

열일곱 살의 창암(昌巖)은 스스로 고개를 가로저었다. 보면 볼수록 못생기고 거친 자신의 모습이었다. 건들면 툭 터질 것 같은 예민한 감수성과 피 끓는 의기, 누구보다도 빨리 어른이 되었다고 자부하는 조숙한 자존심으로 똘똘 뭉친 그였지만, 남의 관상 봐주기 전에 스스로의 생김새부터 더 자세히 살필 요량으로, 유심히 거울을 들여다보았던 게 불찰이었을까, 관상학적으로는 영 아니다.

그러나 거울 속의 그 얼굴은 도무지 종잡을 수가 없다. 어쩌면 화가 나 있는 것 같기도 하고, 또 어쩌면 알 수 없는 고뇌의 늪에 깊이 빠져 있는 것 같기도 하였다. 아무리 뚫어질 듯 뜯어보아도, 거울 속 자신의 얼굴이 결코 어느 한 군데 귀하다거나 부유한 관상은 아니라고 그는 결론지었다. 툭 불거진 광대뼈에 뭉툭하게 퍼진 콧마루와 메기 같은 입, 거기에 얼금얼금 성긴 곰보 자국까지 덧붙여졌으니 더 설명해 무엇 하리. 그나마 다행인 것은 타고난 건강체의 우람한 골격에서 뿜어져 나오는, 엄청난 힘의 소유자라는 사실이었다.

　내가 상놈 출신이라서 그런가?

　거울에서 시선을 뗀 그는 혼자 실소를 머금는다. 그 '상놈'의 굴레를 어떻게 좀 훌쩍 벗어나 보려고 무던히도 서당 공부에 매달리며 과거 시험까지 보았던 것이나, 부정한 답안 작성이 판을 치는 그 과거장에서도 낙방하여, 이제는 고작 풍수, 관상쟁이 노릇이나 하려고 잔뜩 목을 빼고 앉아 있음에랴!

　하지만 사람 관상을 공부하니 그 사람의 마음까지도 쉬 읽을 수 있었다. 관상을 공부하니 상대방의 뱃속까지도 훤히 들여다보였다. 천 리 밖에 있어도 그 사람의 눈이 보이고, 말이 들리고, 행동이 드러났다.

　그렇지만 차츰 시간이 흐르면서 김창암의 생각에 새로운 변화가 일기 시작했다.

　단지 마음만 착해서 뭐 하나? 그리고 또 본디 바탕이 착하지 않은 사람도, 그렇게 갈고 닦으면 마음 좋은 사람이 될 수 있는가? 아, 인간의 본능 어린 성정은 과연 노자의 말씀대로 착한 것인가, 아니면 순자의 성악설대로 악독한 것인가?

　이와 같은 의문들이 바로 그것이었다. 따라서 그는 이 착한 마음을 어떻게 다른 사람들에게 옮겨 따르게 하고, 나와 남과 세상을 위해 써먹을 수 있느냐에, 비로소 올바른 마음 공부의 의미가 있다는 생각이었다. 요컨대 그 마음을 어떻게 현실과 접목시키고 생생한 우리의 삶의 한 방편으로 실천하느냐가 중요하다는 것이었다.

그로부터 김창암이 다시 얻어낸 결론은, 우리가 배우는 학문과 인생의 가치관이 어느 한 군데에 머물러 있거나 집착으로 치우쳐서는 결코 안 된다는 사실이었다. 오로지 마음만을 힘써 닦고 조이는 게 아니라. 마음과 몸과 얼굴을 함께 아우르며 수련하는 게 참된 공부의 길이었다. 그래서 유난히 글 읽기를 좋아하던 그가 새로 손에 잡은 책이『손자병법』과『육도삼략』등을 깊이 탐구하며 흥미롭게 읽었는데, 지금껏 정신없이 빠져 왔던 서당의 한문이나 과거 시험용의 까다로운『사서삼경』보다도 더 친근하게 와 닿는다는 걸 그는 느꼈다. 우선 재미가 있었고, 험한 세파 이겨나가는 데 직접 도움을 주는 내용들로 채워져 있어서였다.

이리하여 창암은 용감하며 너그럽고, 학덕이 많으면서 또한 두루 융통성 있는 인격자로서의 탑을 스스로 말없이 쌓아갔다. 항상 자신 없고 주눅 들린 상놈의 얼굴을 과감히 벗어 던지고, 근엄하면서도 인자한 지도자로서의 모습을 차근차근 만들어가고 있었다.

사방에서 이상한 소문이 들려오기 시작한 것은 바로 이 무렵이었다.

어떤 이는 나라가 발칵 뒤집혀 새 세상이 오고 있다고 하였고, 또 어떤 이는 남쪽 어디에서 위대한 한 사람이 나타나 별의별 기적을 다 보여준다고도 하였다.

"허, 물 위를 걸어 다니고 하늘을 날아다닌다잖은가. 바다를 오가는 대형 선박들을 떠억 가로막고서는, 일일이 세금을 거둬 불쌍한 사람들 위해 쓴다더군."

"조선은 이제 없어질 것이여. 정 도령[1]이 계룡산에 새 도읍을 정해 새 나라를 건국한다니 우리도 어서 그리로 가야할 것이여."

"그 이인[2]을 믿는 무리들이 벌써 동학당[3]인가 뭔가를 만들어 떼 지어 산다는구먼. 바로 우리 이웃 동네에도 그런 도를 믿고 따르는 도인이 살고 있다니까, 그 양반한테 한번

---

1 정 도령(鄭道令): 『정감록(鄭鑑錄)』에 나오는 인물. 조선이 망하면 계룡산에 새로운 나라를 세울 사람이라 하였다.
2 이인(異人): 재주가 신통하고 비범한 사람.
3 동학당(東學黨): 조선 후기, 최제우를 교조로 하는 동학도의 집단.

물어봐야겠어."

이런저런 소문들이 꼬리의 꼬리를 물었다. 창암은 귀가 솔깃해졌다. 한시라도 빨리 이웃 동네에 산다는 한 동학 도인이라도 달려가 만나보고 싶었다. 포동(浦洞)의 오응선(吳膺善)이라고 했다. 그를 만나면 뭔가 불분명하고 어지러운 앞날이 활짝 열리게 될 것 같았다. 해는 어느덧 1893년으로 접어들고 있었다.

한창나이 열여덟 되던 그해 정월 어느 날, 창암은 비로소 정갈하게 목욕재계하고 집을 나섰다. 며칠 전부터 고기와 술을 일절 끊고 지내면서 정성스레 몸을 씻은 다음 머리 땋고, 그 깨끗한 육신 위에 또 푸른 도포 차림으로 갖은 정성 다하여, 포동의 오응선 댁을 방문한 것이다.

그이는 과연 떠도는 소문처럼 유별나고 색다른 데가 있었다. 우선 그 집 안에서 들려오는 책 읽는 소리부터가 달랐는데, 서당에서 경을 읊조릴 때와는 영 딴판으로 마치 노래하는 듯했다. 거기에 집주인 오응선이 점잖게 앉아 있었다. 창암은 넙죽 엎드려 절하였다. 위엄을 갖춘 양반 차림의 그 역시 공손한 맞절로 응대하고 나서, 나직나직한 음성으로 묻는다.

"귀한 젊은이가 어려운 걸음을 하셨구려. 도령은 어디서 오셨소?"

"예, 저는 백운동 텃골에 사는 김창암이라고 하옵니다. 아직 어린 나이이니 우선 말씀부터 낮추십시오."

"천만의 말씀이오. 우리는 다 같이 동등한 사람이외다. 동학의 큰 가르침은 '인내천[4]'입니다. 사람이 곧 하늘이라는 뜻이지요. 그러므로 우리한테는 남녀노소, 빈부귀천의 차별이 있을 수가 없습니다. 조금도 미안해 마시고, 어서 찾아오신 뜻이나 털어놓으시지요."

"예, 고맙습니다. 하찮은 저를 이렇게 환대해 주시니, 그것만으로도 여기에 온 목적을 벌써 다 이룬 것 같습니다."

창암은 감격에 겨운 음성으로 대답했다. 그것은 사실이었다. 도대체 언제 누구한테서 이런 깍듯한 사람대접을 받아 보았단 말인가. 오응선이 다시 말을 이었다.

"동학이란 한마디로 하늘을 사람처럼, 사람을 하늘처럼 섬기는 교로서, 유교와 불교, 도교를 절충하여 통일한, 우리 고유의 민족혼을 그 본바탕으로 삼고 있지요. 우리는 이를 하늘님이라 부르는데, 하늘님이란 또 무엇이냐? 그건 어디 신령스러운 존재로 먼 곳에 따로 있는 것이 아니라,

---

4 인내천(人乃天): 사람이 곧 한울이라는 천도교의 기본 사상.

음양의 조화로써 움직이고 일하는 그 모든 중생들을 일컫는 것입니다. 생명을 유지하기 위해 일하고 밥 먹는 내 이웃들, 말 못 하는 짐승이나 나무, 풀, 벌레들이 다 하늘님입니다. 음과 양이 서로 물고 물리면서 조화를 이루는 이치처럼, 그것은 곧 남녀평등과 양반, 상놈 따위의 빈부귀천 없는 세상을 실현함으로써 가능하지요."

"그렇게 훌륭한 깨달음을 맨 처음 밝히고 전하신 분은 누구신지요?"

"수운(水雲) 최제우 선생입니다. 열여섯 어린 나이에 집을 나가 서른일곱에 동학을 만들어 포교하였더니, 사방에서 구름떼처럼 일어나 따르고 번성하게 되었지요. 그에 놀란 당국의 폭압에 그만 억울히 순교하시고, 지금은 그분의 조카 되시는 해월(海月) 선생이 대도주가 되어 포교 중입니다."

"무릇 종교에는 그 믿음을 위한 계율이 있게 마련인데, 동학에선 어떻게 가르치는지요?"

"예, 우리는 그것을 십무천(十毋天)이라 이릅니다. 그 첫째가 무기천(毋欺天), 즉 하늘을 속이지 말라지요. 그리고 계속, 하늘을 업신여기지 말라, 하늘을 다치지 말라, 하늘을 어지럽히지 말라, 하늘을 죽이지 말라, 하늘을 더럽히지 말라, 하늘을 굶기지 말라, 하늘을 부수지 말라, 하늘을 싫어하지 말라, 하늘을 굴복시키지 말라, 인데, 여기에서의 하늘은 곧 '사람'으로 바꿔 불러도 무방합니다. 사람이 곧 하늘이니까요."

"정말 제 마음에 쏙 들어오는 가르침입니다. 선생님께서 허락해 주신다면, 내일 다시 와서 정식으로 입도하겠습니다."

그리하여 창암은 마침내 동학교도가 되었다.

이를 계기로 해서 늘 쓰던 이름마저 김창수(金昌洙)로 바꾸었다. 지금까지의 상놈 신분에서 훌훌 벗어나, 진정 새로운 생명의 의미로 거듭나겠다는 결의에서였다.

새로이 살길을 찾아낸 김창수는, 이제부터는 거의 광기에 가까운 완전한 동학교도였다. 언제나 맑은 마음, 칼날 같은 자세로 그 경전 공부와 기도에 여념이 없었으며, 가까운 일가붙이와 이웃, 주위 사람들에게 널리 포교하는 일도 게을리하지 않았다.

김창수가 그렇게 동학의 세계에 깊이 빠져들수록, 그에 대한 수상한 소문은 또 꼬리를 물고 산지사방으로 퍼져 나갔다.

"그 사람 눈빛이 이상해졌는디, 남의 속을 훤히 꿰뚫는다더라. 창자 속, 마음속까지도 다 들여다본다더라. 어마어마한 장사가 다 됐는디, 열 놈이 덤벼들어도 당최 당해낼 수가 없다는구먼!"

이렇듯 거짓말을 보태고 황당한 상상력까지 동원해 가며, 사람들은 한껏 신바람을 일으켰다. 김창수가 손을 내저어 아무리 부정해도 소용이 없었다. 한번 불붙은 그 이상한 소문은 굴리면 굴릴수록 더욱 가속도가 붙어, 이 골목 저 동네를 마구잡이로 휩쓸고 다녔다. 김창수에 대한 근거 없는 소문은, 어느덧 황해도를 넘어 평안도에까지 이를 지경이었다. 그래서 그는 이미 수백 명의 동학교도를 거느리는, 일대에서 가장 나이 어린 접주5로 불리고 있었다.

그러나 정식으로 접주가 되기 위해서는, 해월 대도주의 직접 대면과 까다로운 승인을 거쳐야 했다. 오응선은 말했다.

"이제 때가 되었으니, 충청도 보은에 계신 대도주님을 찾아뵈시오. 이번에 황해도 지방 접주 열다섯 명을 뽑는다는 연락이 왔소이다."

"고맙습니다. 비로소 저도 인정받는 사람이 되었군요."

김창수는 곧 열다섯 명의 황해도 예비 접주들과 함께 보은으로 향했다. 그중에서도 그의 교도들이 가장 많은 편에

---

5 접주(接主): 동학 교단의 한 지역 책임자.

속했는데, 동학 혁명이 일어나던 해인 1894년 가을이었다.

산을 넘고 물을 건넜다. 덩굴진 언덕과 흙먼지 풀썩이는 황톳길도 걸었다. 이렇게 멀리 집을 떠나보기는 생전 처음이었다. 이윽고 목적지인 보은 장내리 마을에 도착하였다.

동네 전체가 온통 동학의 기운으로 넘쳐흘렀다. 어딘지 신비스럽고 괴이쩍기도 한 분위기가, 어리바리 들어서는 김창수 일행을 한순간에 압도하였다. 야릇한 그 공기는 내내 사방에서 밤안개처럼 스멀스멀 피어오르고 있었고, 매캐하게 맴도는 촛불과 향 타는 냄새, 밥 짓고 국 끓이는 냄새, 한약 달이는 냄새가 한데 뒤섞여 난무하였다. 이 집과 저 골목에서 합창처럼 흘러나오는, 주문 외는 소리 또한 대단하였다.

그러나 교주님 해월 최시형(崔時亨)은 지극히 평범한 시골 노인이었다. 시골구석 아무 데서나 흔히 만나 볼 수 있는 촌로였으되, 해맑고 갸름한 얼굴과 두 눈동자에서 뿜어져 나오는 쏘아보는 듯 형형한 눈빛은, 여느 예사 사람과는 또 확연히 다른 데가 있었다. 주름진 목덜미께로 흘러내린 수염 또한 상대방을 제압하는 묘한 마력이 엿보였다.

황해도 예비 접주 열다섯이 한꺼번에 머리 조아려 무릎 꿇고 절하자, 해월 역시 깍듯한 맞절로 일행을 맞았다. 그

리고 모두들 편히 앉으라면서,

"이렇게 멀리까지 수고스레 오셨군요. 안 그래도 시국이 어지럽고 수상한데 다 함께 힘을 합쳐야지요. 잘들 오셨소이다."

잔뜩 반가움을 실어 일행을 꼼꼼히 둘러보았다. 그러고는 다시 당신 좌우에 앉아 있는 두 측근 제자를 친절히 소개하였다.

"이쪽은 손병희(孫秉熙)고, 또 이쪽은 김연국(金演局)인데, 앞으로 여러분의 좋은 동지가 되어드릴 것이오."

해월의 두 측근 역시 일행을 따뜻하게 맞아 주었다. 나중에 안 일이긴 하지만, 둘 다 해월의 사위라고 했다. 나이가 더 많아 보이는 김연국은 순박한 농군 그대로였으나, 눈빛이 당돌한 손병희는 여러모로 사뭇 달랐다. 쌓은 지식도 꽤 많아 보였고, 언행에서 풍기는 과단성이나 지도력 또한 뛰어났다. 일행의 명단을 해월에게 제출하자, 정작 그것을 검토하고 처리하는 쪽은 오른팔 격인 손병희였다. 그가 말했다.

"여러분도 잘 아시다시피, 지금 우리 동학당은 내외로 아주 어렵고 힘든 처지에 놓여 있습니다. 썩어빠진 조정의 탄압은 날로 더욱 심해지고 있는 형편이니까요. 거기에다 올

봄에 불길처럼 일어났던 동학 농민 의거가 겨우 가라앉을
만해지자, 우리를 겨냥한 청일 전쟁이 일어났고, 급기야 거
기에서 이긴 왜놈들이 이제는 이 나라를 송두리째 말아먹
으려 하고 있습니다. 오늘 이곳에 저리 많은 교도들이 모여
든 것은, 왜놈, 뙤놈, 양놈, 이씨 조선놈 할 것 없이, 안팎으
로 우리를 압박해 조여드는 놈들에게 대항하기 위해섭니
다."

"전라도 고부에서는 벌써 전봉준이 다시 일어났다고 합
니다."

때맞춰 잠시 밖에 나갔다 들어온 김연국이 자기 스승을
향해 서둘러 보고한다. 잔뜩 상기된 얼굴로 그가 계속하였
다.

"아무개 군수는 우리 책임자 교도 가족을 다 체포, 가두
고 전 재산을 강탈해 갔답니다. 남도 지방은 지금 아수라장
인 모양입니다."

"허, 이놈들이!"

해월의 턱수염이 한순간 바르르 떨렸다. 인자하던 그 얼
굴이 이내 노기충천하였다. 이윽고 무거운 그의 입에서 납
덩이 같은 동원령이 떨어졌다.

"미친개들이 물려고 덤벼 오는데 이대로 가만히 앉아서

당할 순 없지. 자, 모두들 죽창에 몽둥이라도 들고 나가서 싸웁시다!"

"……?!"

김창수를 비롯한 방 안의 일행은 잠시 어리둥절한 혼란 속에 빠져들었다. 예상치 않았던 엄청난 일들이 너무 갑자기 눈앞에서 일어나고 있어서였는데, 그러나 침착한 손병희는 동요하는 손님들을 차분하게 가라앉혔다.

"이미 예견되었던 일이니 너무들 걱정 마십시오. 여러분도 이 소식을 갖고 고향으로 돌아가시면, 적당한 기회를 봐서 함께 거사하시기 바랍니다."

그리고 그는 새로 임명된 열다섯 접주들에게 일일이 임명장을 끊어 주었다. 열아홉 살 청년 김창수는, 이제 고향의 팔봉산 이름을 따 명실상부한 '팔봉 접주'가 되었다.

그래, 바로 이거다!

김창수는 두 주먹을 불끈 쥐었다.

썩을 대로 썩고 병든 세상을 뿌리째 뽑아내 뜯어고치려면, 결국 칼을 들이댈 수밖에 없지. 그래도 안 되면 불을 질러야 하고, 폭파해 버려야 한다!

그는 비로소 참된 혁명의 의미를 온몸으로 깨달을 수 있을 것 같았다. 참된 종교의 길이 무엇인지를, 더럽고 분하고 억울한 불의와 맞서 싸우는 게 얼마나 큰 의미가 있는가를, 비로소 온몸 온 마음으로 느낄 수가 있었다.

그는 집에 도착하는 대로, 푸른 비단 천 위에 '팔봉도소6'라는 네 글자가 새겨진 기치를 높이 내걸었다. 어엿한 동학 접주임을 내외에 널리 알리고자 함이었다.

그리고 그 옆에 또 다른 깃발을 함께 올렸으니 '척왜척양7'이었다. 이는 물론 이 나라 이 민족을 짓밟고 강탈하려는, 저 사악한 일본과 서양 무리를 물리치자는 구호이겠으나, 그 속내를 좀 더 깊이 있게 들여다보면, 바로 그 외부 세력을 불러들인 못난 우리 위정자들을 겨냥하는 것이기도 했다.

황해도 접주들은 한데 모여 곧장 행동으로 들어가기로 결의했다.

가장 먼저 해주성을 공략하기로 했는데, 그 선봉대장으로 김창수가 임명되었다. 그가 비록 나이는 어리지만, 천성이 겁이 없는 장사인 데다가 평소 병법을 깊이 연마했다는

---

6 팔봉도소(八峯都所): 팔봉 지역의 동학 본부.

7 척왜척양(斥倭斥洋): 일본과 서양 세력을 몰아내자.

장점 때문이었다. 게다가 그의 밑에 딸린 교도 중 포수가 유난히 많다는 점도 크게 작용하였다.

김창수는 우선 포수들을 중심으로 하되, 자그마한 무기라도 그것을 갖고 있거나 다룰 줄 아는 이들로 군대를 편성하였다. 모자라는 총검은 주변의 부잣집들 호신용을 몰래 털어서라도 충당하기로 했다. 무장 동학군은 이내 구름떼처럼 모여들었다. 김창수는 곧 선봉에 나서 해주를 향해 말을 달렸다. 몇 명의 정찰대는 이미 해주성 주변에 침투되어 있거니와, 그들이 알아낸 적의 동태에 따라 이쪽 작전이 펼쳐질 거였다.

너무 느닷없이 만들어진 군대라 군기는 사실 엉망이었다. 각 도소별로 책임을 맡은 접주들이 그 중간 간부 노릇을 담당하기로 되어 있었지만, 한 번도 제대로 된 훈련을 거치지 않았기 때문에, 대오는 자꾸 흐트러지고 명령 또한 잘 먹혀들지 않았다. 그러나 군사들의 결의와 전투태세만은 하늘을 찌를 듯하였다. 저마다 주저 없이 제 발로 자원했을 만큼, 말 못 할 원과 한을 품고 있는 이들이라 더욱 그런지도 몰랐다.

이윽고 해 질 무렵 해주성 서문 밖에 도착하였다.

그들은 조심스럽게 선녀산 자락에 진을 쳤다. 날이 어두워지는 대로 공격을 개시할 작정이었다. 날이 어두워지자 김창수는 곧 작전 개시에 들어갔다.

"먼저 선발대가 남문으로 들어가시오. 그리고 내 지휘하의 팔봉 부대는 서문을 공격, 최대의 빠른 속도로 적진을 함락시킬 것이오. 사령부의 본대는 서문이든 남문이든, 우리가 밀리는 쪽에 증원해서 공격의 고삐를 바짝 죄어줘야 하오. 자, 돌격 앞으로!"

"돌격 앞으로!"

동학군은 일제히 해주성으로 달려들었다. 선발대가 남문을 향해 쏜살같이 떼 지어 내달리자, 김창수도 준비된 부대를 이끌고 서문으로 들이닥쳤다. 탕탕탕, 총소리가 콩 볶듯 들려온 것은 바로 그때였다. 총소리는 남문 쪽 성벽 위였는데, 일본군이 쏜 것이었다. 혼비백산 놀란 선발대는 벌써 사방으로 흩어져 도망치기 시작했고, 왜병들 총소리는 더욱 기세 좋게 울려 퍼졌다. 총 한 방 쏘아보지도 못한 채 그저 도망치기에만 바쁜 우리 쪽 꼬락서니를 보면서, 김창수는 차라리 쓴웃음이 나왔다.

곧이어 왜병들의 다연발 총탄에 맞아 죽은 아군이 몇 명이나 발생했다는 소리가 들려왔다. 그래도 김창수 부대는 성벽 아래에 바짝 붙어서 서문으로 접근, 맹렬하게 저항했다. 제아무리 성능 좋은 최신 무기로 무장한 적군이라고는 하지만, 김창수는 결코 놈들에게 물러서지 않고 끝장을 보고야 말겠다는 각오였다.

그런데 어디선지 빨리 퇴각하라는 고함이 들려왔다. 사령부 쪽이었다. 중앙에서 대기하던 그쪽 본대의 나약한 군사들 역시 뿔뿔이 도망치는 중이었다.

김창수는 어쩔 수 없이 그 명령에 따르지 않으면 안 되었다. 무슨 영문인지도 모른 채 서둘러 부대를 이끌고 숲속으로 퇴각해 갔더니, 남문 쪽에서 너무 많은 사상자가 발생했다는 것이었다. 이제 남은 병력은 본대의 잔류 인원 몇십 명과 김창수 부대뿐이었다. 남은 병력을 수습하고 난 김창수는 말했다.

"이것이 우리의 어쩔 수 없는 한계입니다. 일단 여기에서 몸을 피합시다. 그리고 다시 전열을 재정비해 봅시다."

"그럼 나도 몇 마디 물어보리다."

옆에서 묵묵히 듣고 있던 우종서라는 나이 든 인물이 비로소 입을 열었다. 남의 말을 열심히 경청할 줄 아는 김창수가 꽤나 미더운지 그의 표정은 더없이 온화했다. 하지만 그가 던지는 질문은 예리하고도 가슴속을 찌르는 것이었다.

"지금 일부에서는 동학당 때문에 청나라 군사가 들어왔고, 그 청군 물리쳐서 불쌍한 조선 독립시키겠다는 명분으로 일본군이 들어왔다 믿고 있는데, 왜놈들이 청나라 속국에서 우리를 독립시키겠다니 얼마나 웃기는 일이오? 어쨌든 놈들을 불러들인 건 결과적으로 동학당이라는 거외다. 접주는 어떻게 생각하시오?"

"동학혁명군은 다만 썩어빠진 이 나라 봉건 지배 계급을 물리치려고 일어선 것뿐이외다. 그 외세를 불러들인 건 조정의 못난 위정자들이지요."

"그렇게 해서 쳐들어온 왜놈들은 벌써 조선을 다 집어삼키고 있는데두요? 그렇다면 동학군은 도대체 누구를 상대로 싸우는 겁니까?"

"저는 이미 이곳으로 출정하기 전에 '척왜 척양'이라는 깃발을 내건 바 있습니다. 말 그대로 우리의 주적은 짐승과도 같은 저 외세, 그중에서도 당장 발등에 불인 왜놈들이지요."

"그럼 애초에 목표로 삼았던 이 나라 봉건 세력은?"

"물론 그 세력도 함께 쳐부숴야지요."

김창수는 본질을 파고드는 날카로운 우종서의 질문에 어쭙잖게 대응하느라 꽤나 식은땀이 났지만, 그래도 오랜만에 참다운 선배 동지를 만난 것 같아 퍽이나 기분이 좋았다. 그는 겸손한 자세로 다시 말을 이었다.

"그래서 힘이 드는 겁니다. 여러 선생들께서 많이 좀 도와주십시오."

"김 접주는 혹시 청계동의 진사 안태훈을 알고 계시오?" 하고 이번에는 정덕현이라는 사람이 다시 묻고 나왔다.

황해도 다른 접주들도 얼마쯤은 다 두려워하며 경계하는 존재였는데, 그곳은 바로 김창수 접주의 관할 구역이었다. 김창수가 고개를 끄덕이며 입을 열었다.

"그가 누군지 정체 파악은 아직 못했으나, 명성은 익히 들어 알고 있지요. 머지않은 장래에 우리와 어쩔 수 없이 붙지 않으면 안 된다는 사실까지도."

"알고 있다니 다행이오. 아무튼 구월산 일대에선 세력이 가장 돋보이는 부자로, 벌써 검문소까지 차려놓고 있는 사람이오. 몇백 명의 호랑이 사냥꾼들까지 사 모아 집결시키고 있으니, 단단히 대비하라는 말이오."

청계동의 안태훈 진사가 밀사를 보내온 건 그로부터 얼마 지나지 않아서였다. 김창수 고문 역할을 하는 정덕현을 통한 그 밀사의 전언 내용은 이러했다.

—동학군은 부디 자중하라. 그 접주 된다는 김 군에 대한 소문을 듣건대, 나이는 비록 어리지만 대담하고 덕스러워 군이 이쪽에서 먼저 치진 않을 터이나, 군이 먼저 청계동을 침범할 경우에는 큰 화가 미칠 것이다. 그러므로 서로가 함께 공존할 수 있는 군의 비책을 듣고 싶노라. 그 재주가 아까우니 군이 어려움에 처할 때 이쪽에서 도와줄 수도 있으리라.

이를테면 안태훈은 자신의 적일 수도 있는 김창수를 적당히 겁주면서 어르고 달래는, 이상한 작전을 보이고 있는 셈이었다.

사정이 이러함에도, 어쨌든 신식 무기를 가진 일본군에 의해 황해도 지역 동학군은 결국 전멸되었다. 아니, 온 나라를 단숨에 휩쓸어 버릴 것 같던 동학농민전쟁 자체가 중도에서 그만 실패하고 말았다. 무서운 기세로 용맹을 떨치며 북상하던 남쪽 동학군이, 최후의 격전지나 다름없던 공주 우금치 전투에서 패배하고, 녹두 장군 전봉준마저 전라도 순창에서 왜군에게 붙잡힘으로써, 그 장렬한 대단원의 막을 내리게 되었던 것이다.

그래도 김창수는 절망하지 않았다. 일단 복수의 후일을 도모하기로 하고, 몽금포 장산곶 쪽으로 지친 몸을 피했다.

나는 새도 출입하기 어려운 첩첩 벽지였다. 그는 그곳에서 나라가 조금 잠잠해질 때까지의 석 달 동안은 그저 죽은 듯 숨어 지냈다. 맏형 같은 정덕현이 다시 찾아왔다. 그는 이제 김창수한테 거리낌 없이 말을 놓을 정도로 아주 가까운 사이로 발전되어 있었는데, 이렇게 말했다.

"청계동으로 가세. 거기, 안 진사를 찾아 가면 많이 반가워할 거구먼."

"아니, 적장한테 제 발로 걸어 들어가서 무릎 꿇으라구요? 저더러 자진해서 포로 노릇하라구요?"

"이 사람이 성질 급하긴. 자네가 언제 그 양반하고 앙심 품고 싸운 적이 있었던가?"

김창수도 더 이상 용렬한 소인배가 되고 싶지 않았다. 그래서 둘은 곧 길을 떠났다.

2. 소년 안중근과의 만남

　청계동은 과연 별천지였다. 사방이 빼어나고도 험준한 산으로 둘러싼 동네 앞으로 한 줄기 긴 계곡물이 흘러가고 있는데, 마치 청량하게 흐르는 물소리가 살아 움직이는 듯했다. 40여 호나 되는 그 동네 일대가 거의 모두 안 진사네 소유라고 했으며, 마을 입구에는 아직도 수십 명의 사설 병사들이 낯선 이의 출입을 일일이 검문하고 있었다.

　그 주인 안태훈은 역시 그릇이 큰 사람이었다.

　"잘 오셨소이다. 건강한 몸으로 이렇게 나를 찾아주시니 고맙구려."

　그리고 그는 곧바로 김창수의 부모도 함께 모시고 오라 해서, 가까운 아랫마을에 집 한 채까지 마련해 주었다. 통이 큰 그의 넉넉한 배려로, 김창수는 이날부터 갑작스레 작은 왕국 같은 청계동 생활을 시작하였다.

　안 진사는 성품이 퍽 소탈하였다. 그의 사랑방이나 정자에는 늘 고명한 시인 묵객으로 붐볐는데, 안 진사의 여섯 형제 또한 다 술과 독서를 좋아하여, 사병들이 사냥해 오면

습관처럼 한데 모여 별난 산짐승과 새 고기 맛을 여러 손님들과 더불어 즐겼다.

그 사냥꾼 중에는 안 진사의 맏아들 중근(重根)이도 있었다. 아직 열여섯 살밖에 안 되었지만, 머리를 자주색 명주 수건으로 질끈 동이고서 짧은 돔방총이라는 걸 어깨에 메고, 날마다 어른 포수들 속에 섞여 사냥을 나갔는데, 그중에서도 제일 사격술이 좋을 만큼 재주가 영민하였다. 당돌한 그 아이는 김창수에게 물었다.

"형님은 글공부하는 것하고 총 쏘는 것 중 무엇이 좋습니까?"

"글쎄, 사내는 그 중 어느 한 가지만을 취하지 않고 둘 다 좋아해야겠지. 어느 것에도 막힘이 없어야 하니까."

"그래도 저는 사냥 다니는 게 더 재밌는데요."

"안 그래도 아버님이 걱정하시더군. 네 동생들인 정근이와 공근이는 곱게 머리 땋아 내린 도련님들로 서당에서 살다시피 하는데, 기대가 가장 큰 맏이는 항상 들로 산으로 쏘다닌다고 말이지."

"저도 둘 중 총쏘기를 더 좋아한다는 거지, 글공부를 싫어한다고는 하지 않았습니다. 나라는 지금 어떻게 돌아갑니까?"

"이 나라는 곧 망하고 말 거야. 청나라가 물러가자 왜놈들이 들이닥쳐 저리 설치고 있으니, 그러니 자네의 사냥 총부리도 이제는 말 못 하는 산짐승만 향할 게 아니라, 저 왜놈들한테로도 옮겨 보라구."

"형님은 여기 오시기 전에 동학을 하셨다는데, 구체적으로 동학이 뭡니까?"

"음, 동학은 말이지. 사람이 곧 하늘이고, 하늘이 곧 사람이라는 마음으로, 모두가 더불어 잘 살자고 모인 집단이라고나 할까. 아무튼 좋은 세상 만들려면 어떻게 해야 하나, 함께 고민하고 공부하는 곳이야."

김창수는 싱긋 웃으면서 사람은 죽을 때까지 공부하지 않으면 안 된다고 말했고, 안중근은 어린 나이답지 않게 보는 눈이 날카롭고 영특하였다.

이 무렵 안 진사의 사랑방에서 김창수가 만난 또 한 사람의 귀인이 있었으니, 바로 고능선(高能善) 선생이었다. 몸이 의젓하고 차림이 매우 검소한 노인이 가끔씩 들렀는데, 그때마다 집주인은 그를 지극히 공경해 맞이하며 높은 자리로 모시곤 하더니, 곧 김창수를 불러 친절히 소개해 주었던 것이다.

고능선은 당시 그쪽 지방에서 꽤 유식하고 품행이 바른

걸로 이름난 학자로서, 안태훈이 일부러 집안의 고문 선생으로 모시고자, 아예 딸린 식구들까지 청계동으로 함께 옮겨 거주케 한 모양이었다. 그 역시 어느새 김창수를 아끼고 사랑하였다. 어느 날 고능선은 말했다.

"창수 군, 내 서재로도 놀러 오게."

"예, 선생님이 미천한 저를 너그럽게 받아 주신다면, 평생 스승님으로 모시고 싶습니다."

김창수는 그날부터 틈만 나면 고능선 댁으로 한걸음에 내달렸다.

그가 거처하는 방 안은 고명한 선비답게 먹 냄새 질펀한 책들로 가득 둘러싸여 있었다. 생전 처음 그런 많은 양의 책 속에 파묻힌 김창수는, 자신도 모르게 그 무게에 짓눌려 무릎을 꿇었다. 그리고 진정 어린 마음으로 아뢰었다.

"선생님. 저는 불과 스무 살에 별일을 다 겪었습니다. 무슨 같잖은 과거 시험이니, 마음공부니, 동학이니…… 그러나 그 일들은 다 스스로를 속이고 어리석은 데서 촉발된 것으로, 한결같이 실패만 거듭해 민망하기 짝이 없습니다. 그러니 저의 부족한 품성과 자질을 밝히 보시고, 장점이 있다면 사랑해 주시되, 그렇지 못할 경우에는 가차 없이 채찍질해 주십시오."

"자네가 마음 좋은 사람이 되려는 생각을 가졌다면, 몇 번 길을 잘못 들어 그 어떤 실패나 곤란을 겪었더라도, 그 마음 끝까지 변치 말고 조금씩 고치면서 밀고 나아가게. 그러면 목적지에 도달하는 날이 반드시 있을 것이네. 이제는 마음속으로 고통을 느끼고 아파하기보다는, 그 마음에 담은 생각들을 행동으로 보여주어야 할 때네. 실패는 성공의 어머니요, 고통은 즐거움의 뿌리이니, 여보게, 상심 말게나. 나 같은 늙은이가 자네 앞길에 한 가닥 빛이라도 뿌릴 수 있다면, 얼마나 큰 복이겠는가!"

"선생님, 고맙습니다."

김창수는 기어이 눈물을 흘리고야 말았다. 자신의 깊은 내면의 아픔을, 진심으로 투시하고 쓰다듬어 주실 줄 아는 스승이라 여겨져서였다. 참된 스승을 모실 수 있다는 것, 그분을 무조건 믿고 따를 수 있다는 것이, 저마다의 짧지 않은 인생에서 얼마나 소중하고 값진 의미인가를, 김창수는 뼛속 깊이 느꼈다.

스승은 특히 김창수에게 의리에 대해서 역설하였다. 제아무리 뛰어난 재주와 능력을 갖췄더라도, 결코 의리에서 벗어나면 그 재능이 오히려 화근이 된다는 것과, 참된 사람의 처세는 마땅히 의리에 근본을 두어야 한다는 것이었다.

그리고 무슨 일을 아무리 명확히 보고 잘 판단했더라도, 그것을 실행할 결단력이 없으면 다 헛것이라고도 역설하였다. 김창수는 스승께 물었다.

"그럼 더 이상 나라를 망하지 않게 하는 방법은 무엇이겠습니까?"

"그래, 기왕에 망한 나라라도 더 망하지 않게 힘써 보는 것이 백성 된 자의 도리지. 이즈음의 조정 대신들처럼 무조건 외세에 영합하지 말고 우선 청나라와 서로 힘을 합쳐야 하네. 청일 전쟁에서 패했으니 언젠가는 크게 복수할 일념에만 사로잡혀 있을 거란 말이지. 그러니 어떤가? 자네가 한번 청나라를 다녀오는 게? 거기 가서 견문을 넓히고, 무슨 생각들을 하고 사는가 염탐도 해보고, 이런저런 영향력 있는 사람들도 두루 사귀어 보고 말이지. 그래야 그들과 함께 후일을 도모할 수 있을 것이네."

"아니, 저 같은 일개 무지렁이가요?"

"자네 한 사람만으로 따지면 별로 힘이 없어 보이나, 이렇게 생각하는 동지들이 하나둘 모여 청나라에 들어가서 활동하다 보면, 그게 바로 큰 힘을 이룰 수 있단 말이네."

"좋습니다, 선생님. 그렇게 해보겠습니다."

김창수는 돌연 청나라를 한번 다녀와야겠다고 결심했다.

어느새 봄이 가고 있었다.

김창수는 화창한 그 봄 청나라에 다녀올 생각으로 마음이 한창 바빴다. 그리고 그 낯선 이국 기행 계획을, 후견인인 안 진사에게 알릴 것인가 말 것인가로도 고민이 많았다. 고능선은 요즈음 그가 천주학에 관심이 큰 것 같으니, 나중에 갔다 와서 큰일 도모할 때 말해도 늦지 않다는 의견이었다. 하지만 마음속으로나마 꼭 하직 인사를 드려야겠다고 생각한 김창수는, 떠나기 하루 전날 안 진사 사랑을 찾았다. 그런데 바로 거기에, 도무지 참빗장수 같지 않은 장사꾼이 하룻밤 식객으로 묵고 있어서 유난히 눈길이 갔다. 김창수가 먼저 인사를 청했더니, 그도 반갑게 손을 내밀었다.

"남원 사는 김형진(金亨鎭)이라고 합니다. 북쪽으로 장사 가는 길에 잠시 들렀소이다."

"아, 예. 그런데 암만 봐도 장사하시는 분 같지 않아서 말이죠. 여기는 어떻게 아시고 찾으셨는지요?"

"황해도 신천 땅 안 진사라면 저 먼 삼남 지방에서도 알 만한 사람은 다 알지요. 여기저기 떠도는 중에 결례를 무릅쓰고 한번 와 봤습니다. 과연 소문대로 대단하시군요."

"그렇지요. 대대로 큰 덕을 쌓고 사시는 가문이지요. 그건 그렇고, 참빗을 좀 사고 싶으니, 요 아래 제집으로 가십시다. 저녁은 약소하나마 제가 대접해 드리겠습니다.”

 “듣던 중 반가운 소리외다. 장사꾼은 어쨌거나 물건을 팔아야 신명이 나는 법이니까요. 잘하면 참빗 정도는 그냥 드릴 수도 있겠습니다.”

 김형진은 흔쾌히 봇짐을 싸매고 일어나 김창수 뒤를 따랐다. 나이는 창수보다 열 몇 살쯤 더 많아 보여도, 분위기나 언행은 그에 못지않게 활달하고 재발랐다. 인격이나 됨됨이는 그다지 출중해 보이지는 않았으나, 맘에 맞으면 무슨 일이든 함께 도모해 볼 수는 있을 것 같은 사람이었다. 그날 밤 둘은 밤새는 줄 모르고 함께 어울렸다. 더욱이 같은 안동 김씨에다 동학당에 몸담았던 사실까지도 엇비슷해서, 둘은 아주 쉽게 친해질 수가 있었다.

 “아니, 동학이라구요?”

 김창수는 처음엔 자기 귀를 의심했었다. 그러나 불콰하게 한잔 술이 오른 김형진은, 솔직한 김창수의 과거를 듣고 난 뒤끝인지, 다시 한번 서슴없이 고개를 끄덕였다.

 “그렇소이다. 지난번 남원 전투에도 직접 참가하였소. 그런데 저 사악한 왜놈들 때문에 허무하게 망하고 마니, 견딜 수가 있어야지요. 우리가 존경해 마지않던 녹두 장군마저 내부 밀고로 붙잡혀 억울한 처형까지 당하셨으니, 잠시 지리산 자락에서 숨어 지내던 난 분연히 박차고 일어나 길을 나섰지요. 그래서 참빗장수로 밥벌이하기로 하고, 바람 따라 인연 따라 결국 여기까지 오게 되었소."

"제가 사람을 제대로 보긴 봤군요. 참빗장수 얼굴이 따로 정해져 있는 건 아니지만, 암만 봐도 그런 분이 아니시더라구요. 그럼, 앞으로는 어디로 가실 계획이십니까? 저는 청나라를 한번 다녀올까 합니다."

"청나라?"

지금껏 게슴츠레한 시선으로 일렁이는 촛불을 응시하며, 가슴 아픈 지난날을 되씹던 김형진의 눈이 반짝 빛났다. 그가 다시 음성을 높인다.

"그거 잘되었소. 무슨 일로 가시는지는 모르겠으나, 나랑 함께 가십시다. 안 그래도 평양과 의주 쪽으로 길을 잡으려던 참이었소."

"그쪽에선 지금 무슨 일이 벌어지고 있나, 우리 의병들이 만주 쪽으로, 백두산으로 많이들 몰려갔다는데, 그 사정은 또 어떤가, 두루두루 살펴볼 겸해서 말이죠."

"그래, 함께 갑시다. 서로가 평생의 길동무로 삼고."

그리하여 둘은 동이 트기 바쁘게 길 떠날 준비를 서둘렀다. 김창수의 아버지는 두말없이 집에서 기르던 말 한 필을 장에 내다 팔아 경비를 마련해 주었으므로, 그 아들은 더욱 가벼운 마음으로 청계동을 출발할 수가 있었다. 목적지는 일단 백두산과 만주를 거친 베이징(北京).

가도 가도 끝이 없었다. 때는 한여름, 조금만 움직여도 온몸에 비지땀이 흘렀다. 낮에는 땀과 갈증에 시달리고 밤에는 모기에 시달렸다. 조선 동포들 사이에선 고국의 '왕실 사건'에 대한 울분으로 민심이 발칵 뒤집혀 있었다. 이 나라 궁궐 안에서 극악무도한 일본인들에게 국모인 명성황후가 무참히 살해당했다는 것이었다. 김형진은 흥분해 말했다.

"결국 갈 데까지 가버렸구려. 왜놈들한테 어떻게 해야 복수할 수 있겠소?"

"뼈를 갈아 마셔도 시원찮을 원수 놈들, 보는 대로 죽일 수밖에 없지요."

놀란 김창수는, 그러나 이내 냉정을 되찾아 차분한 어조로 대꾸했다. 모름지기 그러해야 할 것이었다. 보는 대로 쏘아 죽이고, 닥치는 대로 베어 죽이는 수밖에 다른 방법이 없다고 그는 생각했다. 그러나 두 사람의 첫 외국 기행은 별 소득 없이 중도에서 멈추고 말았다.

해는 또 바뀌어 1896년.

의식 있는 사람들은 단발령을 피해 산으로, 시골로 숨어들어가느라 야단법석을 피워대고 있었다. 그들의 원성이 길을 가득 메웠다. 전국 도처에서 녹슨 총칼을 든 의병 활동도 불길처럼 일어나고 있다고 했다. 반갑게 다시 만난 김형진은 김창수에게 말했다.

"우리도 어서 일어나야 하오. 남쪽 지방은 지금 발칵 뒤집혀, 지난 동학 농민 전쟁 때보다도 더 심각한 폭동 사태로 치닫고 있소."

"생각 같아서는 지금 당장 뛰쳐나가고 싶지만, 믿을 만한 사람들을 끌어들이는 게 더 급합니다. 그래서 다시 청나라로 가 그들과 손잡고 물밀듯 한성으로 치달리고 싶습니다."

김창수는 어금니를 깨물었다. 지금껏 실패만 거듭해 온 무장 투쟁이, 이번만큼은 결코 되풀이되지 말아야 한다는 각오가 그의 가슴을 새삼 짓눌렀다. 북쪽으로 올라갈수록 민심은 더욱 흉흉하고 갈 길은 더욱 팍팍했다. 어지러운 소문이 꼬리를 물고 있었다. 참빗장수로 변장한 김창수가 가까스로 평양에 이르렀을 때,

"이건 또 무슨 변고인가? 우리 임금님이 아라사 사람들한테로 도망갔다는구먼!"

정체 모를 탄식과 원성이 이 마을 저 골목으로 떠돌아다니고 있었다. 왜놈들한테서 위협을 느낀 임금은 왕세자와 함께 러시아 공사관으로 피신했으며, 친일 정권을 꾸려가던 김홍집 총리와 어윤중 대신이, 종로 한복판에서 성난 군중들에게 무참히 맞아 죽었다고도 하였다. 나라가 온통 한 치 앞을 내다볼 수 없을 만큼 큰 소용돌이에 휩싸여 있는 것만은 분명하였다.

"도대체 어디로 흘러간단 말이냐?"

김창수는 흡사 누군가 옆에서 듣고 있기라도 하듯 혼잣말로 중얼거렸다. 그리고 맥없이 다시 걸었다. 과연 이대로 청나라행을 계속해야 할 것인가, 아니면 되돌아가 나라 돌아가는 걸 지켜보며 다음 행동을 준비해야 할 것인가?

그는 결국 국경의 접경지대에서 돌아서고 말았다. 더 이상 청나라로 갈 필요가 없다고 생각했다. 일단 고향으로 돌아가서, 변란에 휩싸인 이 나라가 어떻게 흘러가는가를 두 눈으로 똑똑히 봐 두는 게 사리에 합당한 순서였다. 복잡하고 미묘한 국내 사정을 좀 더 확실하게 파악하는 게 우선이었다.

모진 북풍한설이 뼛속으로 스며들었다. 광활한 만주 벌판을 달려온 한겨울의 칼바람이었다. 그는 그렇게 반쯤 얼어

붙은 그 압록강의 한 지류를 건너고 있었다. 용강에서 안악으로 되돌아오는 길이었다. 목적지는 치하포(鴟河浦).

치하포 객줏집의 한 봉놋방, 김창수는 시끄러운 소리에 잠이 깨었다. 벌써 아침이었다.

간밤에 일찍 잠들었던 손님들이 일어나 떠들며 밥상을 받고 있거나, 오늘의 나룻배 일정을 자기네끼리 의논하느라 법석이었다. 그 시끄러움과 음식 냄새에 부스스 눈을 뜬 김창수는, 개운치 못한 잠의 끝자락을 털어내려고 몇 번이나 머리를 흔들었다. 그러다가 문득 어떤 낯선 사람의 수상한 언행에 번쩍 눈이 뜨였다.

바로 낮은 문턱을 사이에 둔 가운뎃방의 한 손님이었다. 흰 두루마기 차림인 그는, 따뜻한 밥상 기다리며 다른 손님과 몇 마디 짧은 담소를 나누고 있었는데, 김창수의 눈에 비친 사내는 결코 보통 사람이 아니었다.

수인사를 나눈 사내의 성은 정 씨에 장연 출신이라 하였으나, 둘 다 말짱 거짓이라는 게 확연히 드러났다. 그는 북쪽의 장연 사투리가 아닌 서툰 서울말을 쓰고 있었고, 한가로운 백의의 두루마기 속에 음흉한 일본도를 감추고 있어서였다. 옷깃 사이로 살짝 드러난 칼집을 발견한 순간 김창수는 화들짝 정신이 들었다. 그러나 쉬 내색은 할 수 없었다. 아주 냉정하고 침착한 태도로 다시 낯선 사내에게 시선을 집중시켰다. 여전히 사내의 두루마기 끝에서 살짝 엿보이는 건 칼집이 분명했다. 김창수는 차분한 어조로 슬쩍 말을 붙여보았다.

"손님은, 어디로 가십니까?"

"진남포요."

"바로 저 맞은편이로군요. 평소 일인들도 자주 드나드는 곳인데, 장사하러 가시는 길인가 보죠?"

"아니오. 그냥저냥 바람 좀 쐬러 왔소이다."

"아, 그러십니까?"

그런데 왜 조선인으로 변장하고 다니느냐는 물음은 차마 던지지 않았다. 김창수는 슬그머니 밖으로 나왔다. 암만 뜯어봐도 간악한 왜놈임이 확실해진 이상, 이제 보기 좋은 복수만 남은 셈이었다. 보는 대로 놈들을 죽이리라던 지난 한때의 결심이 번개처럼 뇌리를 스치고 지나갔다.

왜놈들이 버젓이 왜색 복장으로 활보하고 다니는 이 땅에서 굳이 조선인으로 위장해 칼까지 숨기고 다닌다면, 저놈은 필시 엄청난 사건에 연루되어 있을 게다. 혹시 우리 국모를 살해한 미우라는 아닐까? 아니라면, 최소한 그의 공범이거나 어떤 상하 관계에 놓여 있는 신분이거나 할 것이다. 설사 그도 저도 아니더라도 우리 국가와 민족을 더러운 칼로써 괴롭히고 능멸하는 왜놈임이 분명할진대, 저놈을 내 어찌 가만히 놓아둘 수 있으랴.

뜨거운 분노의 애국심이 불처럼 타올랐다. 내가 저 한 놈을 죽여서라도, 이 나라가 겪고 있는 피눈물의 치욕을 한번 본때 있게 씻어 보겠다는 결의가, 김창수의 가슴을 한순간에 뒤흔들어 놓고 있었다.

자, 거사는 모름지기 순간 포착이 중요한 법. 과연 이제 어떻게 저놈을 거꾸러뜨릴 것인가?

눈을 게슴츠레 뜬 김창수의 머릿속은 온갖 계산과 번뇌로 혼란스레 돌아갔다. 가슴이 벅차올랐다. 그는 다시 생각한다.

하지만 아무래도 나는 혼자 몸이 아닌가? 게다가 칼 없는 빈손으로 섣불리 손을 썼다가, 억울한 내 한목숨만 저놈 칼날 아래 파리처럼 날려 보내고 마는 건 아닌가? 만약 그렇게 되면, 내 숭고한 뜻과 목적은 세상에 꽃필 겨를도 없이, 오히려 날강도인 양 매도되어 한낱 보잘것없는 지푸라기로 사라지게 되리라.

그때 돌연 어디선가 고능선 선생의 목소리가 들려왔다.

"너는 지금 무엇을 걱정하고 두려워하는가? 모름지기 가지를 잡고 나무에 오르는 건 기이한 일이 아니나, 벼랑에 매달려 잡은 손을 놓는 것은 진실로 대장부로다."

"아, 그렇지요. 그것이 있었군요!"

한 줄기 시원한 빛이 어지러운 머릿속을 또 번갯불인 듯 훑고 지나갔다. 온갖 번뇌가 한순간에 사라지는 듯하였다.

김창수는 비로소 죽어서 거듭나는 삶을 살기로 확실하게 마음먹었다. 부질없는 걱정과 두려움은 어느새 저만큼 멀리 달아나고, 가슴 속 번뇌의 파도는 죽은 듯 잠잠해졌다. 한번 옳다고 믿으니 앞길이 환히 뚫렸다. 그의 머릿속은 이제 온갖 생각으로 들끓었다. 우선 저 왜놈을 죽이기 전에 치밀한 연극이 필요하다고 생각했다.

그는 태연스레 집주인을 불러 청했다.

"40여 명이나 되는 손님이 다들 아침을 드신 것 같으니, 나도 이제 먹어야겠소. 밥상을 좀 그득하게 차려다 주시구려. 한 상이 아니라 일곱 상이오. 7인분."

중년의 집주인은 잠시 못마땅한 표정을 지으며 돌아보다가, 이내 농담으로 치부하고 밥 한 상을 가져왔다. 김창수는 마파람에 게 눈 감추듯 네댓 숟갈로 그것을 뚝딱 먹어 치우고 나서 말했다.

"주인장, 더 가져오시오. 일곱 상을 시켰는데 왜 1인분만 주시는 게요?"

"젊은이가 농담이 좀 지나치십니다그려. 아무리 걸신이 들렸기로서니⋯⋯."

"내가 오늘 7백 리나 되는 먼 산길을 넘어야 하니 그렇소. 어서 더 가져오시오."

"내 참, 별 미친 위인을 다 보겠군."

참다못한 주인 사내는 이윽고 불편한 심기를 그대로 터뜨리고 말았다. 포구의 동네일까지 도맡아 하고 있는 집주인 얼굴에는, 아예 김창수를 살짝 돈 놈으로 취급한다는 표정이 역력하였다. 이 방 저 방에서 공연히 쑥덕거리는 소리도 들렸다. 그러나 김창수는 손님들의 그런 하찮은 입방아에는 전혀 개의치 않았다. 그의 시선은 오로지 변장한 왜놈의 행동거지에 날카롭게 꽂혀 있을 뿐이었다. 출입문 쪽 기둥에 기댄 왜놈 역시 주변 분위기에는 아무 상관 없이, 자기 하인이 밥값 계산하는 걸 우두커니 지켜보며 부러진 이쑤시개로 이빨이나 한가롭게 쑤셔댈 따름이었다. 놈이 기대어 선 기둥 뒤쪽은 바로 낮은 비탈. 김창수는 바로 이때다 싶었다.

적을 일거에 깨부수기 위해선 저렇게 한가한 빈틈을 노려야 해. 때는 바로 지금이야!

천천히 몸을 일으킨 김창수는, 한순간에 비호처럼 왜놈

한테 달려들어 발로 차 쓰러뜨렸다. 놈은 일격에 뒤로 넘어가 돌계단 아래로 떨어졌다. 살기등등한 김창수는 다시 몸을 날려 놈의 목을 덮쳤다. 한쪽 발로 놈의 목을 꽉 짓이겨 밟은 채 김창수는 자신을 단순한 날강도, 살인범으로 오해하고 붙잡기 위해 뛰쳐나오려는 사람들을 향해 큰 소리로 외쳤다.

"이놈은 우리의 철천지원수, 누구든 이 왜놈을 위해 내게로 달려드는 자는, 단칼에 죽이고 말리라!"

그리고 그는 숨 쉴 틈 없이 발버둥 치는 놈을 공격했다. 닥치는 대로 치고 때려 부쉈다. 짧은 순식간에 놈의 숨통을 끊으려 했으나, 마지막 발악하는 놈의 저항도 결코 만만치는 않았다. 가까스로 몸을 일으킨 놈의 손에 이미 시퍼런 일본도가 쥐어져 있었다. 놈이 휘두른 칼날이 벌써 눈앞을 어른거렸다. 김창수는 놈의 옆구리를 힘껏 걷어찼다. 그리고 일본도를 움켜쥔 놈의 손목을 꺾어 칼을 떨어뜨린 다음, 잽싸게 그 칼을 되잡아 놈의 목을 정통으로 눌러 찍었다. 이내 붉은 피가 솟구쳤다. 김창수는 놈의 저주 어린 피를 흠뻑 뒤집어쓰면서 닥치는 대로 칼을 휘둘렀다. 놈의 머리끝에서 발끝까지 남김없이 난도질하였다. 차라리 무자비한 백정이라도 되는 기분이었다. 낭자한 피를

콸콸콸 쏟아내며 이미 숨을 거둔 놈에게, 김창수는 부르짖었다.

"나는 네 한 개인을 죽이는 게 아니다. 네 놈의 나라를 죽이는 것이야. 뼈와 살을 갈아 마셔도 시원찮을, 네놈들의 야비한 침략 근성을 갈기갈기 찢어 죽이는 것이야!"

놈의 신분증을 살펴보니, 아닌 게 아니라 육군 중위 계급장을 가진 직업 군인으로, 이름은 스치다였다. 돈도 두둑이 소지하였다. 김창수는 우선 이장이기도 한 집주인을 불렀다.

"나는 이제 먼 길 가야 하니, 타고 갈 당나귀 한 마리를 이 자의 돈 중에서 샀으면 하오. 그리고 나머지는 다 살기 어려운 집에 나눠 주시오."

"예, 알아 모시겠습니다. 당나귀는 70냥쯤이면 되니 나머지 액수가 훨씬 많습니다. 그런데 왜인의 시체는 어떻게 할까요?"

"수장[1] 하시오. 왜놈들은 누구라 할 것 없이, 우리 조선의 원수일 뿐 아니라 세상 모든 생물의 원수이기도 하니, 바닷속에 던져 넣어서 온갖 물고기와 자라들까지 즐거이

---

1 수장(水葬): 시체를 강이나 바다에 장사지내는 장례법.

뜯어 먹도록 하시오. 그리고 지필묵2을 좀 가져다주겠소?"

바지런한 집주인은 이내 붓과 먹, 종이를 가져왔다. 김창
수는 거침없이 거기에 써내려 갔다.

　─나는 우리의 왕비를 죽인 데 대한 복수의 엄숙한 목적으
로, 이 왜인을 죽이노라. 그 목숨은 비록 아깝고 억울하겠으
나, 이 나라를 마음대로 짓밟고 유린하는 저 흉악무도한 왜적
에게, 우리 조선인이 앙갚음할 수 있는 방법은 오직 이 길밖에
없도다. 그 모든 책임은 내가 지겠노라. 해주 백운동 텃골, 김
창수.

"이것을 사람들이 많이 오가는 길목에 벽보로 붙이시오."

김창수는 의연하고 떳떳한 목소리로 집주인에게 일렀다.
그리고 다시 덧붙였다.

"아울러 당신은 이 현장의 목격자이며 마을 이장이기도
하니, 안악 군수한테 사건의 내용을 사실대로 보고하시오.
나는 내 집으로 돌아가 그에 합당한 연락이 오기를 기다리

---

2 지필묵(紙筆墨): 종이와 붓, 먹.

겠소. 그리고 이 왜놈 칼은, 영원한 기념으로 내가 가지고 가겠소."

"염려 마시고 길을 떠나십시오."

집주인은 연신 머리를 조아리며 당나귀를 끌고 왔다. 김 창수는 엉뚱한 전리품이기도 한 나귀 등에 훌쩍 올라탔다. 흰옷은 비록 아무렇게나 튀긴 피로 물들어 있으나, 미리 벗어 두었던 두루마기로 그 위를 가리니 그런대로 감출 만한 차림새로 변했다. 그 안 허리춤에 일본도를 꿰차고, 수많은 구경꾼들 사이를 헤집고 나아가니 길은 절로 확 트였다.

그는 한달음에 집으로 돌아와, 그동안에 생겨났던 일들을 하나 숨김없이 부모님께 털어놓았다. 침통한 표정으로 듣고 난 아버지는, 그러나 애써 아무렇지도 않다는 기색으로 말했다.

"옳다고 생각하고 행한 일이니 어쩔 수 없는 노릇 아니냐. 허나 급할 때는 돌아가라 했다. 일단 어디로든 몸을 피해놓고 보는 게 상책이지 싶다."

"아닙니다, 아버님."

김창수는 단호히 고개를 가로저었다. 그리고 밝고 차분한 어조로 다시 말을 이었다.

"비겁하게 피신할 마음을 품었다면 애초에 그런 일을 저

지르지도 않았을 겁니다. 사람은 한번 나면 언젠가는 죽는 법, 어쨌든 사는 날까지는 떳떳해야지요. 큰 뜻을 위해 이미 일이 벌어진 이상, 사법 당국에서 조치하는 대로 순순히 따를 생각입니다."

"알았다. 네가 곧 이 집의 기둥이니, 우리 집이 흥하든 망하든 네 뜻대로 하거라."

"장하구나, 내 아들. 언젠가는 큰일 치를 줄 알았다!"

자그마한 체구의 어머니까지 한술 더 떠 이렇게 용기를 북돋웠다. 김창수는 역시 부모님은 잘 만났다고 생각했다. 두 어른은 비록 말은 그리 태연스러울지라도, 속은 숯덩이처럼 검게 타고 있을 게 분명하였다.

어쨌거나 살인은 살인이지 않은가. 하나밖에 없는 귀한 자식이 그 엄청난 살인을 저질렀으니, 앞으로 이 일을 과연 어찌하면 좋을 것인가.

그러면서 당신들은 불을 보듯 빤한 그 자식의 고생길을 훤히 내다보고 있을 테지만, 그럼에도 그런 걸 하나 내색하지 않고, 오히려 흔연스레 격려하며 용기를 북돋아 주는 여유를 보였다.

하루하루가 길고 지루하였다. 그렇게 3개월이 지났다. 까작까작 까치가 울었다. 오늘따라 떼 지어 우는 까치 소리

가 유난스럽다고 여기면서 늦은 아침잠에서 부스스 눈을 뜬 김창수가 살그머니 창문을 여는데,

"얘야, 아무래도 심상치가 않구나. 낯설고 험악한 장정들이 우리 집을 에워싸고 있다!"

황망히 마루 위로 올라선 어머니가 한발 먼저 수상한 낌새를 전하였다.

김창수는 본능적으로 위험을 감지했다. 그는 잽싸게 일어나 정장 차림으로 옷을 갈아입었다. 그리고 매우 냉정하고 차분한 태도로 놈들을 기다렸다. 아니, 기다리고 자시고 할 틈도 없이, 놈들은 순식간에 우르르 떼 지어 집 안으로 몰려들었다. 무기를 든 험상궂은 순경들이 실로 서른 명은 넘어 보였다. 대장이 한순간 표정을 사납게 일그러뜨리며 명령했다.

"김창수는 이 체포 영장을 받으라!"

3. 감옥에서 배운 진리의 길

　김창수가 해주 감옥에 갇힌 건 6월 그믐께, 햇살이 한창 따가워지는 초여름이었다.

　여름이 오고 있다는 것만으로도 절로 무덥고 짜증나는 감옥 생활이 시작된 셈인데, 그의 늙어가는 부모 역시 한사코 거기까지 따라와, 자식의 궂은 옥바라지에 여념이 없었다. 어머니는 여기저기 돌아다니면서 밥을 빌어다가 사식1 넣어주기에 바빴고, 아버지는 또 당신대로 넉넉지 못한 살림을 쪼개어 관계 당국에 자식 좀 풀어 주십사 교섭하느라 정신이 없었다.

　하지만 다 헛일이었다. 그의 목에는 벌써 널판으로 짠 형틀이 채워졌으며, 신문하는 방법에 따라 온갖 고문이 자행되었다.

　"자백하라. 죄 없는 일본인을 살해하고 금품 빼앗은 강도

_____

1 사식(私食): 감옥에 갇힌 사람에게 사사로이 마련해 들여보내는 음식.

짓을 사실대로 자백하라!"

"그렇지 않다. 나는 하찮은 왜놈을 죽인 게 아니라 이 나라 강탈하는 일본국을 죽였으며, 놈에게서 압수한 금품은 결코 사사로이 쓰지 않았다."

무더위가 한창 기승을 떨 무렵, 그는 다시 인천 감옥으로 이송되었다. 김창수는 감옥에 들어가자마자 중죄인 방에 갇혔다. 거기에 아홉 명이나 되는 죄수가 굴비 두름처럼 한 줄로 주욱 엮인 차꼬 한중간에 꼼짝없이 묶이고 말았는데, 차꼬란 긴 나무 사이사이에 구멍을 파서, 죄인들 발목을 그 구멍에 넣고 자물쇠로 찰칵 채우는 것이었다.

실로 꼼짝달싹할 수 없는 몸이었다. 다른 죄수들을 보아도 다 짐승 같은 대접을 받고 있었는데, 김창수가 든 옆방에는 형량이 비교적 가벼운 민사 소송의 잡범들이고, 다른 쪽 방에는 강도, 절도, 살인 따위를 저지른 죄인들이 똑같은 차꼬에 묶여 으르렁대고 있었다. 그들 형사범들이 입은 청색 수의 등짝에는 강도, 살인 따위의 죄명이 검은 먹글씨로 큼직큼직하게 씌어 있으며, 그들이 감옥 밖으로 일하러 나갈 때는 또 상체를 쇠사슬로 엮은 다음, 등 뒤에서 자물쇠로 잠긴 2인 1조로 간수에게 끌려다녔다. 그야말로 눈 뜨고 못 볼 참담한 꼬락서니였다.

이제는 그저 흐르는 물처럼 순리에 맡길 수밖에 없다 치부해 버리자, 김창수는 차라리 마음이 편해졌다. 그보다도 더 궁금한 건 감옥 밖의 노모 안부였다. 지금쯤 어느 처마 밑에서 굶주리며 울고 계실까. 못난 자식의 감방살이보다 더한 불효가 또 어디 있을까?

하지만 어머니는 눈 하나 깜빡하지 않은 채 그 자식 뒷바라지에 여념이 없었다. 감옥 밖의 어느 객줏집 부엌데기로 들어가, 자식이 든 감방으로 하루 밥 한두 끼니씩 들여주는 걸 절대 잊지 않았다. 간수가 그 사식 넣어주면서 말했다.

"자네 모친 정말 대단하신 분이군. 남의 집 식모살이까지 마다하지 않으면서 징역 사는 자식 밥을 다 넣어주시니……."

"그 밥이 목에 넘어가지 않을 만큼 죄송스러우나, 일단 당신이 의지하실 데가 생겨 안심이오."

김창수는 깊은 한숨을 내쉬며 뜨거운 눈물로 그 밥을 먹었다. 함께 든 죄수들이 그 모습을 하나같이 부러워하였다. 그래서 '부모와 자식은 천 번을 태어나고 만 년이 지나도록, 서로 은혜와 사랑을 끼치며 사는 인연'이라 했던가.

시간은 그렇게 고통스레 흘러갔다. 여전히 뜨거운 뙤약볕의 한여름.

다시 2차 신문이 시작되었다. 김창수가 새로운 신문을

받기 위해 감옥 문을 나섰을 때, 경무청 주변은 온통 구경 나온 사람들이 파도처럼 모여들었다. 마당은 물론 담장 너머와 지붕 위까지 물 샐 틈 없는 인산인해였는데, 그것은 그동안 감독관청 직원들이 하나같이 입을 모아 '제물포가 개항된 이래 처음 보는, 실로 희한한 복수 사건'이라고 여기저기 떠들어댔기 때문이었다. 재판정 주변의 많은 조선인들은 어느새 존경과 아픈 동정심으로 피고인을 바라보았으므로, 김창수는 자연 힘이 솟고 외롭지가 않았다.

그해 여름이 끝나갈 무렵인 9월 10일, 김창수의 재판은 모두 끝났다.

모름지기 책 속에 길이 있었다. 감옥 생활은 또한 그토록 갈망하던 책 세상과의 반가운 만남이었다.

그는 우선 아버지가 면회 와 넣어준 『대학』부터 읽었다. 거의 매일 그 책 속에 파묻혔다. 그것을 읽고 외는 사이, 그는 어느결에 덕(德)을 밝게 하여 백성과 가까워지는 방법은 물론, 사물의 이치를 터득하여 지식을 한결 명확히 하는 '격물치지(格物致知)'의 길을 하나하나 깊이 깨우쳐 나갔다.

『논어』 또한 다시 읽었다. '아침에 도를 깨우치면 저녁에 죽어도 좋다'는 공자의 말씀에 걸맞게, 죽음은 이제 받아놓은 밥상이었으므로 결코 그에 구애됨 없이 책이나 실컷 외고 읽을 심산이었다. 개화사상에 물든 그중의 한 직원은 김창수에게 말했다.

"세상을 넓게, 크게 바라보아야 하오. 빗장을 굳게 닫아걸고 눈앞의 자기 것만 지키려는 옛 지식, 낡은 사상으로는 나라를 구할 수가 없소. 앞서가는 세계 여러 나라의 정치제도와 사회, 경제, 교육, 문화의 양태나 발전상이 어떤지를 잘 알고 배워, 그중의 좋은 것을 내 것으로 만들어서, 나라 살림을 윤택게 하고 백성을 교화시키는 게 이 시대를 사는 선각자의 사명이오. 그대와 같이 의기 있는 대장부는 마땅히 신학문, 새 가치관을 구하고 흡수해서, 장래의 국가 대사를 꾸려나가야 할 것이오."

"내 언제 죽을지는 잘 모르겠으나 그 말씀 명심하리다. 고맙소."

진정 새로운 세계였다. 지체 높고 뜻있는 면회객이나 관리 직원들이 넣어주는 책을 통해, 김창수는 예전에 미처 몰랐던 지식의 바다에 흠뻑 빠져들 수가 있었으며, 무엇이 참 인생이며 나라 살릴 수 있는 방법인가를 사무치게 깨달았다.

'감옥보다 더 좋은 학교는 없다'고 하듯이, 사형수 김창수는 하루가 다르게 사람이 변하는 의식의 혁명을 겪었다. 진정 '아는 것이 힘'이었다.

이 말은 특히 감옥 안에서 그 힘을 곧잘 발휘하곤 했는데, 함께 갇혀 있는 수많은 절도, 강도, 위조, 사기, 살인범들의 대부분이 까막눈의 문맹들이라, 그는 이들에게 글을 깨치기 위해 갖은 노력을 기울였다.

처음엔 마지못해 문자를 배우던 이들도 시간이 갈수록 더 열심히 따르고 문자에 매달리는 것이었다. 그러다 보니 자연 '인천 감옥은 공부방'이라는 기사가 신문에 실리기도 했으며, 그래서 간수들은 하나같이 김창수를 꺼리고 두려워하여, 다른 죄수들을 함부로 학대하지 못했다.

하지만 김창수 개인의 피치 못할 운명의 시간은 어느새 아주 가까이 다가와 있었다. 빛 부신 어느 가을날 아침, 다름 아닌 바로 김창수의 사형 집행에 대한 기사가 신문에 실려 있던 것이다.

─김창수, 오늘 오후에 교수형.

김창수를 교수형에 처하는 걸 임금이 허락했다는 내용의 기사였다.

너무 갑자기 찾아든 사형 집행 소식에 김창수는 잠시 자신의 눈을 의심하며 놀랐으나, 이내 차분한 평상심으로 돌아갔다. 조용히 눈을 감고 앞서간 옛 선현들을 생각했다.

그래, 그분들처럼 당당히 죽음과 맞서 나가자.

그러자 김창수의 마음은 바람 없는 호수처럼 잠잠해졌다. 교수대에 오를 시간이 비록 반나절밖에 남지 않았지만, 그는 평상시와 똑같이 차분하게 책 읽고 밥을 먹었다. 진정 아무렇지 않았다. 오히려 마음 졸이고 술렁이며 안타까워하는 쪽은 관청 직원들과 동료 죄수들이었다. 그리고 신문이나 소문을 듣고 달려온 수많은 면회객들은 다짜고짜 울고불고 야단이었다.

"당신 같은 애국자는 반드시 살아나올 줄 알았는데 이것이 웬일이오?"

"어디 한번 마지막으로 손이나 만져봅시다."

그러면 되레 김창수가 그들을 위로하며 격려해 보낼 수밖에 없었는데, 그동안 미운 정 고운 정이 다 든 감옥 안 동료들의 가슴 아파하는 모습은 차마 마주 바라볼 수가 없었다. 점심이 끝나고 해가 뉘엿뉘엿 서쪽으로 기울수록 그들의 울음은 점점 통곡으로 변했다. 부모가 죽어도 저리 애통해할까 싶을 만큼, 도무지 말릴 재간이 없을 지경이었다.

어머니는 아들의 눈을 뚫어질 듯 들여다보면서 말했다.

"난 울지 않는다. 그러니 너도 울지 말아라."

"예, 어머님."

"죽더라도 당당하게, 사내대장부답게 가야 한다."

"물론이지요, 어머님. 아무튼 죄송합니다."

"너의 아버지도 우리 아들이 절대 그리 쉽게 가지는 않을 거라고 장담했니라. 어디 한번 끝까지 믿어보자."

아니나 다를까, 일은 어쩐지 아버지의 장담대로 흘러가는 것 같았다. 해가 지고 저녁밥까지 다 먹어 치운 상태였으므로, 대개의 교수형 집행 시간은 이미 지나가 버린 셈이었다. 그래도 형량이 무거운 특수 살인범이라서, 해가 진 한밤중에나 죽이려나 보다, 하고 기대와 두려움으로 때를 기다리고 있는데, 뒤늦게 김창수를 부르는 다급한 관리원 목소리가 들려왔다.

"김창수, 이게 웬 희소식이오! 당신은 살았소. 우리 임금님께서 특별 사면2을 내리셨다, 이 말이오!"

"뭐, 뭐라구?"

---

2 사면(赦免): 죄를 용서하여 형벌을 면제함.

이 방 저 방마다 죄수들의 탄성이 일제히 터져 나왔다. 김창수도 무슨 영문인지 몰라 어리벙벙 자기 귀를 의심하는데, 직원이 다시 들떠 말했다.

"국제 관계상 죄를 완전히 없앨 수는 없어 징역은 그대로 살게 하되, 어떻게든 목숨만은 건지자는 어명이오. 엊그제 개통한 전화가 아니었으면 그것도 다 헛일이 될 뻔했소 그려. 오늘 낮에 바로 사형을 집행해 버렸다면 큰일 날 뻔했소. 우리 손으로 김창수를 어찌 죽인단 말이냐며, 하루 종일 담당 간수들이 밥 한술 못 뜨고 전전긍긍했는데, 과연 하늘이 돕고 땅도 감동하였나 보오."

"야, 김창수가 살았단다."

감옥 안이 한순간에 즐거움의 잔치판으로 변했다. 옥문 열리는 소리가 날 때만 해도 이크, 올 것이 왔구나 싶어 가슴 졸이던 동료 죄수들은, 지옥과 천당이 한순간에 왔다 갔다 하는 걸 지켜보았는데, 이게 웬 떡이냐는 듯 하나같이 덩실덩실 춤추었다. 어떤 이는 벽을 두드리며 환호성을 내지르는가 하면, 또 어떤 이는 굿거리 광대인 양 함부로 웃고 짓까부는 짓도 마다하지 않았다.

이튿날부터 김창수는 완전한 이인으로 탈바꿈되어 있었다. 죽고 사는 경계를 마음대로 조율하면서 자신의 앞날을 훤히 내다볼 줄 아는 이인, 머지않은 장래에 임금의 부름을 받아 부귀영화를 누리게 될 이인이라는, 황당한 소문까지 꼬리를 물고 번져 나갔다.

그래서 그런지 면회객 또한 줄을 멈추지 않았다. 엊그제는 아까운 젊은이 황천으로 보내기 아깝다면서 목메어 찾아왔으나, 이번에는 또 그 생죽음 직전에 용케 살아 돌아온 불사신을 맞는 듯, 전혀 새로운 기쁨과 감격에 들떠 찾아왔다.

그중의 한 인물이 김주경(金周卿)이었다. 강화도 유지라는 그가 불쑥 면회를 와서,

"나라를 위해 고생이 많구려. 조금만 참고 견뎌 보시오."

그러면 머지않아 좋은 일이 있을 거라는 뜻을 암시한 말을 던지고는 또 훌쩍 바람처럼 가버렸다. 나중에 저녁 사식을 가져온 어머니는 말했다.

"아까참에 강화도 김주경이라는 양반이 찾아오셨다. 우선 네 의복만 지어 왔다면서, 우리 내외 옷 지어 입으라고 비싼 옷감 끊어 주시고, 돈 삼백 냥까지 필요한 데 쓰라며 쥐여 주시지 뭐냐."

"그러게 말입니다. 저한테도 와서 뭔가 장래를 기약하고 갔습니다."

갈수록 오리무중이었다. 그래서 김창수는 그에 대해 더

자세히 알아보았는데, 원래 출신은 양반이 아닌 상놈으로, 대원군이 강화도 섬 주위에 석축을 높이 쌓고 포대를 세우던 때, 바로 김주경이 그 책임자 일을 맡았다고 하였다. 강화에서는 모르는 이가 없을 정도로, 재력과 배짱이 이만저만이 아닌 모양이었다.

그는 약속대로 열흘 후쯤 어김없이 또 김창수를 찾아왔다.

"내 어떻게든 당신을 빼내겠소. 요즘 정부 대관들은 너나없이 돈밖에 뵈는 게 없으니, 내 재산 다 털어서라도 힘써볼 것이오."

"부족한 저를 위해 그리 적극 나서 주시니 뭐라 말씀드려야 할지 모르겠습니다."

"사람은 사람을 잘 만나야 하는 법, 그래야 품은 뜻을 제대로 펼 수가 있다고 했소. 당신은 분명 앞으로 큰일을 할 사람이외다."

과연 김주경은 기약 없는 김창수의 석방을 위해 활발하게 움직였다. 정식 수속을 밟아 소송 준비에 들어가는가 하면, 김창수의 부모를 통한 간절한 탄원서를 여기저기 관계 당국에 보내는 데 여념이 없었다.

시간은 부질없이 흘러갔다. 해가 또 바뀌는 줄도 모른 채 기세 좋게 움직이던 김주경도 어느새 파김치처럼 지치고 말았다. 준비해 두었던 소송 비용마저 스멀스멀 바닥나자, 그는 마침내 두 손을 들고서, 다음과 같은 시를 편지 속에 보내왔다.

새는 조롱을 박차고 나가야 진짜 세상을 만나며
그물을 벗어나는 물고기가 어찌 예사로우랴

한마디로 말해서 '탈옥'하라는 것이었다. 이제 더 이상 법이나 동정에 호소하는 건 기대할 수 없으니, 당신이 알아서 감연히 사슬을 떨치고 일어나라는 권유였다.

그래, 김주경 님의 말이 옳은지도 몰라. 그이가 그처럼 자기 재산 탕진해 가며 내 한목숨 살리려 했던 것이나, 인천에 사는 주민들 중 누구도 내가 옥중에서 죽기 원하는 사람이 없음은 다 아는 사실. 나를 죽이려 애쓰는 놈은 저 왜놈들뿐인데, 내가 어찌 그놈들을 기쁘게 한단 말인가?

살길은 오직 탈옥뿐이야, 하고 그는 마침내 결단을 내렸다. 한번 결심이 굳어지자 그는 곧 치밀한 비밀 작전에 들어갔다. 부모님에게는 솔직하게 털어놓으며, 자그마한 세 갈래 호미를 대장간에서 만들어 새 옷 속에 싸 들여보내 달라고 부탁하였다. 아버지는 말없이 고개를 끄덕였다.

　어머니는 그 이틀 후, 작고 예리한 특별 호미를 옷 속에 숨겨 들여보내 주었다. 김창수가 그것을 몰래 받아들었을 때, 그는 그 어떤 보물보다도 값지고 귀한 물건이라고 여기며 깊숙이 간직했다. 그리고 그 이후, 그는 틈만 나면 땅을 파기 시작했다. 사람 몸통 하나 들락거릴 만큼의 넓이로 방바닥의 마루를 뜯고 들어가, 거기에서 다시 벽 밑으로 대여섯 자만 파고 들어가면 담장 밑이 나올 것이었다. 그는 열심히 두더지 노릇을 감행하였다.

　드디어 결행의 날, 1898년 3월 21일. 한창 봄이 밀려오고 있었다.

　김창수는 아버지와 어머니에게 한시바삐 고향으로 돌아가기를 은밀히 이른 다음, 해가 지기를 기다렸다. 해가 지고 어둠이 내렸다. 그날따라 담당 간수는 성격이 허랑한 아편쟁이였다. 김창수는 은근슬쩍 그를 불러 묵직한 돈냥을 찔러주며 부탁했다.

　"오늘은 내가 감방 동료들한테 한턱 단단히 쓰고 싶소. 돼지고기와 술 한 통을 좀 사다 주시오. 모처럼 걸게 한번 먹어 봅시다."

　그 밤, 독한 술에 취한 간수와 동료 죄수들은 이리저리 엉켜 짓까부느라 정신이 없었다. 김창수는 바로 이때다 싶었다. 몹시 취한 척 휩쓸리다가 재빨리 제 방으로 돌아와 마루 밑창을 들치고 들어갔다. 탈출구였다. 바로 그때 뒤따라 달려 온 네 명의 동료 죄수들이,

"우리도 같이 갑시다."

막무가내로 달라붙었다. 물론 사전 교감은 이심전심 나누고 있었던 사이라, 김창수는 주저 없이 그들을 불러들였다. 하지만 높은 담장이 그들을 다시 가로막고 서 있었다. 그 담장 앞에서 벌벌 떨고 있는 동료들에게 김창수는 낮고 단호하게 소리쳤다.

"이제부턴 죽기 아니면 살기다. 목숨을 걸면 못 할 게 없으니, 담 뛰어넘는 걸 두려워 말라. 그리고 절대 소리를 내선 안 된다. 자, 너부터 빨리!"

그는 서둘러 차례대로 무동을 태우기 시작했다. 양어깨에 실어 담 위로 훌쩍 올려보내면, 탈옥수들은 별 어려움 없이 반대편 아래로 굴러 뛰어내릴 수가 있었다.

그렇게 하나하나 탈출시키고 나자, 이번에는 자기만 덩그렇게 남았다. 요란한 호각 소리가 난 것은 바로 그때였다. 저만큼 떨어진 옥문 밖에서 퉁탕거리며 달려오는 어지러운 발소리도 들렸다. 김창수는 식은땀이 났다. 남들을 담

밖으로 넘겨주기는 쉬웠으나, 막상 자신이 뛰어넘으려니 이만저만 어려운 게 아니었다. 그는 미리 봐 두었던 장대를 얼른 집어 들었다. 그리고 그것을 의지해 높이뛰기 하듯 훌쩍 담장 위로 솟구쳐 올랐다. 우지끈, 담 한 쪽이 무너지면서, 그는 용케 담장 맞은편 아래로 굴러떨어졌다. 탈출 성공이었다.

먼저 담을 넘었던 동료들은 이미 행방을 알 수 없었다. 저마다 따로 흩어져, 제 갈 길로 뿔뿔이 달아난 모양이었다. 김창수는 차라리 그게 낫겠다 싶었다. 한 덩어리로 뭉쳐 도망 다니다 보면 남의 눈에도 쉽게 띌 터이고, 벌써 인천 바닥에 깔렸을 순경, 간수들의 추적과 감시망에서도 결코 벗어날 수 없을 터였다. 그는 반사적으로 주먹을 움켜쥐었다. 누구든 갈 길을 방해하는 자 나타나면 그 자리에서 한 방에 날려버릴 심산이었다. 진실로 죽기 아니면 살기의 막다른 길목이었다.

그는 걷고 또 걸었다. 어디가 어디인지 앞을 분간할 수 없는 밤을 그는 정처 없이 걸었다. 해변 모래밭과 가시덤불의 언덕, 막다른 골목과 개 짖는 집들 사이를 지나 큰길이 나올 때까지, 아침이 훤히 밝아 올 때까지 그는 헤매고 또 헤매었다. 한 치 앞을 내다볼 수 없는 탈옥수의 절박한 처지를 몸 전체로 실감하였다. 이제부터는 무작정 쫓기는 신세, 목숨을 건 사투의 연속이었다.

자, 일단 고향과는 정반대인 남쪽으로 가보는 수밖에.

고향에 계실 부모님의 안부가 몹시 궁금했지만, 그는 어쩔 수 없는 노릇이라고 생각했다. 목숨 걸고 탈옥한 이상 어떻게든 그 목숨 안전하게 지키면서 내일을 도모해야 할 터였다.

그러나 정처 없는 나그네 심사는 마냥 울적하기만 했다. 지친 한숨으로 고개를 넘고 강을 건너는 사이, 그는 지난 시절의 감옥 친구들을 하나하나 찾아다니지 않을 수 없었다. 사람은 역시 사람과 더불어 살아가게 되어 있는 모양이었다.

그동안 그는 남원과 목포, 해남, 담양을 지나 순창, 하동 쌍계사를 두루 거쳐 왔거니와, 이상하게도 마음이 자꾸만 산으로 향하는 걸 어쩔 수 없었다. 쌍계사 칠불암의 승려들 방을 눈여겨 들여다볼 때부터, 나도 차라리 절에나 들어갈까, 이 풍진 속세를 훨훨 벗어나 이름 없는 스님으로 살면, 이렇게 덧없이 쫓기지 않아도 될 게 아닌가 싶었던 것이다.

절 마당 한쪽의 감나무에 열린 붉은 감들을 저만큼 올려다보며 그는 다시 마음을 다잡았다. 방금 전 점심 공양을 맛있게 얻어먹은 터라, 중노릇은 곧 앞으로의 숙식을 해결하기 위한 가장 좋은 방법일 수도 있겠다는 생각이었다. 그렇게 안절부절 마루 끝에 앉아 있는데,

"댁은 어디서 오셨소?"

중년의 한 초라한 선비가 점잖게 말을 걸어왔다. 이 산 저 산 떠도는 유람객이었다. 말이 잘 통할 것 같아, 김창수는 스스럼없이 자신도 여기저기 떠도는 나그네 처지임을 밝혔다. 그리고 농담 삼아 또 이렇게 덧붙였다.

"바람 따라 구름 따라 여기까지 왔으나, 이제는 극락밖에 더 찾아갈 곳이 없을 것 같소이다."

"극락이라, 허, 젊은 분이 욕심이 좀 과하시구려."

선비가 헛웃음 친다. 한때 서당에서 훈장질한 이 서방이라고 자신의 신분을 밝힌, 이 쓸쓸하고 유식한 사내가 계속한다.

"그 좋은 데를 혼자서만 가지 말고 저랑 같이 가십시다. 기왕에 산천 구경 나오신 길, 혹시 마곡사는 어떠시오?"

"마곡사?"

김창수는 이 사내의 묘한 이끌림에 인도되어 또 길을 나섰다. 낯선 산과 들을 걷고 걸으면서 사내는 또 말했다.

"생전에 많은 죄를 지었어도 그 죄를 깊이 뉘우치고 나무

아미타불 염불로써 용서를 구하면, 그이는 다시 극락에 태어날 수 있소. 설사 지금 우리가 살고 있는 이 세상이 지옥 같을지라도, 헛된 자만과 욕심 없이 모든 생명을 불쌍한 마음으로 바라보면, 그게 곧 극락에 이르는 길이지요. 난 이 욕된 속세를 떠나겠다는 뜻이외다."

"그럼 머리 깎고 스님이 되시겠다는 말씀입니까?"

"그렇소이다. 김 선생도 저랑 같이 마곡사로 가서 머리를 깎읍시다."

드디어 마곡사가 눈에 들어왔다. 찰랑이는 계곡 건너 희끄무레한 안개와 어스름에 잠겨 있는 유서 깊은 고찰 마곡사는, 마치 병풍 속에 자리 잡은 그림처럼 조용하고 고즈넉하였다. 마치 거대한 자물쇠로 채운 듯한 산속에 포옥 둘러싸여 있으되, 또한 누구에게나 가슴을 열고 활짝 반겨 맞을 것 같은 분위기도 흠뻑 감돌았다.

그는 긴 나무다리를 건넜다. 다리 아래로 세차게 흘러가는 물보라가 속세의 묵은 때를 말끔히 씻어 나가는 것 같았다.

심검당3. 마곡사에 당도한 두 사내가 맨 처음 들어간 방이었다.

"어서 오시오. 먼 길 오시느라 수고들 많았소."

일렁이는 촛불 아래서 한가로이 그림첩을 들여다보고 있던 노승이 반겨 맞는다. 동행한 사내는 이미 이 노승과는 안면이 있는 듯 익숙하게 수인사 나눈 뒤 곧 다른 방으로 사라졌고, 김창수는 꿔다놓은 보릿자루처럼 다소곳이 윗목에 주저앉았다. 게슴츠레 치뜬 눈으로 낯선 젊은이를 흘깃 살펴본 노승이 다시 묻는다.

"댁은 장래 큰일을 할 상이외다. 혹시 중이 되어보실 생각은 없소?"

"실은……."

"나는 하은당(荷隱堂)이라고 하는데, 내 상좌4가 되어 주시오. 젊은이가 내 상좌가 되어 주기만 하면, 아주 좋은 일들이 벌어질 것이오."

"하오나 장래의 큰일과 승려가 되는 일과는 무슨 상관이 있는 것입니까?"

"있지. 있구말구지."

곱게 늙은 하은당이 싱긋 이를 드러내며 계속했다.

"하고 싶은 마음공부를 실컷 할 수 있으니까 그렇소. 학

---

3 심검당(尋劍堂): 스님이 거처하는 어느 방 이름.
4 상좌(上佐): 수습 기간 중의 예비 승려.

덕 높은 스님들에게서 깊은 불교학을 배워 익히고, 청정한 심신으로 아침저녁 쉼 없이 기도하며 정진하다 보면, 마침내는 얻고자 하는 깨달음을 얻을 것이오. 그게 바로 큰일이 아니고 무엇이겠소!"

이튿날 아침, 김창수는 비로소 머리를 깎았다. 시퍼런 삭도 날에 지금껏 애지중지 길러왔던 상투 꼭지가 모래 위로 툭 떨어졌다. 이미 흔들리는 마음을 굳게 다잡긴 했지만, 속세와 싹둑 인연을 끊는다는 게 이다지 가슴 아플 줄은 미처 예기치 못했다. 그럼에도 차고 푸른 칼날은 속절없이 그의 머리칼을 싹둑싹둑 밀어 나갔다. 사각사각 밟고 나가는 부처님의 발소리를, 그는 예리한 삭도 밑에서 가만히 엿듣고 있었다.

"너의 이름은 이제부터 원종(圓宗)이니라. 김창수는 죽었다."

머리를 다 깎고 잿빛 승복으로 갈아입었을 때 은사 스님은 또 말했다.

"자, 그러면 지금부터 너의 얼굴에서 속세의 자만심이 다 없어질 때까지, 3천 배를 시작하라. 그리고 한없이 마음을 낮추어라."

사람에게는 물론이거니와 개나 짐승, 하찮은 곤충에게까지도 한없이 마음을 낮추어야 한다는 것이었다. 나의 마음을 낮추고 또 낮추는 지극한 마음이야말로 부처의 깨달음에 이르는 지름길이라고 하였다. 그래서 원종은 그 마음을 낮추고 또 낮추었다. 지금까지의 모든 자만과 허영심을 다 없애는 건 물론, 양반이나 왜놈들한테 당해 온 조선 상놈으로서의 원한과 복수심까지도 깡그리 묵살해 버리고, 오로지 평등하고 자비로운 불제자로서의 수행만을 닦고 또 닦을 뿐이었다. 얽히고설킨 속세와의 모든 인연을 싹둑 끊어버린 영락없는 '중놈'이었다.

그러나 산지사방에서 옥죄어 오는 알 수 없는 감시의 그물망은 좀체 벗어날 수가 없었다. 많은 중들 속에서 무리로 섞여 살면, 쫓기는 탈옥수로서의 신세를 쉬 벗어나리라 여겼으나 시간이 흐를수록 그게 아니었다. 보이지 않는 눈이 어디선가 자신을 늘 지켜보고 있는 것 같았으며, 큰 소리로 말하지 않는 입과 입들이 그의 귀에 들리지 않게 뭔가를 소곤소곤 속삭이는 것 같았다.

벌써 겨울, 눈이 내리고 있었다.
어느 정도 절 생활에 익숙해진 원종은, 은사 하은당의 허락을 어렵사리 얻어 말사인 백련암으로 몸을 숨겼다. 절박하게 쫓기는 신세라는 사실은 끝내 밝히지 않은 채, 일이 뜸한 한겨울 잠시 불경 공부에나 정진하겠다면서 숨어 살기에 안성맞춤인 그 암자로 서둘러 피신한 것이다.

어느새 해가 바뀌고 봄이 왔다. 따사로운 봄 햇살에 좀이 쑤신 원종은 그대로 산을 내려왔다. 그리고 은사 스님에게 아뢰었다.

"스님, 이제는 더 큰 공부를 깊이 있게 하고 싶습니다. 이 몸이 기왕에 이 길로 들어선 이상, 제대로 깨우치고 성불해야 되잖겠습니까. 영험 많은 금강산으로 들어가서 잠시 경전 공부에나 푹 파묻혀 볼까 합니다."

"내가 진즉에 짐작하고는 있었다만, 이렇게 빨리 올 줄은 몰랐더니라. 네 소원이 그렇다면 어쩔 것이냐!"

은사가 너그러이 내준 백미 열 말을 팔아 여비를 마련했다. 그리고 곧장 한성으로 향했다. 그 길에서 뜻이 통하는 한 떠돌이 스님을 만났다. 경상도에서 온 혜정(慧定)이라고 했다. 성 밖에서 며칠을 함께 묵은 둘은 곧 다시 길을 떠났다. 임진강을 건너 개성을 찾고, 그곳에서 옛 고려 때의 유적을 두루 구경한 뒤의 행차는 다름 아닌 해주. 정든 고향 땅이 바로 눈앞이었다. 원종은 비로소 망설임 없이 자신의 과거를 혜정에게 털어놓았다. 혜정은 놀라 입을 쉬 다물지 못했다.

"알았소. 내 친히 다녀오리다."

혜정은 약속대로 날이 새기 바쁘게 바람처럼 길을 떠났다. 그리고 그 이틀 후, 또 바람처럼 혼자 다시 돌아오리라 여겼던 혜정의 뒤로, 웬 두 노인이 따라붙어 있었다. 놀랍게도 원종의 부모님이었다. 승복 차림의 아들을 본 두 노인은, 한동안 말을 잇지 못한 채 우두망찰하게 서 있다가 울음을 터뜨렸다.

"아이고, 이게 꿈이냐 생시냐? 네가 정말 내 아들인지 어디 한번 얼굴이나 만져보자!"

"어머님, 죄송합니다. 아버님께도 너무 많은 죄를 지었습니다. 용서하십시오."

원종의 두 눈에서도 주르륵 뜨거운 눈물방울이 흘러내렸다. 참으로 기구하고도 슬픈 내력이 쉼 없이 이어지는 가족이었다.

원종은 부모님을 모시고 다시 평양으로 향했다. 둘도 없는 길동무인 혜정도 여전히 함께였다. 그러나 막상 의기양양하게 부모님 모시고 평양에 도착하긴 했으나, 넷이나 되는 어른들이 편히 머물 만한 정처는 딱히 정해져 있지 않았다. 평소 무모하리만치 대담한 원종의 성격이 그 대로 드러나는 장면이거니와, 그는 먼저 여관부터 잡아놓 고 보았다.

때마침 단오절이라 들뜬 분위기와 화창한 신록에 감싸인 평양의 대동강 풍광은 그야말로 한 폭의 그림이었다. 그렇 게 먹고 즐기는 틈틈이, 원종은 자신의 머릿속을 파고드는 고민에 자주 휩싸이지 않으면 안 되었다. 저녁노을이 붉게 물들어가고 있었다. 양친과 혜정을 여관으로 인도하고 난 원종은, 다시 발길을 돌려 아까 눈여겨봐 두었던 한 저택으 로 향했다.

"길 지나는 소승, 문안드리옵니다. 저는 충청도 마곡사의 보잘것없는 승려로, 금강산에 공부하러 가는 길입니다. 암 만해도 고명한 학자이신 것 같은데, 혹시 존함이 어떻게 되 시는지요?"

"저는 최재학(崔在學)이올시다."

사람 좋은 집주인의 안내에 따라 방 안으로 들어섰더니, 거기에는 또 다른 손님이 앉아 있었다. 길고 멋스러운 수염 에 귀골이 당당해 보였다. 최재학의 소개로 그 손님께도 인 사하여 알고 봤더니, 바로 평양 진위대5를 통솔하는 지휘관 으로서, 이름이 전효순(全孝淳)이라고 했다.

역시 사람은 사람을 잘 만나야 된다더니, 정신 똑바로 지혜롭게 잘만 살핀다면, 길은 어디에서나 열려 있게 마련이었다. 원종은 이들과 차를 함께 마시고 담소를 나누면서, 자신의 철학이나 국가관은 물론 유교와 불교, 선교의 경계까지도 자유자재로 넘나드는 학식을 유감없이 보여주었는데, 최재학은 이에 반해 이렇게 붙들고 나오는 것이었다.

　"금강산은 무슨 금강산, 평양 근교에도 좋은 절이 많으니 그 중의 어느 한 곳에 자리 잡고 앉아, 저희 아이들 글공부나 시켜 주시지요."

　"옆에서 듣는 것만으로도 젊은 스님의 품격과 학식의 고상함을 우러러 공경할 만하오. 내가 지금 최 선생한테 부탁하여, 내 자식과 외손주 놈들을 영천암(靈泉庵)이란 절에서 공부시키고 있는데, 그 주지승이 성행 불량하여 날마다 술 취해 돌아다니기만 하니, 그 자리를 스님께서 맡아주시면 어떻겠소?"

　도도한 전효순까지 합세하여 힘써 권유하고 나서는 것이었다.

---

5 진위대 : 질서 유지와 수비를 목적으로 설치된 근대적 지방 군대

원종은 조용히 고개를 끄덕였다. 이튿날 바로 주지 임명장이 날아왔다. 원종은 그날로 최재학을 따라 평양 서쪽에 있는 영천암을 찾았다. 혜정과 양친이 더불어 동행한 것도 물론이었다. 자그마하면서도 아담하고 고풍스러운 절이었다.

절의 업무를 대충 인수하고 괜찮은 방 하나를 정해 부모님을 모신 원종은, 곧바로 서당의 훈장 노릇으로 들어갔다. 전효순의 손자들이 중심을 이룬 학생 중에는 평양의 내로라하는 유지들 자제도 몇몇 섞여 있어 더욱 열심히 가르치지 않을 수 없었다.

원종은 날이 갈수록 승려 신분을 스스로 망각하는 경우가 많아졌다. 승복을 멀쩡히 걸친 채 드러내 놓고 고기를 먹었으며, 불경이나 염불을 외는 대신 문장을 짓고 시(詩)를 외웠다. 보다 못한 혜정은 말했다.

"암만해도 원종 스님은 불가와는 인연이 없나 보오. 하루가 다르게 변해가는 모습을 훔쳐보는 내 고통이 크오."

"미안하오. 나도 모르게 마음이 그쪽으로 흘러가니 스스로도 놀랄 뿐이오."

"그러니 나는 이제 이곳을 떠나겠소. 부모님 모시고 잘 사시오."

혜정은 눈물로 작별을 이야기하였다. 갈수록 불심이 약해지는 원종을 남몰래 지켜보며 무던히도 마음 아파하던 그였지만, 결국 남의 마음까지는 도저히 어쩌지 못한다는 걸 속 깊이 깨달은 모양이었다.

결국 원종은 더 이상 '원종'이라는 승명을 갖고 행세할 수 없는 지경에 이르렀다.

"그래, 원종아 잘 가거라."

김창수로 돌아온 그가 벗어 놓은 승복을 향해 혼자 중얼거렸다.

4. 질긴 인연은 다시 시작되고

그해 가을, 고향인 해주 텃골로 돌아온 김창수는 한동안 집안의 농사일을 도우면서 묵묵히 휴식을 취했다. 아주 멀고도 먼 여행에서 모든 기운을 다 소진하고 돌아온 기분이었다.

해는 또 어느새 바뀌어 1900년. 진정 새로운 세기, 바람 앞 등불의 시대가 열리고 있었다. 김창수의 나이 스물다섯이었다. 뭔가 이상한 기운이 천지를 뒤덮는 암울한 분위기 속에서, 철철 끓는 자신이 시골구석에 박혀 그저 오늘내일 시간이나 축내고 있다는 건 왠지 억울했다. 그는 감연히 자리를 박차고 또 몰래 집을 빠져나왔다. 이번 행선지는 강화도였다.

나를 구하려다 오히려 패가망신한 그 김주경 어른은 도대체 어떻게 되었을까?

좀이 쑤셔서 견딜 수가 없었다. 혹시 일이 잘 풀려 고향인 강화도에 다시 둥지 틀고 산다면 더없이 다행이겠지만, 아직도 여전히 그의 행방이 묘연하다면 남아 있는 그

가족들이라도 꼭 한번 만나봐야 직성이 풀릴 것 같았다. 만나서 그 당시의 고마움을 어떤 형태로든 꼭 갚아주고 싶었다.

다시 김두래(金斗來)로 변성명하고 강화로 들어섰다. 남문 안 김주경의 옛집을 찾아 안부를 물었으나 그의 소식은 오리무중. 낯선 손님을 맞은 그의 셋째 동생 진경이 의아해 되물었다.

"형님이 집 나간 지 수년이 지나 집안은 이렇게 풍비박산 인데, 어디서 오신 뉘시옵니까?"

"나는 연안에 사는 김두래로, 당신 형님과는 막역한 동지였소. 몇 년간 하도 소식이 없어서 궁금해 이리 찾아왔소이다."

"아, 그렇습니까. 누추하지만 어서 안으로 드시지요."

형님 집으로 들어와 살림을 합쳐 살면서 형수와 조카들까지 부양하고 있던 김진경은, 허물없이 그를 맞아 주었다.

하지만 김두래는 따뜻한 밥 한 끼 어렵사리 얻어먹기만 할 뿐, 주인 없는 집을 마냥 지키고 있을 수만은 없었다. 그럼에도 이렇게 먼 길을 한걸음에 달려왔는데 하는 안타까움 또한 영 가시질 않아, 마당에서 뛰노는 그 집 아이들을 보면서 이렇게 슬쩍 운을 떼어보았다.

"내가 형님 소식을 모른 채 이대로 돌아서기가 너무 막막하니, 빈 사랑에서 저 아이들을 가르치며 한두 달쯤 백방으로 좀 알아보면 어떻겠소?"

"아, 여부가 있겠습니까. 손님께서 그리해 주신다면 더없는 기쁨이지요. 안 그래도 큰집, 작은집 조카자식이 여럿 있는데, 다 글 배울 나이가 되었지만, 촌에서 그대로 놀리고 있습니다. 그거참 듣던 중 반가운 말씀입니다."

이튿날 바로 서당 훈장 노릇이 시작되었다. 소문은 금방 온 동네로 퍼져 나갔다. 김두래 훈장이 글 잘 가르친다는 평판이 자자해지자, 한 달이 못 되어 모여든 학생이 무려 30여 명. 훈장은 신명이 나서 천자문을 열심히 가르쳤다. 어떻게 세월이 흐르는지 모를 지경이었다. 그렇게 3개월쯤이 훌쩍 지나간 어느 날,

"이 편지를 한번 보십시오. 유완무 이 양반, 참 질기신 데가 있어요."

김진경이 넋두리처럼 말하였다. 자세히 알고 봤더니 무주에 사는 유완무(柳完茂)는 김주경의 둘도 없는 후원자로, 이제는 행방불명인 김주경 대신 해주 사는 김창수라는 사람을 그토록 목을 빼 찾는다는 것이었다.

"그럼 유완무는? 혹시 어떤 왜놈 관리의 끄나풀로, 정탐

하려는 건 아닐까?"

"그건 아니오. 제가 그 양반과 만난 적은 없으나, 형님 말씀에 따르면 보통 벼슬아치 출신과는 판이하답니다. 고상한 학자풍이 있는 데다가 의협심도 남달리 강하다고 하더군요."

"······?"

김두래는 가만히 고개를 주억거렸다. 알 수 없는 재앙이 스멀스멀 다가오는 것 같기도 하고, 예기치 않았던 은혜의 손길이 조심스럽게 뻗쳐오는 것 같기도 했다.

이튿날 아침 녘, 사랑에서 아이들 글공부 시키려 준비하고 있는데 기골이 훤칠한 낯선 손님이 찾아들었다. 유완무가 보낸 이춘백이었다. 김두래는 이내 마음을 굳혔다. 이춘백이나 유완무를 더 이상 의심해선 안 된다는 생각과 함께, 그들의 곧은 의리를 끝내 외면하며 종적을 감춘다면, 그 역시 비겁하고 정의롭지 못하다는 판단이 들었다. 다음 날 아침 진경과의 밥상머리에서 김두래가 입을 열었다.

"사실은, 내가 바로 김창수일세. 유완무란 사람 추측이 바로 맞았네. 이제 그 친구를 만나 볼 수 있도록 나를 놓아주게나. 그동안 고마웠네."

"그렇다면 오늘 바로 여길 떠나시겠다는 말씀입니까? 과연 형님이 김창수라면 어서 그러셔야죠. 이곳에는 인천 감옥에 다니는 직원도 있고 순검들 또한 내왕이 잦으니, 좋으실 대로 하십시오."

"아이들한테 잘 말해 주게."

김두래는 곧장 이춘백을 따라 한성으로 잠입했다. 공덕동 박 진사 댁, 바로 그곳에 유완무가 있었다. 가무잡잡한 피부의 중키에 검은 갓을 쓴 생원 차림의 그가 반갑게 맞아들였다. 환히 이를 드러낸 그가 유쾌한 어조로 말한다.

"오시느라 고생 많았소. 대장부는 어디에 있든지 반드시 만나게 되어 있다는 말이 실감나구려. 무슨 일이고 구하면 얻게 될 날이 있는 법, 오늘이 바로 그렇소이다."

그러던 어느 날이었다.

"한 군데 오래 머물러 있으면 위험하니 이 편지를 갖고 길을 떠나시오."

유완무가 친절하게 일러 주었다. 적당한 노잣돈과 함께 내민 편지의 수신인은 충청도 연산의 이천경(李天敬).

유완무가 허물없이 소개한 이천경 역시 그렇게 사람 좋을 수가 없었다.

낯선 손님을 아무런 거리감 없이 따뜻하게 맞아 준 이천경은, 갖은 산해진미로 정성을 다해 대접하였다. 하루하루

가 잔칫집 같았다. 그러면서도 다른 한편으로는 또 집주인
의 날카로운 시선이 언뜻언뜻 비치기도 했는데, 그것은 곧
손님의 일거수일투족을 은연중 세밀히 관찰하고 있다는 사
실이었다. 그러거나 말거나, 김창수는 흔연스레 마음을 부
려놓고 모처럼 만의 여유를 한껏 즐겼다.

한 달이 훌쩍 지났다. 이천경은 유완무와 똑같이 편지 봉
투를 건네며, 무주에서 인삼을 재배하는 이시발(李時發)을
찾아가라고 했다.

"이번에는 인삼 많이 먹고 힘을 더 기르라는 겁니까?"

김창수는 껄껄 웃으며 다시 길을 떠났다. 어쨌든 즐겁고
고마운, 호기심 많은 여정이었다.

이시발 또한 친절하고 융숭하게 그를 접대한 다음, 시간
이 적당히 흐르자 곧장 다른 곳으로 소개장을 써 주었다.

"지례군의 성태영을 찾아가시오."

"그러지요. 고맙습니다. 정말 대단한 동지들이십니다."

그 길로 성태영(成泰英)을 찾아가니, 대저택을 가진 그 역
시 통이 큰 접대를 마다하지 않았다. 그의 조부가 원주 목
사를 지냈을 만큼 넉넉하고 지체 높은 분위기가 고스란히
전해져 왔는데, 소개장을 본 집주인이 단박에 환영하고 친
절히 대우하자, 하인들도 덩달아 공경하는 태도를 보였다.

또 그렇게 한 달쯤 지났을 무렵 유완무가 왔다. 퍽이나 보고 싶던 그가 오자, 세 사람은 더욱 의기투합하여 즐거운 이야기로 날 새는 줄 몰랐다. 술잔을 크윽 비우고 난 유완무가 유쾌하게 제안하였다.

"이참에 김형 이름을 바꿔보는 게 어떻겠소? 이름을 보면 그 사람 풍모를 대강은 짐작할 수가 있는데, 창수는 어딘지 어울리지가 않거든. 성태영 이 친구가 제법 유식한 편인데, 어디 한번 잘 좀 지어 달라고 부탁해 봅시다."

"나도 그리 생각해 오고 있었소이다."

성태영 역시 기다렸다는 듯 맞장구치고 나섰다. 불콰하게 취기가 오른 그가 이윽히 김창수를 건너다보고 나서, 곧 제멋에 겨워 다시 말을 잇는다. "그래, 거북 구(龜)가 좋겠군. 김구, 황금의 거북!"

"옳거니! 큰일을 할 사람은 이름도 뭔가 그에 걸맞아야지."

유완무도 지지 않고 받는다. 김창수에게 의미 깊은 술잔을 건넨 그가 계속했다.

"김구라, 사람과 이름이 너무 잘 어울리오. 그렇다면 호는 내가 지어 드리리다. 연하(蓮下)가 어떻겠소?"

"연하? 연꽃 아래 앉은 황금 거북이라, 거 괜찮은데!"

"오늘 이 시간부터 김창수는 없소. 자, 새로 태어나신 김구 선생, 내 축하주도 한잔 받으시오."

성태영이 호기롭게 결론을 내려 주었다. 바야흐로 오욕에 물든 지난날의 김창수는 죽고, 황금 거북과도 같이 단단하고 영원한 '김구(金龜)'가 다시 태어나고 있었다.

이튿날 아침, 김구는 유완무를 따라 무주로 향했다. 새로 장만한 유완무의 집이 무주 읍내에 있어서였다. 사방이 산으로 둘러싸인 물 맑고 공기 좋은 곳이었다. 신선놀음이 따로 없는 나날을 한 달쯤 보내고 나자, 유완무가 점잖은 어조로 분위기를 바꿨다.

"연하, 사실은 요 몇 달 여기까지 오는 동안 궁금한 게 한두 가지가 아녔을 거요. 연산의 이천경이나 지례의 성태영이 다 둘도 없는 동지들인데, 우리는 새로 동지가 생겼을 적엔 반드시 그를 몇 군데씩 동지들 집을 돌아다니게 해서 함께 지낸다오. 그리하여 서로 관찰한 바와 시험한 것을 모아, 어떤 일에 적당한지를 판정해 벼슬살이 맞는 자는 그 자리를 주선하고, 장사에 어울리는 자는 상업 쪽으로 인도하는 등 적시 적소에 심어, 우리 사람으로 만드는 것이 동지들 규정이오. 그 결과 연하는 아직 학식이 얕고 부족하니 더욱 정진케 해서, 어느 정도의 수준을 이루도록 동지들이 도울 것이오. 연하의 출신 성분이 낮으니, 그 신분부터 양반에게 눌리지 않도록 상승시키는 걸 최우선으로 삼아야 할 것인즉, 지금 연산의 이천경이 소유하고 있는 집과 논밭, 살림살이를 그대로 인계하여, 부모님이 생활하는 데 아무런 불편 없이 제공하려 하오. 그러니 고향에 가서 두 분을 연산으로 몸만 모셔 오도록 하시오. 연하는 그다음 한성에 유학하면서 두루 견문을 넓히고 학식을 쌓을 일만 남았소."

"뭐가 뭔지 통 종잡을 수가 없으나, 아무튼 고맙소이다."

"자, 그러면 내일 바로 나랑 함께 한성으로 떠나는 거요."

유완무는 확실히 결단이 빠르고, 그것을 행동으로 옮기는 실천력 또한 남다른 데가 있었다. 그리고 대단한 능력의 이상주의자였다.

그와 함께 상경한 날 밤, 느닷없이 아버지가 꿈에 보였다. 자꾸만 '황천(黃泉: 한자 문화권에서, 사람이 죽으면 가는 곳)'이라는 두 글자를 아들더러 쓰라고 하시는 것이었다. 아무래도 이상했다. 아침에 일어나 그 꿈 이야기를 했더니, 유완무는 서둘러 여비를 넉넉히 마련해 주며, 어서 당신 곁으로 가보라고 일렀다.

해주에 도착했을 때는 어느새 동짓달. 집을 떠난 지 거의

1년 가까운 시점이었다.

"아버님!"

안방 문을 와락 밀치고 들어선 김구는 차마 다음 말을 잇지 못하였다. 진정 목숨이 경각에 달린 아버지의 위중한 상태였다. 하룻밤이 지나자 김구는 더욱 애가 탔다. 찌들대로 찌든 산골 살림이라, 아버지를 살려낼 방도는 도저히 생겨나지 않았다. 산삼 같은 명약을 구할 수도, 소문난 의사를 데려올 수도 없었다. 마침내 김구는 자신의 살점을 도려내기로 결심했다.

그는 곧 실행에 옮겼다. 숫돌에 칼 갈아 시퍼렇게 날을 세웠다. 그리고 어머니가 잠시 집을 비운 틈을 노려 다음 행동으로 들어갔는데, 우선 붕대용 무명천을 준비해 부엌으로 들어가 문을 걸어 잠근 후, 화로에 숯불을 피우고 막사발을 허벅지 아래에 받쳤다.

어금니를 질끈 앙다물었다. 왼쪽 허벅지 한가운데에 칼날을 들이대었다. 서늘한 기운이 예리한 칼끝에서 전해져왔다. 그러나 망설일 틈이 없었다. 그는 단칼에 쓱 베어 살점을 도려냈다. 딱 한 덩어리, 겨우 맛보기로 씹을 만큼의 적은 양이었다. 그럼에도 사정없이 흘러내리는 피와 피. 붉은 핏방울이 막사발 안으로 떨어졌다.

여전히 이를 앙다문 그는, 그러나 냉정하고 침착하게 피가 멎기를 기다렸다가 무명천을 칭칭 허벅지에 감았다. 막사발에 고인 피가 대여섯 숟가락은 충분히 되는 것 같았다. 그는 그것을 소중히 받쳐 들고 안방으로 들어갔다.

"아버님, 이거 식기 전에 드세요. 아랫말에서 사슴피를 좀 구해 왔습니다. 어서……."

차분한 어조로 애써 태연함을 가장한 김구는, 여전히 영문을 몰라 하는 아버지를 서둘러 일으켜 앉혔다. 그리고 거의 강제다시피 그것을 먹였는데, 아버지는 놀랍게도 얼굴 한번 찡그리지 않고 다 받아 마셨다.

아들은 제풀에 신이 나서 다시 부엌으로 급히 들어가, 떼어 놓았던 살점을 일렁이는 숯불에 구웠다. 석쇠에 올린 살점이 지지직 익는 것을 보면서, 그는 암만해도 너무 적은 양이라고 생각했다. 새삼 부끄러웠다.

그는 다시 용기를 내어 바지춤을 걷어 올렸다. 이번에는 종아리 살을 베어 낼 작정이었다. 그래야 한 입이라도 넉넉하게 채워질 거라 여기면서, 그는 시퍼런 칼날을 살 속으로 확 박아 그었다.

그러나 이게 웬일인가? 자신도 모르게 외마디 비명을 내지르고 말았다. 눈물이 왈칵 쏟아질 정도로 쓰리고 아팠다.

그런데도 살점은 조금도 떨어져 나오지 않았거니와, 너무도 극심한 통증 때문에 피를 받고 말고 할 정신조차 없었다. 이상하게도 처음보다는 훨씬 더 어렵고 지독한 생살 찢기로서, 그는 결국 애먼 종아리만 베어놓은 채 살점은 손톱만큼도 떼어내지 못하고 칼을 거두어들이지 않을 수 없었다.

손가락을 자르고 피와 살을 아프지 않게 베어 내는 건 진정한 효자나 할 수 있는 숭고한 행위일 터인즉, 나 같은 불효자가 어찌 내 피와 살을 고통 없이 더 바칠 수 있으랴.

김구는 속으로 깊이 한탄하며 혼자 울었다. 그 깊은 슬픔을 눈치라도 챈 듯, 병석의 아버지는 끝내 일어나지 못하고 이 세상을 떠나버렸다.

막상 조문객을 받으려다 보니, 살점이 패인 아픔 때문에 김구는 도무지 안절부절, 쩔쩔매지 않으면 안 되었다. 얼어붙은 한겨울 눈바람은 그 상처 위에 또 견딜 수 없는 모진 추위까지 덧씌우는 것이어서, 문상 오는 손님 맞는 일이 그렇게나 괴로울 수가 없었다. 차라리 오지 않았으면 싶을 정도였다.

아버지를 산에 묻고 돌아온 김구는 한동안 조용히 지내면서 막내 작은아버지 농사를 도우며 1년을 보냈다. 졸지에 형을 잃은 그 작은아버지는 스스로 집안의 어른으로 자처하면서, 김구에게 돈을 주어 이웃 동네 어느 평민의 딸과 결혼시키고자 하였다. 김구는 돈 주고 치르는 결혼을 단호히 거절했고, 단단히 화가 난 작은아버지는 그런 괘씸한 조카를 낫 들고 이리저리 쫓아다녔다. 참으로 성질 괴팍한 별난 어른이었다.

그래도 혼담은 쉬지 않고 들어왔다. 이번에는 여옥(如玉)이라는 열일곱 살 난 처녀였다. 스물일곱 살의 노총각 김구는 '돈에 대한 요구가 없어야 하며, 적당히 학식이 있어야 하며, 서로 만나 이야기를 나눠보는 것'을 조건으로 이 처녀를 만났다. 만나 보니 그런대로 심신이 어여뻤다. 김구는 말했다.

"내가 지금 상중이라 1년 후에나 혼례를 치를 수 있을 텐데, 그때까지 나를 선생님이라 부르며 못 다 깨친 글을 배울 수 있겠소?"

"예."

꽃다운 처녀, 여옥이 고개를 끄덕였다. 정겨운 약혼녀였다. 그러나 그녀는 끝내 김구를 기다려 주지 않았다. 갑자기 병을 얻어 위독하다는 소식을 듣고 달려가 봤더니. 과연 느닷없는 사경을 헤매는 중이었다. 김구가 안타깝게 간병

하며 보살핀 보람도 없이, 그녀는 사흘 만에 곧 숨을 거두고 말았다. 생애 처음 애틋한 연정을 가져보았던 김구는, 애써 그 북받치는 슬픔을 지우고 손수 그녀의 주검을 장사지냈다.

아버지와 약혼녀의 연이은 죽음은 방황과 혼돈 속의 김구에게 전혀 새로운 인생길을 열어 주었다. 죽음을 뛰어넘는 죽음, 진정 참되고 값진 삶의 의미는 과연 무엇인가에 대한 깊은 성찰 끝에 얻어낸 결론은, 다름 아닌 기독교에의 귀의와 열정에 불타는 교육 운동이었다. 때마침 장련에 사는 오인형(吳寅炯) 진사가 집과 대지, 20여 마지기 전답과 과수원을 내준 덕에, 김구는 망설임 없이 그곳으로 이사, 오 진사의 큰 사랑채에 학교를 세우고 예수교 또한 열심히 신봉하였다.

신학문의 전파와 교세는 채 반년도 안 되어 사방으로 뻗어 나갔다. 자신과 나라를 위해 매진해야 할 일이 어떤 것인가를 확실히 깨달은 김구는, 그해 여름 평양에서 열린 예수교 주최의 사범 강습회에 기꺼이 참여했다. 지금까지와는 전혀 다른 신교육을 위한 '선생 공부'였는데, 그는 여기에서 도산 안창호의 여동생인 안신호라는 신여성을 만난다. 성격이 꽤나 활달한 미모의 처녀였다.

둘은 곧 서로가 깊은 호감을 나눠 가졌으나 결혼에는 끝내 이르지 못하였다. 시간이 흐른 후 그녀는 김구를 찾아와 말했다.

"하늘이 정한 운명은 어쩔 수 없는 일, 저는 지금부터 당신을 오라버니로 섬기겠습니다. 제 사정이 그리된 것이니 너무 섭섭히 생각지 마셔요."

"인연이 닿지 않는 걸 어떡하겠소. 서로 뜻이 통하는 거로나 위안 삼고 지냅시다."

겉으로는 흔연스레 받았으나, 김구의 속마음은 내내 통증으로 쓰라렸다. 쾌활한 그 결단력이나 너그러움에 대한 깊은 정이 쉽게 가시지 않아서였다.

하지만 노총각 김구 앞으로 다가오는 여자는 안신호만으로 그치지 않았다. 이번에는 신천 사는 최준례(崔遵禮)로, 그녀 역시 열여덟 살의 꽃다운 나이였다. 이 혼담도 순탄하게 이루어지지는 않았지만, 이런저런 어려운 사정을 다 뿌리친 둘은, 이윽고 길고 먼 부부로서의 인생 항로를 함께 시작하였다.

1905년, 을사년(乙巳年). 김구 나이 서른 살. 드디어 한 왕조가 서서히 무너지고 있었다. 하늘도 울고 땅도 울었다.

이른바 '을사늑약' 체결!

이 조약을 빌미로 일본은 대한제국의 광대한 토지를 군사기지로 수용했으며, 이 나라 정부의 재정과 외교는 그들에게 완전히 빼앗겨 사실상의 보호국으로 추락하고 말았다.

사방에서 의병 운동이 일어났다. 충청도에서는 민종식이, 전라도에서는 최익현, 경상도에서는 신돌석, 강원도에서는 유인석이 저 흉악한 일제와 을사오적을 죽이자며 벌떼처럼 일어섰으며, 분을 못 견딘 민영환과 조병세, 송병찬, 홍만식, 이한응, 이상철 등은 스스로 목숨을 끊어 자결하였다.

그러나 역부족이었다. 실로 무자비하고 막강한 무력을 앞세운 일제의 침략을, 단순한 혈기만으로는 도저히 막아낼 수가 없었다.

이를 익히 간파한 김구는 이 망국 조약의 폐기를 위한 상소 운동에 기꺼이 뛰어들었다. 진남포 에버트 청년회의 총무 자격으로, 경성 상동 교회의 애국 집회에 참석한 것이었다. 겉으로는 물론 기도회 같은 교회 일로 얼핏 비쳤지만, 나라를 빼앗긴다는 절체절명의 위기 속에서 가만히 기도만 올리고 있을 교인들이 아니었다. 진덕기와 이준, 이동녕 등의 애국지사들이 중심이 된 지도자들은, 대한문 앞으로 떼를 지어 나아가 나약한 임금께 상소문을 올리는 한편, 2천만 동포가 총궐기할 것을 독려하는 격문을 여기저기 내붙이며 격렬한 투쟁을 벌여 나갔다.

"왜놈들이 이 나라 국권을 강탈하고 억지로 강제 조약을 체결하는데, 우리 인민은 이대로 원수의 노예가 될 것인가, 아니면 죽음 같은 목숨 구차하게 살 것인가!"

김구는 소리 높여 외쳤다. 그리고 왜경을 향해 깨어진 기왓장을 던지며 놈들의 총칼에 맞섰다. 하지만 그 역시 역부족이었다. 그래서 그는 귀향 즉시 교육 운동에 깊숙이 뛰어들었다. 처음엔 문화의 서명의숙(西明義塾)에서 교사 생활을 시작하였으나, 그는 곧 안악의 양산 학교로 자리를 옮겼다.

1907년 여름, 김구는 제1회 강습회를 열었다. 황해도 일대에서 교육 운동에 종사하는 유지들과 시골의 훈장들까지 두루 불러 모았는데, 세 번째 강습회가 열린 1909년 여름에는 평안도와 경기, 충청도에서도 수많은 강습생이 구름처럼 모여들었다. 이 모임의 강사는 주로 평양에서 초빙한 최광옥과 일본 유학 중 일시 귀국해 온 이광수, 그리고 김구였는데, 이들의 열띤 강의는 곧 널리 명성을 얻으며 신교육과 애국 사상의 일대 선풍을 일으켰다.

"이제는 양반도 없고, 상놈도 없습니다. 나라를 잃었는데 그것들이 다 무슨 소용입니까? 그러니 부디 양반도 깨어나고 상놈도 깨어나야 합니다!"

김구가 가는 곳마다 강연회는 대성황을 이루었다. 재령에서 장연으로, 거기에서 다시 송화에 이르렀다. 몇 년 만에 다시 와본 송화는 대부분 왜놈들이 점령하고 있었다. 우리 의병들을 참혹하게 살해하고 시골의 개와 닭까지 깡그리 잡아가는 놈들을 보자, 김구는 절로 화가 머리끝까지 치밀었지만, 꾹 눌러 참고 환등회를 열었다. 영사막에 고종 황제의 얼굴이 비쳤다. 김구는 엄숙한 목소리로 거기에 모인 청중에게 모두 절할 것을 명령했다. 군수를 비롯한 군민은 물론 일군 장교와 경관 무리까지 경례를 시킨 후, '우리는 왜 일본을 배척하는가?'라는 제목으로 입을 열었다.

"우리는 과거 러일, 청일 전쟁 때만 해도 일본에 대한 감정이 매우 좋았으나, 이후 느닷없이 우리 주권을 빼앗는 강제 조약이 맺어짐에 따라 나쁜 감정으로 바뀌었소이다. 그들은 왜 허락도 없이 우리의 닭과 달걀을 빼앗아 갑니까? 왜 죄 없는 사람을 죽이고 다치게 하는 것입니까?"

"빠가야로!"

환등회의 불은 즉시 꺼지고 군중은 해산되었다. 그리고

김구는 곧 경찰서로 연행되었다.

이튿날 아침. 갇혀 있는 구치소에서 이건 또 무슨 뜬금없는 희소식인가? 김구를 관리하고 있던 경찰 간부가 놀라 소리쳤다.

"아니, 이토 히로부미 통감이 피살되었다고?"

어떻게 이런 놀라운 일이 벌어질 수 있단 말인가?

김구는 도무지 믿기지 않아서 몇 번이나 고개를 갸웃거렸지만, 그러나 그것은 엄연한 사실이었다. 그것도 다름 아닌 한인의 총에 맞아 죽었다는 것이었다. 하룻밤을 더 지나고 나자 가해자의 정체가 더욱 확실하게 신문 지상에 밝혀졌다. 바로 안중근이었다.

음, 뭔가 큰일을 저지르리라 일찍이 간파하긴 했지만, 이렇게 엄청난 거사를 그가 터뜨릴 줄이야!

참으로 큰 감동이 김구의 가슴을 가득 메웠다. 한때나마 쫓기는 자신을 보호하고 감싸주며 먹여 살렸던 그 청계동의 안 진사, 안태훈의 맏아들이 우리의 철천지원수 놈을 쓰러뜨렸다니, 하고 그는 다시 한번 깊은숨을 힘껏 들이마셨다.

당시 열여섯 살의 중근은 김구를 형처럼 따르며 총을 어깨에 멘 채 온 산을 헤집고 다녔었다. 안 진사가 거느린 여러 부하 중에서도 사격술이 가장 뛰어나고 머리가 영민해, 나는 새 달리는 짐승도 백발백중 맞춰내기 일쑤였는데, 그로부터 십몇 년이 흐른 이제 그는 진정 큰 사냥감을 일거에 박살 내고 만 거였다.

경찰서 안은 발칵 뒤집혔다. 그에 따른 김구의 수감 기간도 더욱 길어졌다. 안중근 의거에 따른 시국의 급변에 따라, 김구도 자연 놈들의 살벌한 감시망에서 자유로울 수가 없었다. 그는 결국 경찰서 유치장에서 한 달을 지낸 후 해주 재판소로 압송당했다. 검사는 다짜고짜 안중근과의 관계를 신문하였다. 쓸데없는 다툼이 이틀이나 더 되풀이된 후 김구는 비로소 그 사건과는 관계없다는 판정을 겨우 받아냈다. 하늘이 도운 셈이었다.

더욱 깊어진 그의 기독교 신앙과 계몽 활동, 그침 없는 신교육에의 헌신은 자연스럽게 활발한 독립운동으로도 이어져, 항일 비밀 결사체인 신민회(新民會)에까지 참여하는 길을 얻는다. 그의 이름은 어느결에 전국적인 애국지사로서의 반열에 성큼 올라 있었다.

신민회가 결성된 것은 이태 전인 1907년 11월 29일. 안창호, 이동녕, 양기탁, 이동휘, 신채호, 노백린 등이 국권회복과 공화제 국민국가 수립을 목적으로 조직되었는데,

그 실천 방법으로는 무엇보다 인재 양성과 국민 계몽을 위한 교육 시설 건설, 경제 활성화, 그리고 해외 독립군 기지와 무관 학교 건설을 중시하였다. 자기의 생명과 재산을 아낌없이 바칠 수 있는 사람을 회원으로 삼은 이 단체는 철저한 비밀 점조직으로 운영되었거니와, 평양의 대성 학교와 정주의 오산 학교, 대한매일신보 등을 설립, 그 목적에 걸맞은 활동을 맹렬히 전개하였다. 그러나 나라는 이미 일제에 빼앗긴 뒤였다. 한일 합방 조약이 정식 선포되고 조선 총독부가 설치되었다. 망국의 설움은 날이 갈수록 더하였다.

그러던 어느 날, 안중근 의사의 사촌 동생 안명근이 한밤 중에 찾아왔다. 용건을 물은즉, 독립 자금을 낸다고 약속한 안악 부호들이 그걸 차일피일 내놓지 않아 총기로 위협할 생각이니, 당신이 좀 도와 달라는 것이었다. 김구는 고개를 가로저으며 말했다.

"안형이 여순 사건을 목도한 나머지 피가 끓어 그런 계획을 세운 모양이나, 독립 자금보다 더 급하고 중요한 게 동지들의 결속이오. 동지는 몇이나 얻었소?"

"형이 동의하신다면 사람은 쉽게 얻을 줄 압니다."

"일시적인 격발로는 닷새는커녕 사흘도 못 버틸 것이니

우선 분기를 참고 기다립시다. 많은 동지를 끌어모아 군사 교육부터 시키는 게 급선무외다. 지금은 왜놈들이 사방을 꽉 에워싸고 있는 형편이오."

하지만 안명근은 아무래도 성에 차지 않는 불만 어린 표정으로 돌아섰다. 아니나 다를까, 며칠 후 그는 곧 사전에 왜놈들에게 발각되어 경성으로 압송당했다는 소식이 날아들었다. 예감이 좋지 않았다. 우울한 1910년이 그렇게 저물었다.

해가 바뀐 정월 초닷새. 새벽이 희부옇게 밝아오고 있었다. 아직 잠에서 채 깨기 전인 김구는 쾅쾅 두드리는 낯선 문소리에 놀라 눈을 떴다. 일본 헌병이었다. 이미 엎질러진 물이었다. 놈이 이끄는 대로 헌병대에 가보니, 벌써 여러 애국지사들이 한데 잡혀 와 있었다. 총독부는 황해도 일대의 반일운동을 뿌리 뽑기 위해 안명근사건을 확대, 조작해 많은 기독교인과 신민회원들까지 체포해 들인 것이었다.

그들은 곧 경성으로 압송되었다. 벌집 같은 감옥이 모자랄 정도로 많은 지도자들이 굴비 두름처럼 꾸역꾸역 잡혀 들어왔다. 이제는 황해도는 물론 평안도와 함경도, 경성과 강원도에 걸친 전국 규모였다. 이승훈과 양기탁, 유동열, 이동휘를 비롯한 수많은 지사들이 애꿎은 왜놈들의 소탕작전에 여지없이 걸려들어 왔는데, 그들에게는 곧 혹독한 고문이 무차별 자행되었다.

하늘도 무심한 헌병대 취조실에선 놈들의 고문에 못 이겨 울부짖는 소리로 해 뜨는 줄 몰랐다. 김구 또한 이 혹심한 고통에서 좀체 벗어날 수가 없었다. 가까스로 정신을 차리자 헌병은 비로소 안명근과의 관계를 물었다. 단순한 친구 사이라고 대답했다. 다시 고문. 세 헌병은 서로 돌아가면서 김구를 거꾸로 매달고 몽둥이로 난타하였다. 물을 먹이고 고함을 질러댔다. 놈들은 밤새 한잠도 자지 않은 채 맡겨진 직분에 참으로 열심이었다. 다시 가물가물 정신이 든 김구는 속으로 찬탄하였다.

어쨌든 맡은 바 책임을 다하려는 놈들의 애국심이 진정 놀랍구나. 그런데 나는 누구인가? 나라를 놈들에게 먹히지 않도록 구원하겠다는 내가, 남의 나라를 송두리째 삼키고 되씹는 저 왜놈들처럼 밤새워 일한 적이 과연 몇 번이었던가?

알 수 없는 눈물이 뜨겁게 볼을 타고 흘러내렸다. 온몸이 바늘방석에 앉은 듯 너무 고통스러우면서도, 오히려 내가 혹시 망국노는 아닌가 하는 부끄러움이 또한 가슴을 가득 채우는 것이었다. 형사는 다시 묻는다.

"너는 왜 여기 왔는가?"

"나의 생명은 빼앗을 수 있을지 몰라도 내 정신만은 빼앗지 못 하리라."

"땅을 산 지주가 논밭의 뭉우리돌을 골라내는 건 당연한 일 아니냐? 네가 아무리 입을 다물고 혀를 묶어 실토하지 않으려 하나, 여러 놈의 입에서 너의 죄가 이미 발각되어 나왔다. 지금 당장 고백지 않으면 이 자리에서 때려죽이겠다."

"나를 논밭의 뭉우리돌로 알고 파내려는 그대들의 노고보다 파내어지는 내 고통이 더 심하니, 차라리 스스로 자결하겠다!"

"이런 짐승 같은 놈!"

하지만 결국엔 심문하는 쪽에서 두 손을 들고 말게 마련이되, 그런 상황에서도 그나마 천만다행인 것은, 그 왜놈들이 김구의 결정적 '과거'를 전혀 모르고 있다는 사실이었다. 쓰치다를 무참히 때려죽이고 징역 살다가 또 감연히 탈옥해 전국을 떠들썩하게 했던, 그 유명한 '국모 보복사건'을 놈들만 까맣게 모르고 있다는 건, 진실로 하늘이 도운 일이 아닐 수 없었다.

그러고 보면 국가는 이리 비참하게 망하였으나 인심만은

아직 망하지 않은지도 몰랐다. 평소 그에게서 공격받아 그를 미워하고 밀고를 일삼던 무리까지도, 그 일만은 끝내 발설치 않은 까닭에서였다. 김구는 그들의 양심과 애국심이 있는 한 아직 희망을 버릴 때가 아니라고 생각하였다.

그러나 그는 결국 일제가 조작한 '105인 사건'의 주모자로 낙인찍혀 모진 고문 끝에 서대문감옥에 갇히고 말았다. 징역 15년이었다. 아무리 큰불도 처음엔 아주 작은 성냥불에서 비롯된다고 하지 않던가. 한 개인에 불과한 안명근이 별생각 없이 저지른 자그마한 실수로, 전국의 내로라하는 애국지사들이 어느 날 영문도 모른 채 한꺼번에 붙잡혀 억울하게 매 맞고 징역 살게 된, 진정 희한한 사건이었다.

그러던 어느 날이었다. 강제노동에 시달리던 중에 느닷없는 일왕 메이지(明治)의 사망 소식이 날아들었다. 예기치 않았던 낭보였다. 그에 따른 대사면으로 김구는 7년으로 감형되었는데, 그로부터 불과 수개월 만에 또 메이지의 처가 사망하여 잔여기간의 3분의 1이 다시 줄어드는 행운을 얻었다.

오냐, 나는 뭉우리돌이다. 왜놈 형사들이 지어 준 별명 그대로 언제나 뭉우리돌로 살 것이야. 만약 그럴 자신이 없다면 차라리 여기 이 자리에서 고결한 정신을 품은 채 자살해 죽고 말리라.

이런 굳은 결심을 더욱 확실히 하기 위해 그는 아예 이름과 아호까지 스스로 바꿔버렸다. 이름은 아홉 구(九), 호는 백범(白凡). 지금껏 써온 구(龜)를 구(九)로 고친 것은 단순히 왜놈들의 민적(民籍)에서 벗어나고자 함이요, 친구들이 지어준 아호 연하(蓮下)를 백정(白丁)과 범부(凡夫)에서 글자 하나씩을 따와 '백범'으로 고친 것은, 곧 우리나라의 하층민인 백정과 범부들이더라도, 평소 가슴에 품고 있는 저마다의 애국심이 최소한 지금의 나 정도는 되어야 한다는 간절한 바람 때문이었다.

그는 복역 중 낙엽 쌓인 뜰을 쓸 때나 먼지 낀 유리창을 닦을 적에도 하느님께 기도하였다.

"언젠가 우리가 어엿한 독립 정부를 건설하게 되거든, 다시 그 집의 뜰을 쓸고 유리창 닦는 일을 해보고 죽게 하소서. 그 집의 하찮은 문지기라도 되어 주게 하소서!"

맏아들 인(仁)이 태어난 지 네 달 후의 이듬해(1919년) 봄, 마침내 만세사건이 터졌다. 거대한 저항의 횃불, 3·1운동이었다. 춥고 어두운 한겨울이 지나고 척박한 이 땅에도 화창한 새봄이 다시 찾아왔는가 싶더니, 청천벽력과도 같은 소식도 함께 날아든 것이었다.

음, 올 것이 왔구나.

김구는 속으로 쾌재를 불렀다. 지난 1월 고종이 승하한 이후, 꾸준히 소문으로 나돌던 그 만세운동이 이제 현실로 터져 나온 것이었다. 아니, 아들 인이가 태어나던 지난해 11월 만주 쪽의 망명 운동가들이 독립선언서를 발표할 때부터 이미 그 기운은 싹텄거니와, 엊그제 2월에는 또 도쿄 유학생들이 들고일어나 더욱 뜨거운 독립선언서를 세계를 향해 외쳐댔다지 않던가. 그리고 중국 상하이에서는 아예 우리의 임시정부까지 은밀히 만들어지고 있다고 들었다.

김구는 좀이 쑤셨다. 몰래 평양으로 가려 했지만, 그곳은 이미 길이 막혀 있었다.

만세의 불길은 도도하게 번져 전국을 휩쓸었다. 그중에서도 그 불길의 여파는, 황해도 안악군의 만세운동이 가장 격렬했다.

그래, 나도 이제 결행할 때가 됐어!

김구는 속으로 결심을 더욱 굳혔다. 맨주먹으로 태극기를 흔들며 울분을 토하듯 '만세'만 부르는 대신, 나라를 되찾을 수 있는 아주 구체적인 방법이 무엇인가를 직접 찾아

나설 때가 바로 눈앞에 다가온 것이었다. 그것은 곧 임시 정부 건설에의 동참이었다.

안악읍에서는 연일 드센 만세의 물결이 일어났다. 경성에서 온 젊은 지도자들을 중심으로, 기독교와 천도교인들까지 합세한 남녀 학생들의 성난 만세 소리는, 앞으로도 계속 그치지 않을 거라는 소식이었다.

김구는 집에 들러 어머니에게 말했다.

"안악읍에서 난리가 난 모양입니다. 왜놈들 물러가라는 만세운동이 한창이니 안 가볼 수가 없군요. 한 며칠 집에 못 오더라도 걱정 말고 편안히 계십시오."

"나도 들어서 알고 있느니라. 다들 벌 떼처럼 들고 일어섰다는데, 네가 가만히 구경만 해서야 안 되지. 허나 전과가 많은 몸이니 제발 앞에 나서지는 말고, 뒤에서 점잖은 어른 행세만 하고 말 일이야."

어머니는 흔쾌히 손을 흔들어 주었다. 돌아선 아들의 눈에는 자꾸만 그 마지막 모습이 밟혔다.

내가 또 어머니한테 불효하는구나. 또 죄를 지었구나.

안악 읍내에 잠입한 김구는 다시 안신학교에 있는 아내에게로 바삐 향했다. 적어도 사랑하는 그네한테만은 좀 더 진지하고 솔직해져야 한다고 생각했다.

"잠시 상해를 다녀올까 하오. 그곳에 가 계신 이동녕 선생이나 신민회 동지들이 곧 임시정부를 조직한다니, 나도 거기 가서 조금이나마 힘을 보태야 하지 않겠소? 어머님께는 한 며칠 못 들어올 것 같다고 둘러댔는데, 나중에 기회 봐서 임자가 사실대로 알려 드리구려. 미안하오. 또 이렇게 됐소."

"당신은 늘 떠나 사는 사람인데요, 뭘. 언젠가는 또 이런 날이 오리라고 예상했던 거니까 염려 말고 다녀오세요. 몸이나 상하지 않도록 각별히 신경 쓰시구요."

"나는 늘 임자한테 죄만 짓는구먼. 나중에 꼭 갚으리다."

그리고 그는 어린 아들을 번쩍 안아 가슴에 품었다. 콧날이 시큰하고 눈앞이 뿌옇게 흐려졌다. 낳은 지 4개월밖에 안 되는 어린 것의 얼굴을 속 깊이 들여다보자, 그의 뇌리에는 문득 다음과 같은 서산대사의 시구가 떠올랐다.

눈 덮인 들판을 걸어갈 때 반드시 함부로 걷지 말라
(踏雪野中去 不須胡亂行)
오늘 내가 걷는 이 길은 뒷사람들 이정표가 되리니
(今日我行跡 遂作後人程)

그는 속으로 아들에게 굳게 약속했다. 눈 덮인 광야를 홀로 걸어가더라도 결코 이 글귀를 잊지 않으리라 스스로 다짐하고 또 다짐했다.

상황은 실로 급박하게 돌아가고 있었다. 잠시라도 더 지체할 수가 없어 김구는 서둘러 안악을 떠났다. 1919년 3월 29일이었다.

사리원에서 초조히 하룻밤을 묵은 다음, 신의주행 기차에 올랐다. 달리는 차 창 밖을 바라보며 그는 속으로 부르짖었다.

빼앗긴 나라를 되찾으려면, 결코 태극기 흔들며 빈 만세 소리나 외칠 수는 없다!

물론 그 불타는 독립 의지와 무저항 정신은 더없이 숭고하고 거룩하긴 하나, 지금 우리에게 필요한 건 '눈에는 눈, 이에는 이'로 갚는 무서운 무장 투쟁밖에 없다는 게 그의 간절한 신념이었다. 적어도 그 준비를 위한 망명정부라도 하루바삐 세워야 하고, 그런 임시 국가기관이 만들어지면 그 집의 하찮은 문지기라도 되고 싶은 게, 그의 변함없는 꿈이며 바람이었다. 철거덕거리는 기차는 압록강 국경을 향해 더욱 힘차게 내달렸다.

5. 낯선 땅, 상하이 임시정부

　마침내 닻이 올랐다. 여객선은 어느새 먼 바다를 향해 힘차게 나아갔다. 화창한 봄날이 찾아오고 있다고는 하지만, 날씨는 아직 이가 딱딱 마주칠 만큼 차고 시렸다. 고난과 시련의 조국을 등지고 떠나는 김구의 마음 또한 그만큼 차고 시리고 아팠다. 쓰라린 아픔을 딛고 우렁차게 떨쳐 일어나는 일이 더 절실하다는 걸 김구는 온몸으로 다시 깨닫는다. 우리의 소박한 꿈을 가로막는 저 일제의 장벽을 온몸으로 깨부수는 걸 목숨 걸고 실천해야 한다고, 오직 꿈이 아닌 현실로서 이 민족의 독립을 우리 스스로 쟁취해야 한다고 그는 굳게 믿었다. 그렇게 나흘간의 긴 항해가 끝나던 날 아침,

　"아, 상해가 보인다!"

　일행 중 누군가가 소리쳤다. 눈이 시리고 등줄기에선 땀이 흘렀다. 그건 분명 새로운 세계에 대한 호기심과 두려움 탓이기도 하지만, 중국 남부인 이곳 날씨는 그만큼 한반도하곤 영 딴판이었다. 아직 얼음이 채 풀리지 않은 동토의

땅에서 추위에 으슬으슬 떨며 출발했는데, 그로부터 나흘 만에 도착한 상해는 어느새 화창하면서도 끈적끈적한 무더위였다. 그래서 그는 더욱 그곳이 마음에 들었다. 더없이 가난한 처지로 갈 곳 마땅찮은 홀몸 신세에 날씨마저 매몰차게 춥고 험상궂다면 이 낯선 이역에서 어찌 무사히 버텨나갈 수 있을 것인가.

하지만 짭짤한 갯바람이 묻어나는 상해 생활의 첫 시작은 그렇게 외롭거나 황량하지 않았다. 그래도 서로가 넉넉히 마음을 주고받을 수 있는 동지들이 자신을 기다리고 있어서였다. 이동녕 선생을 비롯해, 소설가인 이광수와 서병호, 김홍서, 김보연 등이었는데, 이미 그런대로 번듯한 살림집에서 처자를 거느리며 살고 있던 동향의 김보연이 선뜻 자기 집을 임시 거처로 삼기를 청해 와 김구는 쾌히 그 뜻에 따랐다. 이동녕은 밝게 웃음 지으며 반겼다.

"백범도 많은 풍상을 겪으셨구려. 그래, 잘 오셨소이다. 여기서 다시 힘을 합쳐 아주 큰 사업을 한번 펼쳐 봅시다."

"암은요, 그러셔야죠. 어떻게든 나라를 되찾아야지요."

"소문에 따르면 이번 국내의 만세운동이 쉽게 가라앉을 것 같지 않던데, 아무래도 여러 사람 다칠 듯싶어 걱정이오. 무슨 사업이든 가장 중요한 게 다름 아닌 사람인데……."

"비록 힘없는 맨주먹일망정 온 천지가 태극기로 뒤덮여 있습니다. 모두들 목숨 걸고 들불처럼 일어선 이때를 이역 땅의 우리 또한 놓치지 말아야 합니다."

"그래서 바로 다음 달에 임시정부를 결성키로 했소이다. 러시아 연해주나 한성 쪽에서도 서로 다른 임시정부를 결성한다는 소식이지만, 그래도 여기 상해에 모여든 각계 지도자들이 한데 힘을 합쳐야 민족 정통성을 제대로 확립해 소기의 목적을 달성시킬 수 있을 겁니다. 그러니 백범, 때맞춰 참 잘 오셨소."

"이 몸은 이미 나라의 상머슴으로 내놓았습니다."

"역시 백범다우시구려. 백성의 심부름꾼이 곧 벼슬인데, 그런 한결같은 마음이라면 우선 의정원 회의에 참석하는 것으로 시작해 봅시다."

"의정원이라면?"

"정부를 세우기 위해서는 먼저 민의를 대변할 수 있는 임시 의정원부터 조직, 활동해야 하오. 거기에서 정부의 성격이나 운영 방법, 우리나라의 정체성을 규정할 수 있는 헌법을 마련해야 하니까. 그 제1조는 벌써 내정해 놓았소이다."

"그게 무엇인지, 내용이 궁금하군요."

김구는 찻잔을 들어 목을 축였다. 허허벌판이나 다름없

는 임시정부를 새로 낯선 이역 땅에 세우고 그것을 또 원활히 통치해 가는 데 필요한 헌법 제1조라니, 이쪽 방면엔 어두운 백범으로서도 입이 바짝 마르지 않을 수 없었다. 이동녕이 말했다.

"그건 바로 우리의 정체성을 나타내는 것으로, '대한민국은 민주 공화국이다'라는 선언이오. 이같은 확고하고 변함없는 대전제 아래서 나라의 큰 기틀과 정통성을 세워나가는 게 가장 중요하고 시급한 일이외다."

"역시 선생님답습니다. 암은요, 그래야지요. 무능한 임금과 썩은 양반들이 지배하던 왕조는 저 멀리 떨쳐내고, 백성이면 누구나 국정에 참여할 수 있는 민주 공화국이어야지요."

그렇게 확고한 정신과 이념의 깃발이라면 거기에 이 한목숨 기꺼이 던져 바치겠노라는 결의도 절로 생겼다. 그래서 백범은 더욱 간절한 마음으로 의정원 의원의 말석 자리를 흔쾌히 받아들였다. 망명지인 상하이 임시정부의 조각은 이미 이심전심으로 끝낸 상태였다.

미국에 있는 이승만을 총리로 임명하고, 내무와 외무, 군무, 재무, 법무, 교통 따위의 부서가 차례대로 조직되었다. 이동휘와 문창범은 러시아령 연해주에서 날아왔고, 미주에서는 안창호, 베이징선 이시영과 남형우 등이 한걸음에 모여들었다. 3·1운동이 발발한 지 한 달여 만인 4월 11일 마침내 정부 각료와 헌법이 반포되었는데, 그러나 정부 수반으로 임명된 이승만은 아직 미국에서 오지 않았고, 내정된 여러 총장들도 멀리서 미처 도착하지 못해 그 밑 차장들이 대리로 국무회의를 진행하곤 하였다. 잃어버린 조국 광복이라는 엄청난 염원과 대의를 실현하기 위해 낯선 이역 땅에 임시정부를 수립하긴 했지만, 구성원 서로의 이념과 노선, 지역과 출신 성분에 따른 대립을 극복해 나가면서 나라 살림을 꾸려 나가는 것도 처음부터 결코 쉬운 일은 아니었다.

백범은 내무총장인 안창호를 찾아갔다. 그해 4월부터 무더운 한여름이 올 때까지, 오직 갓 출범한 임시정부의 잦은 내부 분열을 막고 어떻게든 모든 힘을 한 곳으로 결집하고자 온 심혈을 기울여 온 도산 안창호는,

"안 그래도 한번 만났으면 싶었습니다. 허나 정부 구성은 이미 차장급까지 다 끝난 상태라서……"

괜스레 미안해하고 겸연쩍어하였다. 김구는 주저 없이 털어놓았다.

"저는 어떤 감투를 원하는 게 아닙니다. 그저 단순한 문지기 역할만이라도 담당할 수 있었으면 합니다."

"문지기라면?"

"정부의 문을 지키는 수위 말입니다."

"아, 아니 됩니다. 백범이 분명 조각 명단에서 빠진 걸 매우 섭섭히 여기시는 모양인데, 서둘러 일을 추진하다 보니 어쩔 수 없이 그렇게 됐소이다."

"별말씀을요. 미천한 이 몸이 무슨 가당찮은 벼슬자리를 넘보겠습니까. 저는 다만 문지기 자리만이라도 제대로 수행할 수만 있다면 더 이상 바랄 게 없습니다."

김구는 사심 없는 눈빛으로 도산을 건너다보았다. 혹시 격에 어울리는 높은 직책을 주지 않은 데 대한 반감 때문이 아닌가 하여 적이 의아해하는 도산에게 그가 계속했다.

"정부의 문지기가 되고 싶다는 생각은 진즉부텁니다. 젊은 날 서대문감옥에서 옥살이할 때 훗날 어딘가에 독립 정부라도 서게 되면 그곳으로 한달음에 달려가 굳게 문을 지키고 뜰을 쓸며 잘 가꾸어 보겠다고 혼자 마음먹었지요. 저 낮은 밑바닥에서 범부와 똑같이 일하고 싸우자는 결심으로, 백범이라는 별호까지 그때 새로 지었습니다."

"아, 그러셨군요. 그래요, 잘 알았소이다. 미국 백악관을 지키는 이도 첫째가 그 관리인이지요. 백범 같은 이가 우리 정부 청사를 굳건히 수호해 준다면 그보다 더 마음 든든한 일이 또 어디 있겠습니까. 한번 당차게 손을 잡아 봅시다."

그리고 그다음 날 아침, 도산은 뜻밖에도 김구에게 막중한 의무감과 책임, 권리가 따른 경무국장 임명장을 건네었다. 일개 순사의 자격에도 미치지 못하는 사람이 어떻게 경무국장의 막중한 직책을 감당할 수 있겠느냐며 김구는 손사래 쳤지만,

"이미 임명된 것이니 사양치 말고 곧바로 공무를 집행하시지요. 안 그래도 한시가 급한 자리였는데, 백범이 여러 해 감옥살이하여 누구보다도 왜놈들 사정을 잘 아는 데다가, 오늘 같은 혁명기에 더 없이 딱 들어맞는 인재라고 국무회의에서도 의견의 일치를 보았소이다."

도산은 더 이상 지체 없이 맡겨진 일에 착수하도록 권유하였다.

김구는 하늘이 내린 명령이라 여기며 그 임명장을 흔쾌히 받아들였다. 꿈에 그리던 임시정부의 진정한 문지기, 치안 총책임자였다.

프랑스 조계지에 붙어사는 임시정부 청사를 지키고 꾸려나가기가 그리 쉬운 일은 아니었다. 경무국이 맡은 주요 임무는 거미줄처럼 얽힌 왜적의 비밀 정탐 활동을 사전에 방지하고, 우리 쪽 독립운동자의 투항 여부를 날카롭게 감

시하며, 상하이 한인 동포의 자체 범죄에 대한 예방과 사건처리는 물론, 내부 조직원들 간의 갈등과 폭력 따위를 막으며 벌주는 것이었다. 일본 영사관 경찰의 활동에 적절히 대항하면서 그들의 숨은 밀정을 체포, 처단하는 것도 중요하지만, 그러나 무엇보다도 일본의 마수가 어느 방면으로 어떻게 침투하는가를 주도면밀하게 살피면서 임정 요인의 경호와 한국 교민을 안전하게 보호하는 일이 가장 우선이었다. 그리고 그보다 더욱 중요한 건 배신자 색출과 즉결 처형.

어떤 조직체든 배신자는 나오게 마련이었다. 특히 내부 정탐꾼이 왜놈들에게 협력하는 건 도저히 용서할 수가 없었는데, 때로는 그자가 심히 뉘우치며 죽여 달라 애걸하면 오히려 아주 확실한 우리 사람으로 만들어 충성케 하는 경우도 많았다.

경무국장 김구는 비밀 경호원 20여 명과 함께 이처럼 막중하게 주어진 책무를 하루하루 착실히 수행하였다. 때로는 범죄 심문관으로, 때로는 판, 검사 같은 형벌의 집행관으로까지 그 역할을 다양하게 바꿔가면서 맹활약하였다. 우직한 김구는 그저 자신에게 맡겨진 임무에 충실할 따름이었다.

임정의 형편은 이렇듯 숨 가쁘게 돌아갔지만, 그러나 김구의 개인사는 모처럼 화목한 분위기를 맞이하고 있었다. 사랑하는 아내와 맏아들 인, 그리고 늙은 어머니까지 뒤늦게 고국에서 찾아들었기 때문이었다. 식민지 조선 땅에 가족을 남겨두고 몰래 도망치듯 혼자 빠져나왔던 걸 내내 가슴 아파했던 김구로서는, 그것을 조금이나마 부끄럽잖게 보상할 수 있는 절호의 기회이기도 했다. 비록 궁색하고 초라하기 짝이 없는 망명지의 살림살이기는 하지만, 그러나 김구는 참으로 오랜만에 한데 모인 가족을 위해 헌신하였다. 특히 하나밖에 없는 외아들의 옥바라지 때문에 평생 험한 가시밭길을 헤치며 고생해 온 노모에 대한 회한은 이루 형언키 어려웠다. 그래서 김구는 더욱 자상하고 따뜻한 자식과 지아비로서의 가장(家長) 역할에 충실하면서, 단란한 가정의 참 행복이 과연 어떤 것인가를 생전 처음으로 속 깊이 맛보았다. 때로는 시련과 고난도 사랑하는 이와 함께 있으면 오히려 낙이 되는 법인지, 깨소금 같은 신접살림조차 제대로 한번 치르지 못한 아내에게도 새삼스러운 부부로서의 애정과 애틋함이 새록새록 싹터 올랐다. 그것이 곧 밥 먹듯 정을 나누며 살아가는 평범한 보통 사람들의 일상임에랴.

그러나 호사다마라고 했던가.

아내의 건강이 날로 심상치 않았다. 원래 병약한 터에 시어머니 모시고 가난한 살림살이 꾸려오느라 뼛속 깊이 골병이 든 모양이었다. 거기에 내리 세 딸을 낳고 또 연거푸 그 애들을 잃어버린 데 따른 마음고생이 이만저만 큰 게 아닐 터였다. 그런데 또 임신을 하였으니 여러모로 옹색한 이국땅의 몸조리가 자연 부실할 수밖에. 그래서 김구는 더욱 마음이 무거웠다.

이같은 어지러운 와중에도 1922년 9월 노백린 내각이 등장하면서 김구는 내무총장에 발탁되었다. 백범과 같이 철저한 임정 고수파인 이동녕 전임자의 강력한 추천에 따른 것이었는데, 김구는 나는 결코 그런 그릇이 못 된다며 한사코 고사하면서 취임을 차일피일 미루다가 둘째 아들 신(信)을 낳으면서 비로소 그 본격 활동에 들어갔다. 칡넝쿨처럼 얽힌 임정의 난맥상을 더 이상 가만히 지켜보고 있을 수가 없었던 것이다.

그는 우선 임정을 제대로 살릴 수 있는 별도의 외곽 조직이 필요하다는 걸 절감했다. 한국노병회(韓國勞兵會)가 그것이었다. 그가 내무총장을 맡기 전부터 태동하기 시작한 이 조직은 여운형, 이유필 등과 함께했는데, 여기에서 일컫는 노(勞)와 병(兵)은 러시아 혁명에서 나타난 노동자와 병사 대표의 결사체인 '소비에트'와는 전혀 다른 의미였다. 김구가 말한 노병이란 '한 사람이 노동자이면서 치열한 병사이다'라는 뜻으로, 우리의 독립은 무력 항쟁과 전쟁을 통해서만이 비로소 달성할 수 있다는 전제가 담겨 있었다. 요컨대 일본과의 전쟁의 기회가 올 때까지 최소한 1만 명의 군사를 양성하되, 그 준비기간 동안 스스로 생계를 꾸려가면서 전쟁 비용까지 차근차근 쌓자는 거였다.

이와 같은 의욕적인 출발과는 달리, 내무총장 김구의 나날은 퍽이나 고달팠다. 조직 내부의 잡음이 끊이지 않아서였다.

아, 진정 나쁜 일은 홀로 오지 않는 것인가.

하필이면 이 어려운 때에 김구는 아내를 잃었다. 그는 억장이 막혀 말이 나오지 않았다. 산 설고 물 선 이역이긴 하지만, 이제 막 살가운 식구들 거느리고 단란한 가정 이루며 사는 재미가 어떤 것인지 가까스로 알 만할 때, 세상에서 가장 사랑했던 아내가 속절없이 다시 돌아올 수 없는 아주 먼 곳으로 떠나버리고 말았다.

맏이인 인을 데리고 상해에 온 지 겨우 3년 6개월 만의 일이었다. 둘째 아들 신을 낳고 난 후 망명지의 그 험한 환경 속에서 짐짓 산후조리를 잘 못한 데다가, 비좁은 셋집의 2층 계단에서 굴러떨어지며 뼈가 부러지고 허파를 다쳤는데, 엎친 데 덮친 격으로 거기에 폐렴으로 발전된 것이다.

사람 목숨, 아무것도 아니야. 산다는 것, 정말 아무것도 아니야!

김구는 붉게 충혈된 눈으로 해 저문 창밖을 무연히 내다보며 생각했다. 아내를 만나 살아온 저 시난고난한 과거가 꿈결처럼 떠올랐다.

아내가 저세상으로 떠나고 난 빈자리는 너무나도 허전했다. 당장 발등의 불은 낳은 지 얼마 안 된 어린아이에게 어떻게 젖을 먹이느냐였다. 아이 할머니가 이집 저집 돌아다니면서 젖동냥을 얻어 먹여야 하기도 하고, 밤에 잘 적에는 쪼그랑 할머니의 말라비틀어진 빈 젖을 물리고서야 가까스로 잠재울 수가 있었다. 그래서 아이가 가장 먼저 배운 말은 엄마가 아니라 '할마'였다.

그런데도 김구는 몇 날 며칠 집에 들어가지 못하는 날이 많았다. 눈코 뜰 새 없이 바쁜 일상의 연속이었다. 시끄러운 임정의 내분은 여전히 계속되어, 1925년 3월 의정원은 임시 대통령 이승만 탄핵안을 가결하고, 박은식을 그 후임 대통령으로 선출하였다.

박은식은 일찍이 장지연 등과 황성신문을 창간하여 그 주필로 활동했고, 대한매일신보 등을 통해서도 망국의 울분을 바른 글로써 맘껏 토로하였다. 3·1운동 후에는 러시아로 망명, 나라를 되찾기 위한 항일 운동과 민족의 자주독립을 고취하기 위한 역사 연구에 몰두하였으되, 그의 역작인 『한국통사』와 『한국독립운동지혈사』에선 일제의 한국 침략 과정을 낱낱이 폭로하면서 한민족의 앞으로의 나아갈 길을 명쾌히 제시하기도 하였다. 임정을 이끌어 가는 원로 중의 한 사람이었던 그는, 66세의 병중에 임시 대통령으로 취임하면서 개헌 작업에 박차, 허울뿐인 대통령제를 없애고 국무령 중심의 내각 책임제를 채택하고 물러난 후 얼마 안 있어 곧 사망하였다.

그러나 임정의 인재는 극히 귀하고 살림살이도 매우 어려웠다.

제1대 국무령으로 선임된 서로군정서 총재 출신 이상룡이 서간도에서 상하이로 부임해 왔지만, 눈에 불을 켜고 여기저기서 쓸 만한 인재를 고르려다가 아무래도 입각시켜 쓸 만한 재목이 없자 도로 돌아가 버렸다. 거기에 극심한 재정난까지 엎친 데 덮친 격이어서 임정의 형편은 날이 갈수록 더 죽을 쑤니, 내무총장 김구가 어찌 가정사에 신경 쓸 겨를이 있었겠는가.

그리하여 1925년 11월, 노모는 아들의 독립운동에 방해가 된다면서 맏손자는 그 애비 곁에 놔둔 채 어린 신이를 데리고 무작정 귀국하였다.

1926년으로 접어들면서 임정은 차츰 무정부 상태로 내몰려 갔다.

제1대 국무령으로 선출되었던 이상룡이 제대로 조각조차 못 해본 채 되돌아가 버리고 나자, 그 후임 안창호는 아예 자리에 오르지도 않은 채 곧장 사임했고, 제3대 국무령에 선임된 홍진(洪震)마저 열심히 뛰었으나 그 역시 어이없게 실패하고 말았던 것이다.

보다 못한 의정원 의장 이동녕이 팔을 걷고 나섰다.

"이봐요, 백범. 이제 당신이 맡을 수밖에 없소. 이 위기의 임정을 구할 이는 누구보다 그 속사정을 잘 아는 백범 당신뿐이오."

"아무리 그렇기로서니 저는 아닙니다. 무엇보다도 해주 서촌의 보잘것없는 상민의 아들이 한 나라의 원수가 된다는 것은 국가와 민족의 위신을 크게 떨어뜨리는 일이어서 그렇습니다. 더욱이나 앞서 선임된 명망 있는 분들도 호응하는 인재가 없어 줄줄이 실패하였거늘, 어찌 저 같은 사람한테 좋은 인재가 모여들겠습니까."

"겸양도 넘치면 비례가 된다 하였소이다. 백범이 만약 오늘의 이 혼란스런 무정부 상태를 그냥 나 모른다 구경만 하시겠다면 우린 그것으로 모든 게 끝장이오. 지금은 저 케케묵은 왕조도 아닌 시대인데 대체 출신 성분이 무슨 상관이오?"

"진퇴양난이라는 말이 바로 이를 두고 생긴 것 같습니다. 그러면 이 또한 하늘의 뜻으로 알고, 선생님 말씀대로 따르겠습니다."

어려운 망설임 끝에 결국 임시정부의 국무령에 오른 김구는, 어렵사리 조각을 마치자마자 곧바로 순환 국무 위원제로 바꾸었다. 임시정부의 어설픈 권력 구조에 손을 댄 것인데, 국무위원들이 주석을 서로 바꿔 가며 맡아 모두 평등한 권리를 나눠 갖는 제도로써, 김구는 스스로의 권한을 줄이면서 많은 동지들이 제 발로 정부에 참여하는 길을 지혜롭게 터놓은 셈이었다. 삿된 욕심 없는 백범이 아니고서는 어느 누구도 쉬 실행하기 어려운 용단이었다.

백범의 국무령 취임 이후 임정의 분란은 일단 수면 아래로 가라앉은 듯싶었다. 그러나 그 가난한 살림살이는 정부의 체면을 유지하기 힘들 정도로 매우 어려운 궁핍의 연속이었다. 몇 푼 안 되는 청사 임대료마저 제때 내지 못해 집주인에게 수모를 당하는 경우도 많았다.

임정 식구들이 입에 풀칠하기조차 어려운 일상이 계속되자, 김구는 어쩔 수 없이 맏이인 인이마저 고국의 노모에게 보내지 않으면 안 되었다. 그는 다시 홀로 남은 기러기 신세였다. 잠은 대개 썰렁한 사무실에서 등 굽은 새우잠으로 해결하고, 먹는 문제는 상하이에서 작으나마 이런저런 직업을 가진 동포들의 셋집을 전전하면서 얻어먹었다. 그런데도 그네들은 하나같이 국가수반으로서의 김구의 딱한 처지를 저마다 자기 일처럼 가엾이 여겨 무례하게 박대하거나 함부로 값싼 동정심을 보여주진 않았다.

김구는 바닥을 드러낸 임정 살림 회생의 마지막 수단으로 '편지 작전'을 구상, 곧 실행에 옮겼다. 국내에서의 독립 자금줄이 꽉 막힌 상황이라, 이제 기댈 곳은 해외 거주 동포들에게 호소하는 수밖에 달리 뾰족한 방법이 없다는 절박한 판단에서였다.

우리의 해외 동포는 중국 동북 지방에 가장 많이 살고 있었고, 그다음이 러시아령, 세 번째가 일본이었지만, 이들 세 지역은 이런저런 이념과 경제 사정 따위로 쉬 접근이 안 되거나 어렵사리 해 봤자 별 소용이 없었다. 그래서 1만여

명이 살고 있는 미주와 하와이, 멕시코, 쿠바 동포들을 상대로 김구는 열심히 편지를 띄우기 시작했는데, 그들은 비록 가난하고 못 배운 노동자들이 대부분이었으나 일찍이 서재필, 이승만, 안창호 등의 가르침을 받아 뜨거운 애국심으로 똘똘 뭉쳐 있던 참이어서 이내 큰 호응을 보였다. 영어에 문외한인 김구가 그쪽 방면에 능통한 아랫사람들의 도움을 받아 급박한 현재 상황을 절절히 알리며 동정을 구하니, 집세도 못 내는 임정의 딱한 꼬락서니를 어찌 가만히 보고만 있을 수 있었겠는가. 더러는 수신인이 없어서 우편물이 반환되어 오는 경우도 있었지만, 김구는 거의 유일한 직무 수행이듯 그들에게 쉬지 않고 이쪽의 진실 어린 사정을 담아 보냈다. 그 결과 임정은 조금씩 정상을 되찾아가기 시작했다.

김구는 더욱 이를 물고 정신을 바짝 가다듬었다. 임정의 산하 기관인 상하이 교민단의 단장을 직접 맡아 동분서주하기도 하고, 이동녕, 안창호, 조완구, 조소앙, 이시영, 김두봉 등의 신망 높은 지도자들과 함께 한국독립당을 결성, 운동의 실제 구심체를 조직하는 데 앞장서기도 했다. 바람 앞 등불의 임시정부를 마지막 순간까지 지키고 떠받칠 핵심 세력이 절실히 필요해서였다.

의리의 인간 김구가 이렇듯 스러져가는 임정을 지켜내기 위해 안간힘을 쓰고 있을 때, 우리의 독립운동을 더욱 어렵게 만드는 불행한 일이 엉뚱한 곳에서 또 일어나고 말았다. 이른바 '만보산사건'이 그것인데, 조선인들이 만주 길림성 만보산 삼성보에서 토지를 빌어 논으로 개간하고자 수로 개설하려 한 게 오히려 중국인 땅에 피해를 주게 되자, 그 중국인들이 공사장에 난입하여 수로 공사를 중단시켰던 것이다.

교활한 일제가 이를 그냥 넘어갈 리 없었다. 조선과 중국 두 민족을 이간시킬 절호의 기회라 여긴 그들은, 일본 경찰을 동원해서 중국인들을 강제 해산시킨 후 수로 공사를 강행케 하는 한편, 조선의 국내 신문에는 중국인들의 습격을 받아 많은 조선인들이 억울하게 살해되었다는 허위 보도가 나가도록 공작하였다.

국내의 조선인들은 이 보도에 분노해 '이제는 중국 놈들마저?' 하는 분노에 휩싸였고, 인천과 서울, 평양, 신의주 등지에서 1백 명에 가까운 중국인들을 무차별 보복 살해하였다. 이에 생명의 위협을 느낀 수천 명의 중국인들이 자기네 나라로 도망치듯 귀국한 건 불을 보듯 빤한 일. 그들은 곧 만주의 조선인들을 또 가차 없이 살해하기 시작했다.

이 피의 보복의 악순환으로 그동안 철석같던 양국의 일제에 대한 투쟁 연대가 산산이 깨어진 것은 물론, 오히려 지금껏 동정심을 가졌던 조선인에 대한 중국인들의 증오와 적개심은 더욱 무섭게 번져 나갔다.

간악한 일제는 이 환란의 여파를 이용해 마침내 1931년 9월 18일 만주를 침략했다. 봉천 교외의 만선철로 일부를 비밀스러운 공작으로 폭파한 후, 이에 대한 책임을 중국 측에 떠넘기면서 무자비한 공격을 개시, 불과 수개월 만에 만주 땅을 점령해 버렸으므로, 이런 상태에서는 중국에서의 한국 독립운동이 거의 불가능한 쪽으로 기울어질 수밖에 없었다.

이와 같은 최악의 사태에 직면한 김구로서는 이를 일거에 돌파할 특단의 조치가 필요했다.

그것은 곧 특무 공작이었다. 그는 심사숙고 끝에 곧 한인애국단을 조직하였다. 피 끓는 목숨을 바쳐 오로지 무력으로 투쟁을 전개할 비밀 특공대. 김구는 치밀하게 이를 구상하고 조직한 후 임정 국무회의에 정식으로 보고하였다.

"우리는 지금껏 임시정부의 정통성 확립과 그 유지에만 치중해 왔습니다. 그 존재를 내외에 과시하는 명분과 체면 쌓기에만 집착해 왔다고 해도 과언이 아닐 것입니다. 그러니 임정은 이제 이 난국을 타개하고 어려운 국면 대전환을 추진하는 특수한 일, 요컨대 좀 더 구체적이고 확실한 무장 투쟁을 전개하지 않으면 안 될 것인즉, 우리 임정 직속 기관으로 한인애국단을 설치하고자 하는 것입니다."

"나도 김 동지의 생각에 전적으로 동감하외다."

임정의 어른 이동녕이 거들고 나섰다. 신중한 그가 계속했다.

"허나 이 특무 기구는 철저하게 비밀 결사체로 움직여야 합니다. 세계 평화와 민족 자주독립을 염원하는 엄연한 국가 기관으로서의 임정의 품격이 손상당하지 않도록 말이외다."

"옳으신 말씀입니다. 제가 염두에 두는 투쟁은 소수의 결사대로 적군의 주요 기지나 대장들을 기습 공격하는 작전이므로, 적은 희생으로 매우 큰 전과를 낼 수 있는 방법이라고 할 수 있습니다."

"좋소, 그럼 이렇게 하십시다."

마침내 이동녕이 좌중을 둘러보며 결론지었다.

"이 단체를 효과적으로 운용하는 데에는 무엇보다도 그 책임자가 전권을 갖고 있어야 하니, 적임인 김 동지가 전권을 갖고 작전의 성패 유무의 결과만을 국무회의에 보고토록 하시오. 그다음으로 중요한 게 공작금이오. 당분간은 임정에 들어오는 지원금의 절반가량을 그쪽으로 아낌없이 투입해서 쓰도록 하는 게 마땅할 것입니다. 그래야 하늘이 깜짝 놀랄 작전 성공을 담보할 수 있을 테니까."

그리하여 한인애국단은 독립군의 행동대로서의 활동을 정식으로 임정에 의해 승인받았고, 제안자인 김구 자신이 직접 그 단장이 되었다. 그는 속으로 부르짖었다.

그래, 보는 대로 죽이리라. 왜놈들은 다 우리의 원수, 이에는 이로써 갚고, 피에는 피로써 복수하리라!

이와 같은 한인애국단의 첫 사업은 대담하게도 '일본 천황 공격'이었다. 곧 1931년의 해가 바뀌고 이듬해 1월 8일이 오면, 일본의 수도 도쿄에서 소위 그들의 천황이라는 히로히토의 새해 나들이가 거창하게 거행된다는 거였다. 김구는 바로 이 행사를 노리기로 하였다. 다름 아닌 일본제국의 상징인 천황을 무참하게 살육해서 놈들의 간담을 서늘케 할 뿐만 아니라 전 세계를 향해 한민족의 독립 의지를 우렁차게 알려야겠다는 생각에서였다.

김구는 먼저 이봉창을 떠올렸다. 이 일을 맡기에는 그가 가장 적임자였다. 서로 알고 지낸 지 1년 가까이 되었는데, 이봉창은 얼핏 일본인으로 착각해도 손색이 없을 만큼 그

언행이 빈틈이 없어서 일본 한복판으로 위장 침투시키는
데는 아주 그만이었다. 안 그래도 그는 언젠가 민단 주방에
서 우리 직원들에게 이런 말을 취중에 늘어놓은 적이 있었
다.

"당신들은 위대한 독립운동을 한다면서 그 잘난 일본 천
황을 왜 못 죽입니까?"

다른 방에서 가만히 엿듣고 있던 김구는 그때 깜짝 놀랐
다. 그리고 더없이 반가웠다. 비록 의심스러운 일본인 행색
의 웬 건달 사내가 취중에 지껄인 객쩍은 농담이라 할지라
도, 그 말속에는 뭔가 허투루 흘릴 수 없는 칼 같은 뼈가
들어있다고 직감했던 것이다. 거기에 합석한 누군가가, 일
개 헌병이나 문관조차 죽이기 어려운데 어찌 감히 천황을
죽일 수 있겠소? 물으니까, 이봉창은 또 이렇게 차분히 대
답하였다.

"내가 작년 도쿄에 있을 때인데, 천황이 행차한다면서 죄
없는 행인들한테 일제히 엎드리라고 합디다. 그래 엎드려
생각하기를, 지금 내 손에 폭탄이 들어있다면 저 천황을 쉽
게 죽일 수 있을 텐데, 싶더라구요."

그때 김구는 주방에서 흘러나오는 이봉창의 이 지껄임을
아주 유심히 새겨듣고 있었다. 지금껏 기연가미연가 미심

쩍어하며 그를 눈여겨 관찰해 왔는데, 이제야 비로소 뭔가 믿고 의지해 봐도 썩 괜찮겠다는 생각이 들었다. 이봉창은 또 말했다.

"호랑이를 잡으려면 호랑이굴에 들어가야지요. 제가 일찍이 일본에 들어간 건 집안이 너무 가난하여 우선은 입에 풀칠하기 위해서이기도 했지만, 언젠가는 반드시 복수의 날이 올 거라는 기대도 컸습니다. 그래 내가 스스로 지옥에 들어가지 않으면 누가 지옥에 들어가려 하겠는가 하는 심정으로, 고명하신 선생님 지도를 받으러 여기까지 왔습니다."

"왜 왜놈들한테 복수할 꿈을 꾸게 되었소?"

"부끄러움 때문이지요."

잠시 뜸을 들이고 나서 그가 계속했다.

"사실은 왜놈들 땅에서 왜놈 행세로 먹고살아 간다는 게 그렇게 부끄러울 수가 없었습니다. 주위에선 알게 모르게 손가락질하며 친일파라 몰아붙이지, 그리운 고국으로는 다시 돌아갈 수는 없지, 그래서 때로는 저의 깊은 뜻을 알아주는 숨은 애국지사라도 만나기 위해 찾아 헤맨 적도 많았으나 뜻대로 되지 않더군요."

"아, 그랬구먼. 아무튼 우리 한번 힘을 합쳐 봅시다."

서로가 흉금을 터놓고 보니, 이봉창은 과연 피 끓는 사내였다. 그의 입에서 거침없는 각오가 쏟아져 나온다.

　"저는 이제 살 만큼 살았습니다. 제 나이 서른한 살, 앞으로 서른한 해를 더 산대도 과거 삶에서 누린 단맛 쓴맛에 비한다면 그 늙은 앞날에 무슨 낙이 더 있겠습니까? 우리 인생의 목적이 쾌락을 누리는 데 있다면 지난 서른한 해 동안 저는 대강 다 맛보았습니다. 그러므로 이제부턴 영원한 영생의 쾌락을 얻기 위해, 우리나라 독립 사업에 헌신하고자 이곳에 왔으니, 선생님, 저를 한번 요긴하게 써주십시오."

　"고맙소, 이 동지. 고맙고 또 고맙소."

　김구는 비로소 백만 군사를 얻은 듯 가슴이 벅차올랐다. 감동의 눈물이 눈가에 스치는 걸 의식하면서 그가 다시 입을 열었다.

　"왜놈들이 만주마저 집어삼킨 마당에 우리 한인애국단이 할 일은 이제 장렬한 무력 투쟁밖에 없소. 놈들은 곧 이 드넓은 중국까지 다 차지할 속셈으로 잔혹한 침략을 자행할 터인즉, 우리는 최소의 힘으로 가장 위대한 효과를 거둘 수 있는 작전을 모색하지 않으면 안 되는 것이오. 그런데 지금의 임정 살림 형편으로는 이 동지에게 살아갈 방도를 마련해 주기가 심히 어려우니 이를 어쩌면 좋겠소? 거기에 앞으로의 거사를 도모하기 위해서는 이 동지가 임정 주변을 들락거리는 것도 많이 불리할 것 같고……."

"그런 건 걱정 마십시오. 저는 어려서부터 일어에 익숙해 온 데다가 일찍이 일본인 양자가 되어 이름을 기노시타 쇼조라 행세하였습니다. 이번 상해에 오는 도중에도 이봉창이라는 본명을 쓰지 않았으니, 앞으로도 어김없는 왜놈처럼 행세하겠습니다. 양해해 주십시오. 선생님이 거사를 준비하실 동안 저는 일본인 철공장에 취직하면 많은 월급을 받을 수 있습니다."

"고맙소이다. 정말 좋은 생각이오."

그리고 김구는 덧붙이기를, 지금부터는 우리 쪽 사람들과의 만남을 자주 갖지 말며, 순전히 일본인으로만 행세하고, 매달 한 차례씩 밤중에만 만나자고 약속하였다.

하지만 이봉창은 일본인 철공장에 계획대로 취직한 후 매달 80원씩의 월급을 받게 되자 술과 고기, 국수 따위를 여전히 사서 민단 사무실에 찾아와서 형편이 궁색한 직원들과 술을 마시기도 하고, 술에 거나하게 취하면 곧잘 일본 노래를 유창하게 부르며 호방하게 놀아댔다. 어느 날은 또 일본인 행색으로 임정 청사 문을 들어서다가 중국 하인한테 냅다 쫓겨난 적도 있었다.

삭풍의 매운 겨울바람이 이따금 창을 흔들고 달려가는 그해 12월 13일 밤, 김구는 다시 프랑스 조계지 안의 한 여관으로 이봉창을 불렀다. 그저께 밤에도 바로 이 여관의 비좁은 이 방 안에서 함께 지새며 한 차례 치밀한 예행연습과 뜨거운 석별의 정을 나누었지만, 이제는 완전한 확인 절차를 밟아야 하는 비장한 마지막 의식이 또 두 사람을 기다리고 있었던 것이다.

"선생님이 먼저 와 계셨군요?"

날카롭게 눈을 빛내면서 방 안으로 들어선 이봉창은, 그러나 입가엔 한결 여유로운 미소를 머금고 있었다. 뒤에 남은 것들을 대충 깨끗하게 정리하고 길 떠나는 여행객같이, 그렇게 차분하면서도 어딘지 들떠 보이는 얼굴이었다. 그리고 그 차림새는 말쑥한 검은 양복에 넥타이까지 단정히 차려 맨 멋진 신사였다.

"마치 새장가라도 가는 모습이구먼. 어서 오시구려."

"예, 맞습니다. 저는 꼭 설레는 결혼식을 앞둔 기분입니다."

"장하네. 자네는 정말 장한 우리의 영웅이야."

김구는 여전히 담담한 미소를 머금고 있는 이봉창에게

다가가 덥석 손을 움켜잡았다. 감격에 겨운 뜨거운 눈물이라도 펑펑 흘리고 싶었지만, 먼 길 떠나는 투사에게 마음 약한 모습 내보이기 싫어 그대로 꾹 눌러 참았다. 그래서 그는 가까스로 이렇게 신음처럼 뇌까릴 따름이었다.

"하늘이 우릴 도와줄 거구먼."

"아무렴요. 반드시 성공하구말구요."

둘은 한 덩어리로 포옹하였다. 누가 먼저랄 것도 없이 손을 뻗쳐 서로를 왈칵 끌어안았다. 그리고 둘은 삶과 죽음의 경계를 뛰어넘는 영원한 다짐으로 뭉쳤다.

새벽이 부옇게 밝았다. 둘은 자리를 옮겼다. 폭탄 상자가 숨어 있는 안공근의 집이었다. 안중근의 동생으로서 애국단의 실무를 거의 도맡다시피 하는 그는, 밤새 잠 한숨 제대로 못 붙인 얼굴로 반갑게 두 사람을 맞았다. 그의 아내는 김구와 미리 약속한 대로 벌써 맛있는 아침상을 준비해 놓은 상태였다. 어려운 살림살이에도 먼 길 떠나는 귀한 손님 풍성히 대접해 보내려는 배려가 가득 들어있는 상차림이었다. 세 사내는 흔쾌히 그 밥상 앞에 둘러앉아 주린 배를 채웠다. 그러나 김구는 차마 밥숟갈을 넘길 수가 없었다.

이윽고 손님이 일어설 순간이 다가왔다.

안공근은 서둘러 자기 방 침대 밑에 숨겨 두었던 자그마한 상자를 가져왔다. 얼핏 값비싼 양과자라도 포장했음직한 폭탄 상자였는데, 조심스레 그것을 열자 그 안에서 두 개의 수류탄이 앙증맞게 얼굴을 내밀었다. 하나는 일본 천황 폭살용이고, 다른 하나는 이봉창의 자살용이었다.

"이놈들, 참 귀여운데!"

이봉창이 너털웃음으로 얼버무리면서 너스레를 떨었지만, 김구의 마음은 더욱 쓰리고 아파 시선을 진정 어디에 둬야 할지 몰랐다. 그러나 이봉창은 더욱 생기에 넘쳐 태극기가 걸린 벽 앞으로 다가간다. 잠시 주저하는 빛도 없이, 그는 어느새 엄숙한 표정으로 바뀌어 있었다. 오른손을 활짝 펴들고 지난밤 이미 김구에게 보였던 선서문을 정식으로 읊기 시작하였다.

"나는 조국의 독립과 자유를 회복하기 위하여 한인애국단의 일원이 되어 적국의 우두머리를 죽여 없애기로 맹서하나이다."

"고맙소. 나도 이 동지와 뜻을 같이하오!"

그리고 김구는 품속에서 낡은 지폐 뭉치를 꺼냈다. 미주에 사는 동포들이 조국을 위해 거룩하게 써 달라고 보낸 독립 후원금이었다. 그것을 정중하게 건네면서 김구가 다시 말을 이었다.

"불과 3백 원밖에 안 되지만, 너무 귀한 성금이라 줄곧 내 품속에 간직해 와서 이렇게 헌 돈이 되었소."

"선생님, 그건 사흘 전에 주신 것만으로도 충분합니다."

"아직 시일이 스무날 남짓이나 남은 데다가, 여기서 도쿄까지 가시려면 경비가 수월찮이 들 것이오. 이 돈은 그때까지 아낌없이 다 쓰시고, 도착 즉시 전보를 쳐주면 내 다시 송금하리다."

"일단 거룩한 뜻이 담긴 민족의 이름으로 받긴 하겠습니다만, 돈에 대해선 더 이상 심려하지 마십시오."

"전보 내용은 철저하게 장사꾼들의 상업 용어로 해주실 것을 다시 한번 강조하오. 잊지 마시오."

"사전 답사와 예행연습을 거쳐 일이 확실하게 성사될 것 같으면, '물품을 꼭 판매하겠다'로 하겠습니다."

이봉창이 작은 수류탄 상자와 공작금을 자기 가방에 조심스레 챙겨 넣으며 다시 계속했다.

"자, 이제 사진관에 가서 기념사진이나 기분 좋게 찍으십시다."

"그래요, 그럽시다."

말은 이리 흔쾌히 받으면서도 김구는 내심 우울한 기분에 사로잡히지 않을 수 없었다. 죽으러 가는 사람이 기념사진을 찍자고 하다니, 아, 적진에 혼자 뛰어들어 그 한목숨 장렬히 날려버리고 세상 깜짝 놀라게 할 남아가 이승의 마지막 흔적이라도 한 장 남기자고 하다니!

이와 같은 김구의 슬픔은 사진 찍으려 하는 순간까지도 얼굴에 그대로 드러나,

"아이구, 선생님이 울상으로 나오시면 안 됩니다. 오늘같이 기쁜 날, 활짝 웃으셔야죠."

오히려 이봉창이 위로하고 있었다. 김구는 억지다시피 그를 따라 웃으며 사진을 찍었다.

이윽고 작별의 시간이 다가왔다. 두 사람은 깊고 뜨거운 포옹을 쉬 풀지 못했다. 서로의 타는 눈을 뚫어질 듯 응시하면서 세상의 그 모든 믿음과 사랑을 간절히 주고받았다. 그리고 두 사람은 서로 말없이 고개를 끄덕였다.

그로부터 10여 일 후, 도쿄의 이봉창에게서 기다리던 전보가 날아들었다. '물건은 1월 8일에 꼭 판매하겠으니 안심하라'는 내용이었다.

김구는 서랍 속에 깊숙이 감춰 두었던 마지막 비자금까지 다 털어내 그 외로운 이역에서 혼자 헤매고 있을 이봉창에게 급히 송금했다. 그리고 서둘러 국무회의를 소집했다. 지금껏 치밀하게 진행되어 온 자신의 계획과 이봉창의

장담대로 이번 작전이 순조롭게 성공한다면, 그래서 철천지원수인 일본 천황이 보기 좋게 피를 쏟고 나가떨어지는 그런 하늘이 놀랄 상황이 실제로 벌어진다면, 우리 임정 쪽에서도 미리 그에 대비해야 할 일이 한두 가지가 아닐 터였다.

도대체 무슨 비상사태인가 싶어 뜨악한 표정으로 달려온 국무위원들에게, 김구는 비로소 지금까지의 속사정을 사실대로 털어놓았다.

"그동안 우리 임시정부에서의 사업이 매우 더딘즉, 정규 군인이 없어 비록 군사 활동은 못한다 할지언정, 적들의 간담을 서늘케 할 테러 공작이라도 벌이는 게 절대 필요했던 건 여러분이 더 잘 아실 테지요. 우리 땅도 모자라서 아예 중국 전체를 집어삼키려는 못된 야심으로 만주에 괴뢰정권을 세운 왜놈들의 무자비한 침략에 대항하기 위해서는, 우선 놈들의 천황부터 처단하지 않을 수가 없습니다. 그래서 지금껏 아주 은밀하고 용의주도하게 미주 한인 동포들의 지원을 받아 추진해 왔는데, 그 숨은 주인공이 바로 이봉창 의사올시다. 보름 정도 남은 새해 정초엔 아마 기쁜 소식이 날아들 겁니다."

"이봉창이라면, 그 밤낮으로 왜놈 행세하고 다니던?"

"예, 맞습니다. 바로 그 사람입니다."

김구는 의미심장한 눈을 들어 좌중을 한 차례 둘러보며 계속했다.

"여러 위원님들이 그동안 왜 저런 정체불명의 왜놈을 청사에 함부로 출입케 하느냐고 많이 질책하셨습니다만, 거기엔 다 그럴 만한 이유가 있었습니다. 호랑이를 잡으려면 호랑이굴에 들어가야지요. 일본의 왕을 잡으려면 일본인이 아니고선 어림도 없습니다. 그래서 일부러 꾸미고 위장하느라 고생이 참 많았는데, 어쨌든 그 이봉창 동지가 지금 일본에 잠입해 들어가 공작 중인 바, 1월 8일이면 틀림없이 놈들의 천황을 폭살하겠다고 알려 왔습니다. 이게 만약 계획대로 성공한다면, 그에 따른 놈들의 발악도 극에 달할 것입니다. 무엇보다도 우리의 임정을 우선적으로 염탐하며 잔혹하게 괴롭힐 것인즉, 위원님들의 각별한 주의 경계가 요망됩니다."

그리고 마침내 1월 8일.

중국 신문들은 일제히 호외를 발행하였다. 한인 이봉창이 일본 천황을 향해 수류탄을 던졌으나 명중하지 못했다는 거였다.

—열혈 청년 이봉창이 일본 천황을 향해 수류탄을 던졌는데, 불행히도 그는 맞지 않고 두 명의 근위병이 부상을 당하였다.

　　이봉창은 자기 앞을 통과하는 두 번째 마차에 일왕이 탄 것으로 알고 폭탄을 던졌으나 그는 열여덟 번째 마차에 타고 있었던 것이다. 그래서 이봉창은 자신의 자살용으로 준비해 뒀던 두 번째 수류탄을 터뜨렸으나 이는 어이없게 불발. 하지만 이봉창은 의연히 가슴 속 태극기를 꺼내어 흔들며 '대한 독립 만세'를 목청껏 부른 다음 태연스레 붙잡혔단다.

　　이렇듯 이봉창의 단신 특공 작전은 비록 실패로 끝나고 말았으나 그 정치적 반향은 실로 엄청났다. 우선 힘없는 조선의 한 독립투사가 일본제국의 수도 한복판에서 그들의 상징이며 최고 통수권자인 천황에게 물샐틈없는 경비망을 뚫고 저격했다는 사실 자체가 세계의 이목을 집중시키기에 충분했다. 간담이 서늘해진 그들은 치를 떨었고, 지금껏 남의 일인 양 방관해 왔던 강대국들은 약소민족의 울분과 설움을 한껏 동정하고 이해하려 나섰다. 온 세계가 새삼 한민족의 단단하고도 대담한 독립 의지를 재인식하고 놀라워했으며, 이봉창의 의거에 큰 타격을 받은 일본 내각은 그 책임을 지고 총사퇴하였다.

그중에서도 특히 중요한 소득은, 그동안 한인들에 대한 중국인들의 오해와 멸시에 따른 갈등이 상당히 좋아졌다는 사실이었다. 중국 신문들은 일제히 통쾌한 논조로 이봉창 의거를 대서특필했는데, 국민당 기관지를 비롯한 지방지들까지 대개는 '한인 이봉창이 일본 천황을 저격했으나 불행히도 명중하지 않았다'라고 썼다.

6. 호랑이를 잡으려면 호랑이굴로

이봉창의 실패 소식을 들은 김구의 실망은 이루 말할 수 없이 컸다.

어떻게 추진한 혁명 과업인데 이럴 수가 있는가! 아, 좀 더 성능이 좋은 폭탄을 장만하는 건데. 그보다도 놈들에게 붙잡힌 이봉창 의사는 과연 어떻게 될 것인가?

김구는 애초 의도했던 목적도 이루지 못한 채 아까운 젊은 한목숨만 덧없이 저승으로 보낸 게 아닌가 싶어 한없이 안타까웠다. 하지만 여러 동지들은 오히려 김구를 위로하기에 바빴다.

"죽인 거나 마찬가지외다. 일왕은 비록 그 자리에서 폭사하진 않았으나, 한인은 결코 일본에 동화되지 않는다는 불굴의 정신을 세계만방에 널리 떨친 결과를 얻었으니까요."

"놈들이 하늘처럼 받드는 신성불가침의 존재를 향해 폭탄을 던졌으니 정신적으로는 이미 일본에 대한 사망 선고를 시킨 거나 마찬가집니다."

"이제 거사의 성패보다는 앞으로의 임정 식구들 안위를

걱정할 때입니다. 특히 애국단 책임자인 백범의 신상이 염려되니 각별히 주의하시기 바랍니다."

그건 사실이었다. 사건 다음 날 아침 정청에 출근하기 바쁘게 프랑스 당국자로부터 예견하고 있던 긴급 통지가 날아들었다.

—지난 10여 년 동안 프랑스 측이 김구 선생을 잘 보호해 왔으나, 이번에 그의 부하가 일왕에게 폭탄을 던진 사건에 대해서는 일본 측의 김구 체포 요구가 강하게 있을 것인즉, 우리로서는 이를 거절할 명분이 없습니다. 따라서 프랑스가 일본과의 전쟁을 불사하기 전에는 그를 전처럼 보호하기가 힘드니 지혜롭게 행동하기 바랍니다.

대충 이런 내용이었는데, 사실 프랑스 당국은 그동안 줄곧 한인들이 당한 분노와 설움의 처지를 동정해 감싸주는데 꽤나 열심이었다. 김구가 임정 경무국장을 역임할 때부터 매번 일본 영사관에서 조계지 안의 한인 체포를 요구할라치면 프랑스 당국에서 한발 먼저 그 사실을 알려 빨리 대피하도록 사전에 귀띔해 주곤 했던 것이다. 그래서 일본 경찰이 닥치고 들어와 수색을 진행하면 이쪽의 사전 각본대로 번번이 허탕 치기 일쑤. 그렇게 친절했던 프랑스가 이번에는 도저히 그럴 수가 없겠노라는 하소연이었다.

과연 천황 저격 사건의 후유증은 도처에서 폭풍처럼 줄지어 일어났다. 김구는 또 어쩔 수 없이 깊숙이 몸을 피하지 않으면 안 되었다.

일본군은 더욱 교활한 침략의 야욕을 불태웠다. 이번 기회에 아예 중국 땅 전체를 집어삼키겠다는 작전을 철저히 진행시키고 있었다. 이봉창이 던진 폭탄 미수 사건이나 임시정부의 김구로는 어딘지 명분이 약하다고 판단한 그들은, 천황 저격 사건이 난 지 열흘 만인 1월 18일 중국인 불량배를 매수하여 일본인 승려와 신자 두 명을 전격 습격게 하였던 것이다. 자신들의 구겨진 자존심과 흉흉한 민심을 일거에 휩쓸어 버릴, 뭔가 그럴 만한 '사건'이 그들은 절실히 필요했는데, 그것은 다름 아닌 '전쟁'이었다.

습격당했던 일본 승려가 죽자, 일제는 기다렸다는 듯 스물네 시간 안에 상하이 시장의 사과와 가해자 처벌, 피해자에 대한 배상, 반일 운동의 철저한 단속 등을 요구하였다. 중국 측은 일제가 침략의 구실을 저울질하고 있다는 걸 알아채고 이튿날 오후 즉각 요구 수락의 뜻을 밝혔다. 분명 스물네 시간 안에 이루어진 발 빠른 대응이었지만, 일제의 속셈은 이미 '침략' 쪽으로 확고하게 기울어진 상태였다.

그들은 그날(1932년 1월 28일) 밤 11시, 미리 정한 비밀 군사 작전에 따라 육·해군 합동으로 상하이를 서둘러 침공하였다. 그리고 곧 무자비한 폭격과 양민 학살을 자행하였다. 그들은 여지없이 도처에 불을 지르고 그 불 속에 죄없는 남녀노소를 가리지 않고 처넣는 만행을 서슴지 않았다. 이에 맞선 중국군이 시가전을 벌이면서 분투했지만 엉겁결에 당한 기습 침략이라 거의 속수무책이었다.

도시는 온통 불바다, 피의 물결이었다. 예기치 않은 중일전쟁 덕분에 김구 개인으로서는 숨어 지내기가 한결 수월해졌으되, 거리에서 목격하게 되는 수많은 전사자와 부상병들을 통해 그의 가슴의 독립 의지는 더욱 뜨겁게 불타올랐다. 프랑스 조계지 안에서도 여기저기 후방 병원을 임시로 설치해야 할 만큼 전황은 갈수록 아수라장이었다. 군용 트럭에 실려 오는 수많은 시체들, 나무관 틈으로 흘러나오는 붉은 피를 보면서 김구의 눈에서는 자신도 모르게 비 오듯 눈물이 쏟아졌다.

아, 우리는 언제 저와 같이 왜놈들과 혈전을 벌이는 날이 올 수 있을까? 우리는 언제 빼앗긴 조국 강산을 저렇게 충성스런 붉은 피로 물들일 수 있을까?

나라 잃은 설움이 새삼 뜨겁게 벅차올랐다. 그러면서도 자신이 직접 총을 들고 싸우지 못하는 분노가 하늘을 찔렀다. 그런저런 슬픔과 아쉬움에 휩싸인 김구는 쏟아지는 눈물을 더 주체하지 못해 황망히 그 자리를 벗어났다. 길 가는 사람들이 수상쩍게 여길까 봐서라도 급히 자리를 피하지 않을 수 없었다. 그는 여전히 낮엔 모든 직무 활동을 접어야 했으며, 밤이 되어서야 겨우 이 집 저 집 동지들을 찾아다니며 다음 거사 계획을 모의하거나 주린 밥을 달게 얻어먹곤 하였다.

상하이는 개전 1개월여 만에 일본군의 수중으로 넘어가 버렸다.

그러나 일본군이면 누구든 보는 대로 없애고, 일본제국 시설이면 무엇이든 닥치는 대로 폭파해 버리자는 게 김구의 철저한 작전 계획이었다. 그리고 그 비밀 특공 작전이 내외에 빛나는 효과를 발휘하려면 '불행은 결코 혼자서 오지 않는다'는 말에 걸맞게 가능한 한 연속적으로 쉬지 않고 일어나야 하며, 하늘과 땅을 동시에 놀라게 하는 대형 사건이어야 했다. 그런 의미에서 본다면 몇 년 전에 아끼는 제자 나석주를 총과 폭탄을 품고 경성에 침투케 하여 일제 수탈의 상징인 동양척식회사를 폭파, 일본인 7명을 살해했던 건 겨우 그 서막에 불과했던 셈이었는지도 몰랐다. 김구의 가슴에는 언제나 일본 그 자체가 멸망할 때까지 오로지 싸우고 또 싸울 따름이라는 벅찬 투쟁정신 하나로 뜨겁게 불타올랐다. 잃어버린 내 나라를 반드시 되찾겠다는 절절한 애국심, 바로 그것이었다.

이번에는 아예 조선 총독을 없애야겠다는 생각이었다. 일본 천황보다 더 빨리 죽여 없애야 할 대상이 바로 놈들의 식민 제국주의 앞잡이인 조선 총독인지도 몰랐다. 무단으로 남의 땅에 쳐들어와서 온갖 만행을 일삼는 그를 비참하게 처단함으로써, 야만의 무력 침략에 대한 응징의 대가가 얼마나 무섭고 처절한 것인지를 실증적으로 보여주어야 했다. 조선 총독이 죽으면 그다음엔 조선 주둔 일본군 사령관을, 그놈이 죽으면 또 그다음엔 중국 주둔 관동군 사령관을…… 이렇게 차례차례 빠짐없이 폭사시켜 죽여 나갈 것이었다. 그리고 언젠가는 반드시 이봉창 의사가 실패한 일본 천황까지도 보기 좋게 다시 죽여 없앨 날이 오리라. 그날은 기필코 축복처럼 다가오고야 말리라!

김구는 우선 조선 총독을 암살할 특공대원으로 유진식과 이덕주를 선발하였다. 도쿄사건이 터진 이후 상하이로 몰래 잠입해 들어와 조국을 위해 활동하고자 모여든 청년들이 꽤 많아졌는데, 물론 담력이 큰 유진식과 이덕주도 그중에 포함된 이들이었다. 어느 날 밤 비밀리에 찾아든 그들은 김구에게 말했었다.

"저희도 나라를 되찾는 일에 헌신하고 싶습니다. 목숨을 걸 각오까지 단단히 돼 있으니, 그에 맞는 일감을 주십시오."

"선생님께선 충분히 우리를 써먹을 만한 작전 계획을 미리 세워 두고 계실 겁니다. 무슨 일이든 언제라도 명령만 내리십시오."

"그렇다면 좋네."

이미 애국단 단원으로서의 충성심도 폭넓게 검증받은 사람들이어서 김구는 의심 없이 믿고 추진하기로 마음먹었다. 그가 무겁게 다시 입을 열었다.

"조선 총독을 없애세!"

그 원수뿐만 아니라 관동군 사령관도 가차 없이 암살하겠다는 극비 계획까지 덤터기로 들려준 김구는, 내일이라도 곧 본국으로 출발할 준비를 서두르라고 두 사람에게 일렀다.

그리고 김구는 그날 밤, 사명감이 투철한 유상근과 최흥식을 따로 불러 일본의 대륙 침략 앞잡이인 남만철도 총재

와 일제 관동군 사령관을 암살할 것을 은밀히 지시하였다. 국내와 국외에서 동시에, 또는 연이어 무서운 대형 사건이 터짐으로써 그 효과와 영향력이 한층 극화될 것이었다. 온 세계를 향한 조선인의 불같은 기상과 독립 의지를 한층 더 크고 높게 드날리게 될 것이었다.

윤봉길이 제 발로 걸어 들어온 건 바로 이 무렵이었다.

사명감이 매우 투철한 한인애국단 단원으로서 전에도 몇 차례 만난 적이 있는 윤봉길은, 조용히 김구를 찾아와 이렇게 말하였다.

"애초에 제가 상해에 온 까닭은 나라를 위해 무슨 큰일을 한번 수행해 볼 욕심 때문이었습니다. 요즈음 채소 바구니를 등에 지고 날마다 홍구 방면으로 다니는 것도 그 목적을 달성하고자 함인데, 이제 중일전쟁도 중국의 굴욕적인 모습으로 정전협정이 성립되는 형세인즉 때를 놓칠까 두렵습니다. 전쟁통의 혼란기를 틈타 한번 장렬한 산화를 시도해 보고 싶은데, 아무리 생각해도 이제는 마땅히 죽을 자리를 구할 수가 없어 보이니 이를 어쩌면 좋겠습니까?"

"목숨은 하늘의 뜻이라고 했소. 하늘이 내린 목숨을 함부로 버려서는 안 되지요."

"선생님께서는 이미 도쿄사건과 같은 경륜을 갖고 계시

지 않습니까. 저도 이봉창 의사처럼 큰일을 한번 해보고 싶습니다. 저를 믿고 지도해 주시면 그 은혜 죽어서라도 꼭 갚겠습니다."

"고맙소, 윤 동지!"

김구는 자리에서 벌떡 일어나 윤봉길의 손을 꼬옥 그러쥐었다. 그리고 다시 말했다.

"뜻을 품으면 마침내 일을 이룬다고 하지 않더이까. 내가 마침 그대와 같은 큰 일꾼을 구하던 참이니 안심하시오."

"정말입니까? 정말로 저를 쓰실 일이 있으십니까?"

"자, 이걸 좀 보시오."

김구는 탁자 위의 신문을 가리켰다. 상하이에서 발행되는 일본의 일간 신문으로, 거기에는 '천장절(天長節) 경축 행사'에 관한 기사가 실려 있었다. 오는 4월 29일 일본 천황 생일을 맞이하여 일본군 상하이 점령 전승 경축 행사를 동시에 대대적으로 거행한다는 내용으로, 장소는 홍커우 공원이었다. 그러므로 일본인 거류민들은 붉은 해의 일장 기와 함께 저마다 도시락과 수통만 휴대하고 참석하라는 일제 당국의 부탁도 친절히 잊지 않았는데, 김구는 바로 이 점을 하늘이 준 절호의 기회라고 굳게 믿고 있는 터였다. 그가 다시 입을 열었다.

"운이 다하면 복을 비는 비석에도 벼락 친다고, 놈들이 이리 소상히 알려주니 이런 경사가 또 어디 있겠소!"

"물병 하나와 도시락, 일장기 한 폭에 감출 수 있는 폭탄이라면 놈들을 충분히 파멸시키고도 남겠습니다."

"윤 동지가 잘 알다시피, 우리는 전쟁 중의 빈틈을 노려 실행코자 한 특공 작전이 여럿 있었으나, 경험 미숙과 준비 부족으로 번번이 실패하고 말았소. 허나 이번만큼은 반드시 성공할 것 같은 예감이 드는 걸 보면 썩 괜찮은 조짐이 외다. 정말 윤 동지가 한번 해보겠소?"

"맡겨만 주신다면 큰 영광이지요."

"목숨을 건 도박인데도?"

"사람은 한 번 죽지 두 번 죽지 않습니다."

"맞소. 실인즉, 이번의 거사는 단순한 도박이 아니라 우리 조국의 명운이 걸린 위대한 독립 사업이오. 대의를 위해 죽는 건 결코 죽는 게 아니니, 윤 동지, 우리 함께 영원히 사는 길을 걸어 봅시다."

"그 말씀을 들으니 저의 가슴엔 한 점 번민이 없어지고 마음이 더없이 편안해집니다. 잘 준비해 주십시오."

"장하오. 장하고, 고맙소."

김구는 다시 윤봉길의 손을 꼬옥 마주 잡고 어루만졌다.

부딪치는 두 사람의 시선이 불꽃처럼 이글거렸다.

그렇게 윤봉길이 돌아간 다음, 김구는 어두운 밤길을 이용해 곧장 김홍일을 찾았다. 중국군 장교인 김홍일, 영민하고 순발력 있는 그라면 상하이 병기 공장을 움직여 빠른 시일 안에 이쪽에서 원하는 폭탄을 너끈히 마련할 수 있을 것이었다. 지난번 이봉창 의거 때 썼던 폭탄도 바로 이 병기 공장에서 나왔었다. 김구는 윤봉길로 해서 벌어질 앞으로의 통쾌한 거사에 대해 은밀히 전한 다음, 다짐받듯 김홍일에게 말했다.

"일이 그렇게 되었으니, 김 동지는 지체 없이 일본 물통과 도시락으로 위장할 수 있는, 아주 성능 좋은 것으로 준비해 보시오."

"알겠습니다. 이번에는 절대 이봉창 때와는 달라야지요."

"똑같은 실수를 두 번, 세 번 되풀이하는 것만큼 어리석은 일은 없지. 특히 우리가 벌이는 사업의 특성상, 실수는 곧 죽음이오."

"선생님의 간절한 뜻을 병기 공장장에게 직접 전달하겠습니다. 이번에는 반드시 성공해야 한다고!"

이렇듯 자신만만한 표정으로 돌아갔던 김홍일은, 그다음 날 곧바로 희색이 만면하여 다시 김구를 찾아왔다. 애타게 기다리고 있던 김구는 일이 제대로 잘 풀려가고 있다는 걸 한눈에 직감했다.

"어떻게 되었소, 김 동지?"

"완벽한 성능 실험을 거친 폭탄을 스무 개쯤 무상으로 제공하겠다는 약속을 받아냈습니다. 병기 공장장이 말하기를, 내일 오전 중 실험 폭파가 있으니 선생님을 모시고 와서 직접 참관, 확인케 하시랍니다. 같이 가십시다."

"오, 그래? 그게 정말이오?"

김구는 뛸 듯 기뻤다. 중국인 공장장은 지난번 이봉창 의거 때 자기네가 만들어 준 폭탄의 성능과 정교함이 기대치보다 너무 형편없어 결국 일본 천황을 폭살시키지 못했다고 지레 미안해하는 게 분명했다. 기쁨에 겨운 김구가 다시 말을 이었다.

"암은, 가고말고. 가서 내 눈으로 직접 확인해 보고 싶소."

그리고 그 내일, 김구는 아침 일찍 조선소 뒷마당에 자리한 병기공장으로 비밀스레 이동했다. 규모가 별로 크지 않은 그곳은 주로 대포나 소총 따위를 수리하는 듯 보였는데, 공장장이 반갑게 나와 맞이하였다. 김구는 고맙다는 말을 몇 번이나 되풀이한 다음, 그와 함께 폭탄 실험 장면을 뚫어질 듯 응시하였다.

마당 한 구석에 토굴을 파고 그 내벽을 두꺼운 철판으로 빙 두른 뒤 그 안에 폭탄을 장치하는 게 실험의 첫 단계였다. 그다음엔 폭탄과 연결된 뇌관에 긴 줄을 달아 그 줄을 수십 걸음 밖으로 끌고 나간 사람이 안전지대에 납작 엎드려 일시에 확 잡아당기는 것이었다.

토굴 안의 폭탄은 한순간에 우레와 같은 소리를 내뿜으며 폭발하였고, 토굴 안에서 파괴된 흙먼지와 작은 철판 조각들이 산지사방으로 흩어져 날아올랐다. 가슴 벅찬 장관이었다. 이렇듯 스무 번 남짓 실패 없는 실험을 거치고 나서야 물통과 도시락처럼 생긴 실물에 뇌관을 장치한다고 했는데, 실무 책임을 맡은 중국 기사들도 그만큼 이 일에 일심동체로 헌신하고 있었다. 병기 공장장은 김구에게 말했다.

"이렇게 완벽한 실험을 거쳐 만든 도시락 폭탄을 한 스무 개쯤 넉넉히 넘겨 드릴 테니 앞으로 큰 사업이 있을 때마다 잘 골라 쓰십시오."

"정녕 뭐라 감사의 말씀을 드려야 할지 모르겠습니다. 그 은혜, 우리의 빈틈 없는 무장 투쟁 성공으로 꼭 갚아 드리겠습니다."

"그 폭탄들은 자동차로 일단 운반해 드릴 테니, 김 선생님은 그걸 다시 절대 비밀이 새 나가지 않을 은신처를 골라 몇 개씩 분산 보관하십시오. 그래야 효과적인 작전 수행을 계속 유지할 수가 있습니다."

"역시 전문가다운 지혜가 뛰어나시군요."

"그 과정에서 가장 중요한 건 다름 아닌 불조심입니다. 가벼운 충격이나 화기도 절대 가까이 닿지 않도록 각별히 유념하십시오."

"암은요. 그래서 제가 직접 발 벗고 나서겠다는 겁니다. 정말 고맙습니다."

"당신들의 무운을 빕니다."

시작이 반이라는 말에 걸맞게, 일은 이제 거의 다 된 밥이나 마찬가지였다.

김구는 그 폭탄 도시락과 물통들을 자그마한 상자 여러 개로 한둘이나 서너 개씩 나눠 넣어 포장했다. 누가 봐도 귀한 약품 상자쯤으로 쉬 인식할 만한 모양새였는데, 김구에게는 실로 어느 무엇과도 바꿀 수 없는, 세상에서 가장 아름답고 소중하며 진귀한 보물이나 다름없었다. 하늘이 내린 선물이었다.

그래, 인명을 살상하는 폭탄이 이런 엄청난 보물이나 선물로 인식될 수도 있다니!

그걸 어디에 어떻게 쓰느냐에 따라 선악의 구별 또한 좀 더 명확하게 갈라진다고 생각하면서, 김구는 말쑥한 신사복으로 갈아입고 그 상자들을 은밀히 날라대기 시작했다. 가장 믿고 의지할 만한 동지들 집을 물색해서, 주로 어둑한 저녁 무렵을 틈타 아주 침착하고 태연스레 방문하는 거였다.

"밥 한 끼 좀 얻어먹으러 왔소이다."

"아이구, 어서 오셔요. 얼마나 고생이 많으셔요."

상하이 임정 식구들은 내남없이 따뜻하게 그를 맞고 대접해 주었다. 비록 험난한 망명지의 나날을 겨우겨우 연명해 나가긴 할망정, 사악하고 잔인한 일본제국을 쳐부수기 위해 낮과 밤을 가리지 않고 고군분투하는 김구만 보면 그들은 하나같이 뭐든 아낌없이 내놓으려 애썼다. 그들 집에 보물 상자(?)를 전달하면서 김구는 특별히 부탁하였다.

"이건 아주 귀한 약상자이니 내가 다시 찾으러 올 때까지 잘 보관해 주시오. 무엇보다 불조심을 절대 잊지 마시고."

"누가 맡기시는 물건인데 함부로 취급하겠습니까. 그건 염려 마시고, 자주 들러 주시기나 하십시오."

딸린 식구 하나 없는 홀몸으로 외로운 심신이나 잘 견뎌 내라는 동정과 격려도 그들은 꼭 잊지 않았는데, 그럴 때마다 김구는 뜨거운 감동의 형제애를 깊이 느끼지 않을 수 없었다. 가장 춥고 외롭고 배고플 때 서로 믿고 확실히 의지할 수 있는 대상이 바로 가장 가까운 동지이며 이웃이 아니던가. 그게 바로 임정 식구들의 한결같은 마음의 결속력이었다.

운명의 날은 점점 가까이 다가오고 있었다. 이제 곧 이틀이 지나면 4월 29일, 문제의 천장절이었다.

윤봉길은 그동안 틈만 나면 치밀한 예행연습에 골몰하였다. 그중에서도 제일 시급한 건 철저한 일본인 행세였다. 누가 보아도 어김없는 일본인으로 확신할 수 있게끔 그 말과 행동을 일치시켜야 했다. 그래서 그는 맨 먼저 일본식 양복부터 구해 갈아입었다. 옷차림이 우선 그들과 하나 어색하지 않도록 제대로 꾸며져야 할 것이며, 외모나 걸음걸이조차도 게다짝 같은 일본인 그대로라야 그들의 기념식장을 쉬 출입할 수 있을 터였다.

하지만 그런 건 별로 걱정될 게 없었다. 이미 식민지 백성으로서의 오랜 관습과 교육, 익히 보고 듣고 배워 온 그 경험에 따라 조금만 신경 써서 노력한다면 크게 어려운 일이 아니었다. 그보다는 과연 그 삼엄한 식장 안에 어떻게 접근

해 들어가야 놈들의 우두머리들이 한꺼번에 몰려 앉은 단상
으로 용케 돌진, 도시락 폭탄을 투척할 수 있느냐였다. 그래
서 그는 거의 날마다 식장 설치가 한창인 훙커우 공원 쪽
나들이에 여념이 없었다. 행사 당일 자신이 서 있을 위치를
가늠하고, 거기에서 뛰쳐나갈 방향과 거리, 폭탄 투척요령
따위를 속으로 몇 번씩이나 되풀이 연습해 보는 거였다.

　그는 이미 그저께 혈서로 쓴 선서문을 비장하게 제출했
으며, 어젯밤엔 그 피맺힌 절규를 목에 걸고 사진까지 찍지
않았던가 말이다. 김구는 사진을 찍고자 말쑥한 신사복 차
림의 앞가슴에 그 피의 선서문을 목에 걸어 붙인 채 왼손엔
수류탄을, 오른손엔 권총을 움켜쥐고 정면을 뚫어질 듯 응
시하던 윤봉길의 이글거리던 눈빛을 새삼 다시 떠올리며
나직한 음성으로 말을 이었다.

　"나는 이번 거사가 확실하게 성공할 것을 진즉에 알아보
았소. 맨 처음 이 계획을 듣고 난 윤 동지가 '가슴에 한 점
번민도 없이 마음이 편안해진다'고 했을 때부터. 내가 치하
포에서 그 왜놈을 죽여 없앨 적에도 처음엔 다짜고짜 격분이
앞서 자칫 일을 그르칠 뻔했으나, 한순간 내가 참된 가르침
을 받은 고능선 스승의 이런 말씀이 떠오르더이다. '득수반
지무족기(得樹攀枝無足奇) 현애살수장부아(懸崖撒手丈夫兒), 가

지를 잡고 나무에 오르는 것은 신기할 일 아니나, 깎아지른 낭떠러지에서 손을 놓아버리는 용기가 진정한 대장부'라는 글귀 말이오. 그제야 나는 차분히, 아주 편안한 마음으로 침착하고 과단성 있게 놈을 처단할 수가 있었소."

"저도 반드시 그렇게 할 것입니다."

"그대가 곧 나요, 내가 곧 그대이니, 믿어 의심할 일이 뭐가 있겠소!"

"그렇습니다. 그러니 저도 한 수 적게 해주십시오."

하고 윤봉길은 불현듯 지필묵을 요청하였다.

김구는 안 그래도 반드시 그렇게 할 생각이었다. 마지막 가는 길에 남길 절절한 유서가 어찌 없을 것이랴. 사랑하는 처자식에게, 또는 조국에게 그 얼마나 애끓는 생애 마지막 절정의 이야기를 남기고 싶지 않으랴.

단정한 자세로 책상 앞에 앉은 윤봉길은, 이윽고 붓을 들었다.

> 만물을 기르시는 높디높은 청산이여
> 사철 싯푸른 울창한 소나무여
> 저 민둥산을 높이 나는 봉황이여
> 온 세상이 더럽건만 당신만이 깨끗하네

여기에서의 '당신'은 다름 아닌 김구를 일컫는 말이었다. 늘 사무치게 흠모하고 존경해 오던 평상심을 마지막 먼 길 떠나는 마당에 이렇듯 솔직담백하게 털어놓은 거였다. 우쭐거리는 자랑스러움보다는 오히려 비통한 심정에 스스로 빨려든 채 윤봉길의 일필휘지1를 가만히 내려다보고 있던 김구는,

"나는 지금껏 한 점 부끄럼 없이 살려고 무던히 노력해 왔건만, 윤 동지의 과분한 찬사를 받고 보니 이제야 참으로 부끄럽소이다. 한없이 부끄럽고 미안하오."

눈물 어린 진정을 담아 말했다. 겸연쩍은 웃음을 입가에 씨익 머금은 윤봉길이 그 휘호 쪽지를 앞으로 내밀며 받는다.

"참된 스승이며 벗으로 선생님을 평생 얻을 수 있어서, 이제 저는 여한이 없습니다. 아침에 태양이 떠오르거나 해 질 녘 그 해가 말없이 질 때, 선생님 주변으로 노을이 붉게 물들거든 그것이 바로 제 피요 넋이려니 봐주십시오."

"그럼 그럼. 자랑스런 윤 동지야말로 후세 역사가들이 그 어떤 글과 말로 칭찬해도 붓이 모자랄 것이오."

---

1 일필휘지(一筆揮之): 글씨를 단숨에 죽 내리씀

김구는 몇 번이고 윤봉길이 건네어 준 그 시구를 되풀이해 들여다보았다. 그리고 다시 말했다.

"기왕에 붓을 잡았으니 이번엔 자식들에게 남길 말씀을 적어 보심이 어떻겠소? 그것이 아마 가장 중요할 것 같은데……."

"그, 그러지요. 몇 자 유서를 남길 테니 선생님이 보관하셨다가 때가 되면 저 대신 보내주십시오."

윤봉길은 잠시 창밖으로 시선을 돌려 뭔가를 생각하였다. 사랑하는 두 어린 아들, 종(淙)과 담(淡)을 떠올리고 있을 터였다. 둘째인 담이는 그가 중국에 온 이후 태어났기 때문에 아직 얼굴도 전혀 알지 못하는 상태였다. 윤봉길은 이내 아무렇지 않은 듯한 표정으로 돌아와 김구가 손수 갈아준 먹물에 붓을 찍었다.

─종아, 담아. 너희도 만일 피가 흐르고 뼈가 있다면 반드시 우리 조선을 위해 용감한 투사가 되어라. 태극의 깃발을 높이 드날리고 나의 빈 무덤 앞에 한 잔 술을 부어 놓아라.

간단한 내용이었다.

그러면서도 그 속에는 참으로 많은 그리움과 당부, 피맺

힌 조국애와 의기남아로서의 기백이 철철 흘러넘치고 있었
다. 거기에는 분명 이런 절절한 속마음도 함께 포함되어 있
을 것이었다.

　—너희들은 부디 이 아비를 탓하지 말아다오. 아비는 시대
를 잘못 만났고 너희들은 아비를 잘못 만났을 뿐이다. 나는 이
제 내 한 몸이나 내 집을 위해 살진 않으려 한다. 불쌍한 내
나라와 겨레를 위해 몸을 던지는 것이다. 그러니 제발 나를 탓
하지 말고 꿋꿋하게 자라거라. 내 피와 뼈가 흙이 되고 거름이
되어 너희들이 독립된 조국에서 떳떳이 살 수만 있다면 이 아
비의 소망은 더 이상 바랄 게 없다.

　윤봉길은 이 외에도 조국의 청년들에게 남기는 시도 한 편
써서 김구에게 맡기고 마지막 짐 정리를 위해 숙소로 돌
아갔다. 내일 이른 아침 다시 만날 것을 약속하면서.
　그가 돌아가고 나자 김구는 그 길로 곧장 김해산(金海山)
동지의 집으로 향했다. 그의 부인과 상의하여 '따뜻한 쌀밥
에 기름진 소고깃국'이 놓인 마지막 밥상을 좀 마련해 달라
는 것이었다.
　"윤봉길 군이 내일 아침 중대한 임무를 띠고 갈 터인데,

쌀밥에 소고기가 있는 그런 밥상을 좀 부탁하오."

이런저런 설명을 구차하게 덧붙이지 않아도 그들 내외는 이내 김구의 깊은 뜻을 알아차리고 흔쾌히 그러겠다고 대답했다. 무슨 큰일이 있을 때마다 김구가 믿을 만한 집에 돌아가며 그런 밥상 차림을 가끔 부탁한다는 걸 익히 알고 있어서였다.

이윽고 다음 날 아침, 김구는 윤봉길과 마지막 밥상을 같이하였다. 실로 뭐라 형언키 어려운 착잡함이 김구의 가슴을 짓눌렀다. 이제 겨우 스물다섯밖에 안 된 이 푸른 젊은이를, 길고 긴 인생의 첫걸음을 막 시작하려는 이 아름다운 청년을 이렇게 속절없이 저승으로 떠나보내도 과연 괜찮은 것인가? 오로지 저렇듯 의젓한 윤봉길만 믿고 살아온 사랑하는 부모와 처자식의 앞날은 과연 어떻게 될 것인가? 그러므로 지금이라도 당장 일을 그만두라고 가로막아야 하는 건 혹 아닌가?

아니다, 하고 김구는 이내 고개를 가로저었다.

이렇게 죽으나 저렇게 죽으나 사람이 죽기는 마찬가지. 어떻게 사느냐보다 더 중요한 게 무엇을 위해 죽느냐가 아니던가. 윤봉길 스스로도 사람은 결코 두 번 죽지 않는다고 비장하게 소리치지 않았던가!

그러므로 이 윤 동지는 결코 포기할 사람이 아니다. 누가 말린다고 해서 나약하게 그걸 들을 사람도 아니다!

사정이 그러함에도 다시는 돌아올 수 없는 죽음의 땅으로 훌훌 떠나가는 사람과 함께 밥상을 마주한다는 건 정녕 죽기보다도 더 참담한 기분이었다. 그러나 김구는 조금도 그 감정을 흩트려 밖으로 내보여선 안 되었다. 다행히 윤봉길 역시 극히 태연하고 침착한 태도로 숟갈질을 시작하는 것이어서 김구는 적이 안도하였다. 얼굴빛 역시 아주 평온한 기색이어서 김구는 짐짓 눙치는 억양으로,

"윤 동지는 마치 아침 일찍 논밭으로 일 나가는 농부 같구려!"

농담하였다. 맛있게 국을 떠먹던 윤봉길이 껄껄껄 이를 드러내 보이며 흔연스레 맞장구치고 나선다.

"금 캐러 가는 광부 같지는 않구요?"

"맞아, 맞아. 그게 더 어울릴 것 같소."

이 사내는 역시 여느 보통 사람과는 많이 다르다는 걸 온몸으로 의식하면서 김구는 천천히 숟갈질을 계속하였다. 실제로는 국 한 모금 입에 떠 넣을 수도 없었으나 윤봉길이 숟가락을 놓을 때까진 어떻게든 버텨볼 심산이었다.

이윽고 보기 좋게 밥그릇을 비운 윤봉길이 자리 뜰 채비

를 하였다. 출발을 알리는 7시였다. 유심히 손목시계를 들여다보던 윤봉길이 그것을 주저 없이 풀었다. 그리고 재빨리 김구에게 건네며,

"이 시계, 선생님이 차십시오. 그 대신 선생님 헌 시계를 저한테 기념으로 주시구요."

뚱딴지처럼 제의하였다. 잠시 어리둥절한 표정의 김구에게 윤봉길이 계속한다.

"이 시계는 어제 6원을 주고 산 비싼 건데, 선생님 건 고작 1, 2원밖에 안 나갈 것 같으니 제가 기념으로 드리겠습니다. 앞으로 한두 시간만 쓰면 없어질 거니까, 선생님이 꼭 간수하셔야 합니다."

"허허, 이런……."

김구도 헛웃음 치며 어쩔 수 없이 허름한 시곗줄을 풀어 윤봉길에게 건네었다. 둘은 자신들의 뜨거운 체취가 묻어 있는 손목시계로 마지막 정표를 나누었다. 그리고 훌훌 길 밖으로 나섰다.

홍커우 공원으로 갈 자동차가 그들 앞에 도착했다. 말쑥한 신사복 차림에 도시락과 물통을 단정하게 차고, 한 손에 새 일장기까지 보란 듯 치켜든 윤봉길은 누가 봐도 영락없는 일본인 모습 그대로였다. 이윽고 그가 차에 올랐다.

김구는 목이 메어 말했다.

"이다음에 꼭 다시 만나세."

그리고 드디어 오전 11시 40분.

세상이 발칵 뒤집혔다.

윤봉길이 홍커우 공원을 향해 떠난 뒤, 김구는 초조한 마음으로 임정 지도부인 안창호와 이동녕에게 한시바삐 몸을 피할 것을 권고하는 등 만일의 사태에 따른 대비책으로 정신없었는데, 마침내 오후로 접어들자 불현듯 상해 시내가 벌집 쑤신 듯 술렁거렸다. 하늘도 놀라고 땅도 놀란 일이 일본의 천장절 기념식장에서 꽝 터졌다는 거였다. 그리고 거기 단상에 올라 앉아있던 여러 명의 일본인 대장들이 한꺼번에 폭사했다는 거였다. 통쾌한 소문은 그렇게 꼬리의 꼬리를 물고 산지사방으로 퍼져 나갔다.

아니나 다를까, 그날의 신문 호외는 더욱 분명한 사실을 이렇게 긴급 보도하고 있었다.

—홍커우 공원에서 벌어진 일본의 천장절 경축식장에 엄청난 폭탄이 폭발하여 일본 거류민 단장 가와바다는 즉사하고, 총사령관인 시라카와 대장, 시게미츠 대사, 일본 주중 공사, 우에다 중장, 노무라 중장 등이 모두 중상을 입고 생명이 위독하다.

다음 날 아침 신문은 좀 더 확실하게 사건의 진상을 속속들이 까발려 보여주었다. 현지 중국인들은 하나같이 발을 구르며 좋아했다.

　—윤봉길이 우리 중국의 원수를 갚았다. 만세, 조선인 만세.
　—우리 백만 대군이 못한 일을 윤봉길 한 사람이 이루어 낸 쾌거!
　—이제는 두 나라가 하나로 뭉쳐 저 잔인한 일본군을 쳐부수자.

　그리하여 우리 모두 윤봉길 의사의 길을 따르자는 소리가 삽시간에 국내외로 퍼져 나갔다. 세계는 경악과 찬탄, 동정의 눈으로 식민 조선의 간절한 독립 의지를 새삼 지켜보았으며, 장제스의 국민당 정부는 비로소 앞으로 물심양면의 지원을 한국의 임시정부에 아끼지 않겠다고 단단히 약속하기에 이르렀다.
　하지만 일본은 달랐다. 한마디로 미친개였다.
　너무나 큰 충격 속에 휩싸인 그들은 두 눈에 핏발을 세워 이를 갈았다. 어떻게든 이 엄청난 수모와 치욕을 앙갚음해야 한다면서 길길이 날뛰었는데, 그들의 수사망은 철저히 이 사건의 배후가 누구냐에 초점이 맞춰졌다.

김구는 또 황급히 몸을 숨기지 않으면 안 되었다. 그를 비롯한 임정 요인은 물론, 하찮은 말단 직원까지 닥치는 대로 잡아가려고 일본 경찰과 헌병들은 진정 불에 덴 미친개처럼 날뛰었으므로, 일단 그 자리부터 피하고 볼 일이었다. 그 안전한 피신처로는 놈들의 마수가 뻗치지 못하는 조계지 안의 서양인 집이 가장 안성맞춤이었다. 김구는 퍼뜩 피치 목사를 떠올렸다. 지금은 고인이 되었지만 생전에 상하이의 한국 독립운동을 위해 숨은 공을 아끼지 않았던 미국인으로, 그 아들 내외도 익히 아는 처지여서였다. 바로 그 아들네 집으로 숨어들고자 함이었다.

비밀 교섭을 맡은 엄항섭이 용케 허락을 얻어 왔다. 사람 좋은 피치 내외가 즐거운 마음으로 쾌히 응하더라는 것이다. 김구는 앞으로 이 집 안팎을 중심으로 목숨 걸고 행동을 같이할 안공근과 엄항섭을 불러 말했다.

"잘되었네. 이제부터 우리의 생사는 이 피치 부부한테 달렸네. 이후 자네들의 집안 생활은 내가 책임질 테니, 오로지 당면한 우리 사업에만 매진해 주게."

"비상사태에 처했으니 당연히 그래야죠. 일본이 완전 망할 때까진 우리의 임시정부도 여기저기 옮겨 다닐 각오를 단단히 해야겠습니다."

그렇게 피치 네에게로 피신한 김구 일행은 하루하루 살얼음판 같은 나날을 보내기 시작했다. 사위는 완전 포위되었으며, 안창호를 비롯한 여러 독립운동가들이 굴비 두름처럼 줄줄이 잡혀 들어가고 있다는 소식도 들렸다. 피치 부인은 극진한 정성으로 끼니마다 따뜻하게 대접해 주었지만, 그 풍족한 식사와 2층을 전부 세내어 사는 듯한 안락한 공간조차 도무지 불안해서 견딜 수가 없었다. 피치 댁 전화를 통해 날마다 손바닥 들여다보듯 상하이 바깥 동정을 살펴볼 수는 있었지만, 우려했던 대로 많은 민단 직원과 동포들이 수시로 일경에게 쫓기거나 심한 괴롭힘에 시달린다는 소식만 떼 지어 들려왔다. 혹은 무자비하게 체포되어 끌려가고, 혹은 죽도록 고문당하거나 생계 수단을 박탈당하기도 하고. 그래서 더러는 주모자인 김구를 원수 보듯 비난하는 동포도 생겨난다는 거였다.

그러면 그럴수록 김구의 투쟁 의지는 더욱 거세게 타올랐다. 그리고 김구는 더 이상 지체해선 안 된다고 생각했다. 홍커우 공원 사건을 비롯한 그동안의 폭탄 투척 사건들은 오로지 나 혼자만의 계획과 실천이었노라고 만천하에 공포하는 게 우선이었다. 주모자는 오직 김구 단독, 그러니

다른 임정 요인이나 한인 동포들은 억울하게 누명 씌워 체포하지 말라는 주문을 띄우는 것이었다. 김구는 곧 성명서를 작성하였다. 한인애국단 단장으로서 윤봉길 의거의 진상을 낱낱이 밝히는 동시에, 그 책임은 오로지 나 김구에게 있거니와 이 같은 투쟁은 앞으로도 계속될 것임을 만방에 알린다는 긴 내용이었다.

그는 이를 다시 엄항섭과 피치 부인을 통해 영문으로 번역, 로이터통신에 보냈다. 그리하여 일본 황제에게 폭탄을 던진 이봉창 사건이나 상하이에서 일본군 대장 등을 폭살시킨 윤봉길 의거가 모두 김구라는 배후 인물이 주도했다는 게 널리 알려졌다. 세계는 놀라운 찬탄과 박수를 다시금 아끼지 않았고, 국내외 동포들은 의기충천하였다. 이제야 살맛이 난다고, 우리도 저 용감한 영웅들의 뒤를 몸 바쳐 힘껏 따르자고!

중국인들 역시 확 달라졌다. 그들의 한인에 대한 악감정은 봄바람에 눈 녹듯 싸악 잦아들었으며, 영향력 있는 중국 명사들은 다투어 김구에게 면회를 요청하거나 은밀히 도와줄 방법을 모색하였다. 심지어 난징으로 옮긴 국민당 정부에서는 김구의 신변이 위험하니 피신용 비행기를 보내 주겠다는 호의도 베풀어 올 정도였으나, 김구는 헛되이 남의 나라 신세까지 져가며 쫓겨 다닐 필요는 없다고 생각하였다.

하지만 일제는 더욱 악랄하게 김구를 옥죄어들었다. 그들은 60만 원이라는 거액을 현상금으로 내걸고 김구를 찾는 데 혈안이었다. 일본 정부와 조선 총독부, 상하이 주둔군 사령부가 총동원되어 어떻게든 저 역적 김구를 잡아내야 한다고 날뛰었다. 그들의 마수는 점점 김구 주변으로 좁혀들었다. 김구는 본능적으로 위기감을 느꼈다. 피치 댁에 피신한 지 20여 일이 지났을 때 비로소 전화를 도청당하고 있다는 걸 그는 처음으로 감지했다. 전화를 너무 남용한 게 탈이었다. 어느 날 바깥 동정을 살피고 돌아온 피치 부인이 새파랗게 질려 말했다.

"김 선생님, 이곳을 어서 빠져나가야겠어요. 일본 헌병들이 우리 집 주변을 포위하고 있다구요!"

"예, 저도 알고 있습니다."

이미 말쑥한 양복으로 갈아입은 김구가 차분하게 앉았다. 그는 엊그제 난징에서 달려온 박찬익(朴贊翊)을 통해 앞으로 숨어 살 만한 피신처를 벌써 은밀히 물색해 놓고 있었거니와, 중국인보다 중국말을 더 잘하는 박찬익은 중국 정부의 지도급 인사들과도 두루 절친한 사이였다. 그래서 외교술이 뛰어난 민필호 동지와 함께 앞으로의 임시정부 피난지도 여기저기 알아본 결과 일단 상하이에서 멀지 않은 항저우(杭州)로 결정해 둔 상태였다. 이시영, 조소앙, 조완구 등이 항저우로 몸을 피해 안전을 도모하면서 임정 활동을 계속 추진키로 하고, 이동녕과 이시영은 일단 자싱(嘉興)으로 한발 먼저 피신키로 하였다.

집주인인 피치가 직접 차를 몰았다. 그 뒷좌석에는 김구와 피치 부인이 부부처럼 나란히 숨어 앉았다. 누가 보아도 일상의 낯익은 나들이로 착각하기에 충분했는데, 대문 밖을 나서니 과연 여러 복색의 정탐꾼들이 온 거리를 숲처럼 에워싸고 있었다. 그러나 운전 솜씨가 노련한 피치는 아주 빠른 속도로 그 마수의 숲 사이를 쏜살같이 빠져나갔다. 조계지를 벗어나 중국인 거리로 접어들자 비로소 피치 부인이 입을 열었다.

"아까 왜 그리 서둘러 집을 나온 지 아세요? 사실은 중국인 노동자로 위장한 정탐꾼이 우리 집 주방까지 침입해 들어왔지 뭐예요. 놀라 큰소리로 호통쳐 쫓아 보냈지만, 정말 위험했어요."

"어느 정도 눈치는 채고 있었으나, 그렇게까지 위험한 줄은 미처 몰랐습니다."

탈출의 성공에 대한 안도의 한숨과 함께, 피치 내외에 더

없이 뜨거운 마음을 담아 김구가 다시 말을 이었다.

"그동안 정말 고마웠습니다. 나중에 우리나라가 독립했을 때 그 은혜 꼭 갚겠습니다."

"별말씀을요. 선생님과 함께 지내는 동안 우리도 한없이 즐거웠는걸요. 나라를 되찾기 위한 여러분의 눈물겨운 투쟁, 많이 감동받았습니다."

어느새 기차역 앞에 차를 세운 피치가 마지막 작별 인사를 보내왔다. 차에서 내린 김구는 자애로운 그들 부부에게 다시 한번 깊은 감사의 마음을 전했다.

7. 탈출, 또 탈출의 망명시대

밤, 기차는 자싱을 향해 달렸다. 득시글대는 밀정과 왜경의 눈을 피하기 위해 기차를 타기 전 벌써 중국인 복장으로 갈아입고 완전한 중국인처럼 행세하였지만, 두 사람 이상의 동행은 아무래도 불안해서 끝까지 행동을 같이하기로 했던 안공근이나 엄항섭은 미리 역전에서 따돌려 피신처로 먼저 보내고 그 혼자 기차에 올랐다.

이름도 엉뚱하게 바꾸었다. 장진구(張震球).

온 지구를 뒤흔들었다가 내려놓을 만큼의 호쾌하고도 장대한 의미를 가졌으되, 때로는 이를 줄여 장진(張震)으로도 통하고, 단순한 장사치로 눈속임해야 할 경우에는 그냥 '왕사장'이라고도 별칭하기로 여러 동지들이나 가까운 중국인 친구들과 미리 약속해 놓은 터였다. 아까 기차를 타기 전 역사 대합실과 골목, 음식점 따위의 공공장소에는 어디라 할 것 없이 현상 붙은 김구의 전단을 붙여 놓고 물 샐 틈 없는 수사망을 펼치고 있었으므로, 이같은 변성명과 변장의 필요성은 한시가 급하고 절대적이었다. 그의 임시변통의 고향은 광둥(廣東).

그러나 김구의 중국어 실력은 별로 보잘 게 없어서 가능한 한 벙어리로 지내는 게 훨씬 편했다. 특별한 경우에는 글로 서로의 뜻을 나누되, 어지간하면 그냥 웃음이나 고갯짓으로 얼버무린다는 것이었다. 김구는 불안하고 냄새나는 기차 여행 내내 그런 침묵의 언행으로 일관했다. 낯선 기차 간 안에서도 보이지 않는 감시의 눈초리는 도처에서 시퍼렇게 번득이고 있었다.

자싱역에 내렸을 때는 다행히 비가 내렸다. 한밤에 추적추적 내리는 비는 그만큼 남의 의심의 이목에서 벗어나기에 더없이 좋은 장막을 쳐주었다. 여느 중국인 손님들처럼 스스럼없이 개찰구를 빠져나온 김구는 잠시 어리둥절한 혼란 속에 빠져 있었다. 마치 고향 땅이라도 밟은 것 같은 이상한 안도감이 한순간 전신을 휘감는 것이었다. 그때 몸집 좋은 중년의 한 사내가 불쑥 나타나 사방을 두리번거리는 김구의 손을 잡았다. 놀라 살펴보자니까 전혀 모르는 얼굴이다. 사내가 서둘러 말했다.

"저는 추푸청(褚補成) 선생의 수양아들 천퉁셩(陳桐生)입니다. 저 차 안에 아버님이 기다리고 계시니 아무 염려 마시고 따라오십시오."

"예, 그러지요!"

추푸청. 아, 그가 직접 이렇게 양아들과 함께 마중 나오다니, 하고 김구는 감격해서 다시 천퉁성에게 덧붙였다.

"본의 아닌 폐를 끼쳐 드려서 미안하오. 고맙소이다."

"이리 한가하게 인사 나눌 때가 아닙니다. 자, 어서 가시지요."

천퉁성은 낚아채다시피 김구를 어둠 속으로 급히 인도하였다. 친절하고 용의주도한 그는 김구의 머리 위에 얼른 지우산을 받쳐 주었는데, 그것은 쏟아지는 비를 막아주는 동시에 남의 감시의 눈길로부터도 적절히 차단하는 효과가 있었다.

차 안에선 과연 자싱의 '어르신'으로 추앙받고 있는 추푸청이 반갑게 악수의 손을 내밀었다. 그리고 차는 곧 또 다른 어둠 속으로 쏜살같이 내달렸다. 빗속의 도심을 안전하게 벗어나고서야 추푸청이 비로소 안심하는 어조로 반갑게 입을 열었다.

"오시느라 수고하셨습니다. 전에 상하이에서 한번 뵌 적이 있어서 저는 주석 선생을 쉬 알아볼 수 있겠더군요."

"은혜를 베풀어 주셔서 고맙습니다."

"아니, 내 정신 좀 봐. 주석 선생이 아니라, 장진구 씨라고 하셨지? 광둥에서 오신 장 선생, 그리 어려워하실 것 없

습니다. 앞으로는 저보다도 이 듬직한 아들이 잘 보살펴 드
릴 겁니다."

어쨌거나 김구 당신의 안전 문제는 이제부터 우리 손에
달려 있다는 걸 은연중 암시해 주었다. 이처럼 깊은 우정으
로 극히 위험한 이민족의 피 묻은 저항 운동의 배후 인물을
자청하고 나선 추푸청은, 한때 성장(省長)까지 지낸 덕망 높
은 지역 유지였다. 더욱이 상하이 법과대학장도 역임할 만
큼 학식 또한 높고, 불의에 시달리는 약자를 보면 절대 도
와주지 않고는 못 배기는 넓은 아량과 동정심으로 똘똘 뭉
친 신사였다.

그 집에 도착하자 추푸청의 맏아들 추펑장(褚鳳章) 내외
역시 더없이 따뜻하게 김구를 맞아 주었다. 그가 경영하다
가 극심한 불황으로 폐쇄된 면직공장 빈 건물 안에는 이미
임정의 이동녕과 엄항섭, 김의한 가족들이 이사해 와 고단
한 임시 피난살이 판을 벌여놓고 있었는데, 이 자상하고 배
포 큰 추씨 댁 식구들이야말로 아주 절박한 위기 상황으로
내몰린 김구와 대한민국 임시정부에는 실로 절대적인 후원
자였다.

만나서 겪고 보니 과연 소문대로였다. 미국 유학까지 마
친 추펑장은 공장과 대저택을 거느린 고등 기술자로서, 약

소민족의 애환을 사무치게 동정하는 자비심으로 가득 찬 자기 아버지의 뜻을 그대로 성실히 따르며 이어받고 있었다.

"펑장아, 이 귀한 손님을 아까 약속한 데로 모시고 가거라. 따뜻한 물에 씻고 푹 쉬실 수 있도록."

뒤늦은 저녁 식사가 끝나기 바쁘게 주인장인 추푸청이 서둘러 맏아들에게 말했다.

"예, 아버님."

하고 펑장이 즐거이 앞장서 안내한 곳은, 저택 본가에서 뚝 떨어진 천퉁성의 별채였다. 맑은 호수 주변의 우거진 숲 속에 정교하게 지은 반양식으로, 임정의 일부 식구들이 숨어 들어있는 곳과도 가까운 거리에 자리 잡고 있었는데, 비 오는 밤의 풍광조차 매우 아름다웠다. 침실을 자상하게 챙겨주고 나가며 추펑장이 말한다.

"동생이 정자를 겸해 쓰는 곳이라 아무도 얼씬거리지 않고 조용합니다. 우리 집에 외부 손님이 들어도 완전 다른 가옥으로 알아볼 만큼 독립돼 있고. 저 일본 놈들 눈에는 여기 계신 김 선생님이 몇 개 군단과도 맞먹는 존재일 겁니다."

"아이구, 별말씀을요. 여긴, 아주 맘에 듭니다."

김구는 더듬거리는 어조로 응답하고, 상대가 물러가 주

기를 조용히 기다렸다. 추평장은 무슨 말인가를 더 덧붙이려다가 중국말이 서툰 김구의 불편한 심기를 덜어주기라도 하듯 순순히 물러간다. 참 좋은 사람들이다, 하고 김구는 다시 한번 그 고마움을 가슴에 새겼다.

이튿날 아침은 모처럼 새소리에 잠이 깨었다. 진정 오랜만에 듣고 맡아보는 청량한 새소리며 공기였다. 별채 누각에 오른 김구는 자신이 갖고 있는 지형 조건에 또 새삼 감탄하였다. 사방에서 금방에라도 물의 요정이 튀어나올 것 같은 분위기로 가득한 곳이었다. 그것은 사방으로 내뻗은 바다 같은 호수 때문이기도 했는데, 물로 채워진 소도시 바로 그것이었다. 발아래 호숫가에선 남녀노소 유람객들을 뱃사공들이 여기저기 노 저어 배 띄우고 있었다.

지난밤 기차에서 내려 맨 처음 맡았던 게 바로 이 물 냄새였군.

깊게 심호흡을 되풀이하면서 김구는 이런 상큼한 물비린내를 맡아본 게 언제였지, 하고 아득하게 사라진 기억을 더듬었다. 늘 불타는 증오와 적개심, 대한 독립 만세만을 신앙처럼 생각해 온 데 따른 투쟁 정신의 긴장감에서 한 번도 느슨하게 해방된 적이 없었던 지난날이었다. 그런데 이런 호사를 다 누리다니, 김구는 다시 혼자 쓴웃음을 지었다.

두고 온 고향과 고국산천의 향수에 흠뻑 젖어 들게 하는 나날의 연속이었다. 물은 맑고 하늘은 한껏 푸르렀다. 다리 너머로 펼쳐진 부둣가 풍경은 언제 보아도 한 폭의 그림이다. 그 푸르게 넘실대는 생동감의 강 한복판으로 천천히 노를 저어 오는 한 처녀 뱃사공이 있었다. 주아이바오(朱愛寶)였다. 삐걱대는 노질 소리가 점점 가까워지더니, 수줍게 이를 드러낸 그녀가 스스럼없이 이쪽을 향해 말을 던져 온다.

"저, 왕 사장님. 이 밧줄 좀 거기 말뚝에 매주셔요."

"그, 그러지. 어서 던지시오."

그 처녀, 꽤나 당돌하다 싶으면서도 김구는 이미 두세 번 낯을 익힌 터라 오히려 반갑게 그녀의 청을 들어주었다. 추푸청 집안과는 떼래야 뗄 수 없는 관계의 아이바오는, 그 집 주방 일을 도맡다시피 하는 자기 어머니 심부름 때문인지 그 사이 몇 번이나 이쪽저쪽을 터놓고 들락거렸던 것이다. 그녀한테서 깍듯이 '어르신'으로 불리는 추푸청을 통해 '광둥에서 오신 귀한 손님'으로도 바로 소개된 바 있어, 성격이 단순하고 쾌활한 아이바오는 벌써부터 김구에게서 왠지 격의 없는 친밀감이 느껴지는 모양이었다. 사람 좋은 아저씨와 붙임성 싹싹한 조카딸 사이 같은 감정이라고나 할까. 햇볕에 그을린 구릿빛 피부와 등허리까지 깡총하게 흘러내린 댕기 머리, 활동하기에 편한 헐렁한 바지 차림의 뒷모습이 그녀의 성실하고 건강한 일상의 분위기를 한껏 돋보이게 만든다. 비록 배운 데 없이 가난하게 태어났지만, 그래서 처녀의 몸으로 여기저기 사람과 짐을 실어 나르는 작은 거룻배의 여사공 노릇을 하고 있지만, 그녀는 늘 웃는 표정을 잃지 않은 채 바지런히 움직였다.

김구의 생활은 그대로 유랑의 시간. 주아이바오의 작은 배를 타고 여기저기 운하를 떠도는 게 거의 유일한 낙이었다. 그 강가의 포구나 농촌 마을을 구경하고 중국의 가장 밑바닥 인민들이 어떻게 먹고사는가를 유의 깊게 관찰하는 것도 빼놓을 수 없는 그의 일과였다.

주아이바오는 성심으로 김구를 따르며 모셨다. 때로는 아버지처럼, 때로는 연인이나 친구처럼 존경하고 사모하였다. 그녀는 여전히 김구의 정체를 깊이 알거나 알려고 노력하지 않은 채, 다만 광둥에서 온 돈 많은 사업가쯤으로 단순히 치부할 따름이었지만, 속으로는 뭔가 아주 큰 일을 도모하는, 여러모로 꽤 큰사람이라는 건 충분히 짐작하고 있는 눈치였다. 그래서 그녀는 상전이나 다름없는 추푸청을 우러르는 것과 똑같이, 추푸청이 모셔 온 이 '장진구' 역시 그에 걸맞은 귀한 손님으로 깍듯이 상대했다.

어느 날 김구는 그녀에게 무겁게 입을 열었다.

"나를 위해 노를 젓고, 밥을 하고, 그보다 더 힘겨운 마누라 노릇까지 해줘서 정말 고맙소."

"저는 이미 각오하고 있었는데요, 뭐. 추 어르신이 특별히 부탁하면서, '이 배가 곧장 사장님 집'이라고 말씀하실 때, 그때 전 충분히 알아들었다구요. 장 사장님이 누군가에게 몹시 쫓기고 있다는 사실두요."

"음, 역시 알고 있었구려."

신음처럼 응답하고 난 김구가 잠시 뜸을 들이고 나서 이었다.

"그래요, 난 쫓기는 몸이오. 하지만 내 개인의 잘못이나 그릇된 욕심 때문에 그렇게 된 게 아니니 안심하오. 나는 결코 내 한 몸을 위해 살지는 않소."

"그것도 다 알고 있어요. 통성 오라버니가 대충 말해 주시더라구요."

"그래서 당신은 나와 함께 지내는 이 선상 생활이 더 고생스럽고 불편할게요. 끝까지 감당해 줄 수 있겠소?"

"그럼요. 제 경우, 그것은 고통이 아니라 아주 큰 즐거움이니까 절대 걱정하지 마세요."

"고맙소. 당신을 보고 있으면 마음이 그렇게 편안해질 수가 없소."

김구는 진심 어린 어조로 혼잣말처럼 뇌었다. 진정 믿어 의심하지 않아도 될 동지를 새로 얻은 기분이었다. 아니, 세상 그 모든 것을 주어도 하나 아깝지 않을 만큼의 아름다운 처녀를 소중한 새 아내로 맞은 느낌이었다.

그런 와중에도 김구의 오른팔 격인 엄항섭은 이리저리 떠도는 나라의 지도자를 위해 늘 그림자처럼 따라붙으며 도왔다. 김구가 안전한 선상 피난살이를 그처럼 오래도록 지속할 수 있었던 것도, 따지고 보면 그의 숨은 공로가 여기저기 많이 스며들어 있었기에 가능했다. 아예 자싱 남문 밖에 자신과 식구들의 비밀 거처를 마련해 놓고, 김구와 연결되는 갖가지 업무를 도맡아 수행했던 것이다.

안공근과 박찬익의 역할 또한 눈부셨다. 이들은 한 몸으로 똘똘 뭉쳐 임시정부의 외교와 정보, 재정 문제 등에 깊숙이 관여, 활동하였다. 그중에서도 가장 특기할 만한 건 중국의 국민당 정부를 이끌고 있는 장제스와의 만남을 주선한 일이었다. 그 일은 주로 박찬익이 맡았는데, 그는 본시 난징의 국민당 중앙당부에 소속되어 있던 관계로 그쪽 요인들을 어렵사리 움직일 수가 있었다. 그들 역시 상하이의 윤봉길 폭탄 사건 이후 기약 없이 쫓겨 다니는 한국 임시정부와 김구에 대한 동정과 연민, 감동에 두루 휩쓸려 있던 시점이라 그 회담이 좀 더 쉬 성사될 수 있었다.

김구는 곧 안공근과 엄항섭을 대동하고 비밀스레 난징으로 향했다. 국민당에선 아주 어렵게 찾아온 이 김구 일행을 극진히 맞아 주었다. 그들이 제공한 일급 호텔에서 하룻밤을 묵고 난 김구는, 중국어가 유창한 박찬익을 통역으로 앞세워 마침내 장제스를 직접 만나기에 이르렀다. 장제스가 보낸 자동차를 타고 중앙군관학교 안에 자리 잡은 그의 공관으로 들어섰을 때, 김구는 비로소 오랜 숙원이 이루어질 것 같은 예감에 사로잡혔다. 이 회담이 순조롭게 성공하여 중국과 한민족이 하나로 굳게 결속될 수만 있다면 저까짓 섬나라 일본쯤 어찌 쳐부술 수 없으랴. 보는 대로 족치고 닥치는 대로 놈들을 죽여 없앤다면 억울하게 침략당한 두 나라의 원한이 어찌 끝내 풀리지 않으랴!

장제스, 듣던 대로 온화한 얼굴이었다. 이목구비가 수려한 그는 몸에 밴 친절과 신사도로 따뜻하게 김구의 손을 잡았다.

"김 주석, 잘 오셨습니다. 고생이 참 많으시지요?"

"이렇게 일기 화창한 날 당신을 뵙게 되어 영광입니다.

앞으로 우리가 힘을 한데 합친다면 결코 불가능한 일이 없을 것입니다.”

“물론이지요. 우리의 목표는 결국 민주주의를 실현하는 데 있으니까요. 민족, 민권, 민생을 아우른 쑨원(孫文) 선생의 삼민주의에 부합하는 민주 정치를 꽃피울 때까지 우리 함께 헌걸차게 싸워나갑시다.”

“그렇습니다. 허나 그 목표를 달성하기 위해선 지금 당장 발등의 불부터 끄지 않으면 안 됩니다. 일본의 대륙 침략 마수가 지금도 시시각각 중국 안으로 뻗쳐 들어오고 있지 않습니까. 당장 이것부터 막아야 합니다. 이에는 이로, 무력에는 무력으로!”

“그럼 어떻게 해야 될까요?”

“중국을 대표하는 장 선생께서 일백만 원쯤의 활동 자금을 우리에게 지원해 주신다면 상하이 폭탄 사건보다 더 강렬하고 큰 사업들을 조직적으로 전개할 수가 있습니다. 대륙침략의 통로를 차단키 위한 교량 파괴나 요인 암살, 대폭동 등을 동시다발적으로 일으킨다면 왜놈들은 결국 두 손을 들고 말 것입니다.”

“역시 김 주석다운 발상이군요. 좋습니다. 그러나 그 구체성에 있어서는 일말의 회의가 들지 않는 것도 아닙니다.

만약 치밀한 특수공작에 따라 천황을 살해하면 그 자리에
또 다른 천황이 들어설 것이고, 조선 총독을 죽이면 또 다
른 총독이 나타날 것입니다. 따라서 그런 국지적인 투쟁은
일본을 근본적으로 말살시키는 데엔 자연 한계가 따를 것
같은데요."

"그야 물론 한꺼번에 성취될 목표는 아니지요. 그것들이
하나하나 쌓이다 보면 결국엔 놈들이 견디지 못하고 물러
가게 될 거라는 소박한 생각의 일단을 밝혔을 따름입니다.
우리한테도 군대가 있다면 아주 간단히 끝낼 수도 있는 문
제입니다만."

"바로 그것입니다!"
하고 장제스가 쾌히 맞장구치면서 계속했다.

"김 주석의 독립 전쟁을 가장 확실하게 구체화시키는 방
법은 무엇보다 먼저 군인을 양성하셔야 합니다. 제가 도와
드리겠습니다."

"감히 부탁할 수 없었으나, 그건 제가 꿈에도 그리던 소
원이올시다. 문제는 훈련 장소와 그것을 운영할 경비 문제
입니다."

"걱정 마십시오. 제 참모에게 잘 말해 놓을 테니 자세한
건 그와 상의하시지요."

"고맙습니다. 너그러운 배려, 정말 잊지 않겠습니다."

그것은 실로 긴 가뭄 끝의 단비였다.

장제스가 약속한 한국 군인양성소 설립 문제도 더할 나위 없이 중요했지만, 이것을 계기로 한 한중 양국의 새로운 유대와 결속은 그보다 더 중요했다. 침체의 늪에 빠져 허우적대던 한국 독립운동사에 진정 큰 획을 긋는 일대 사건이거니와, 이후 중국 정부는 김구와 임시정부에게 물질적, 정치 외교적으로 큰 도움을 제공해 주었기 때문이다. 김구는 비로소 장제스라는 당대의 세계적 거인을 자신의 막강한 후원자로 얻은 셈이었다.

김구는 곧 장제스와의 약속에 따른 훈련병 모집에 들어갔다. 하이난성 뤄양(洛陽) 군관학교의 분교를 훈련기지로 삼기로 했으므로, 김구는 서둘러 동북 방면으로 사람을 보내어 흩어진 옛 독립군들을 소집하니 불과 수십 명. 그래서 다시 베이징과 톈진, 상하이, 난징 등지에서 떠도는 청년들까지 애써 집결시켜 겨우 1백 명을 채웠다. 그러나 김구는 실망하지 않고 독립운동의 최일선에서 분투하던 이청천과 이범석을 그 책임자로 임명, 새로운 사명감으로 불타오르게 하였다.

김구의 어머니가 두 손자를 이끌고 고국을 탈출해 자싱

에 온 것은 바로 이 무렵이었다. 실로 9년 만의 해후였다. 그동안의 불효를 용서해 달라며 눈물로 어머니를 맞은 김 구는, 그사이 몰라보게 훌쩍 커버린 두 아들에게도 역시 뒤늦은 화해의 손길을 내밀었다.

"미안하다. 난 아들이나 아버지로서는 빵점인 사람이야!"

김구는 이 피붙이 식구들을 엄항섭의 집과 가까운 농가 셋방으로 인도했다. 그리고 자신은 다시 주아이바오의 나룻배 선실로 돌아가지 않으면 안 되었다.

이즈음 들어 자신을 둘러싼 안팎 정세가 날로 급박하게 돌아가고 있다는 걸 김구는 피부로 실감했다. 뤄양 군관학교가 한국의 훈련병 1백 명을 비밀리에 받아들이자 호시탐탐 이를 밝혀낸 난징 주둔 일본영사관은, 강력한 후원자인 장제스의 중국 정부에 엄중 항의하면서 김구를 잡을 경찰력까지 배치해 달라고 정면으로 요구한다는 것이었다. 김구는 이 소식을 현지 경찰국장한테서 직접 귀띔 받았는데, 그는 또 놈들이 비밀 암살대까지 조직해 삵처럼 활동하고 있으니 각별히 조심하라는 당부도 잊지 않았다. 중국의 지도급 인사들은 그만큼 김구를 돕기 위해 모든 정보를 아끼지 않았으며, 스스로 둘도 없는 친구가 되어 주려고 무진 애썼다.

하지만 김구는 다시 피신처를 옮기지 않으면 안 된다고 생각했다. 자싱에 온 지 두 번의 해가 바뀌는 동안 그의 정체는 이제 어떤 형태로든 알게 모르게 밖으로 노출되어 있다고 판단되었기 때문이다. 그래서 그는 가장 먼저 주아이바오에게 도움을 청했다.

"아이바오, 당신에게 하나 물어볼 게 있는데, 혹시 나랑 같이 난징에 가서 살지 않겠소?"

"뭐, 뭐라구요? 그게 정말이세요?"

아이바오의 눈이 화들짝 빛났다. 믿기지 않는다는 표정으로 그녀가 다시 물었다.

"왜죠? 왜 난징으로 저랑 함께 가신다는 거죠?"

"여긴 이미 왜놈들이 냄새를 맡았소. 따라서 난징은 여기보다 더 어려운 일들이 기다리고 있을 테지만, 아이바오와 내가 부부로 가장해 진짜 장사꾼처럼 숨어 살면 위험은 훨씬 줄어들 것이오."

"그러니까 장 사장님은 저를 아내로 맞아들이시겠다는 건가요?"

"허허, 그런가?"

김구는 너털웃음으로 얼버무리면서 다시 이었다.

"말하자면 사람들 속에 섞여 살면서 잠시 가짜 부부로 행세하자는 거지. 사람은 역시 사람들 속에서 함께 부대끼며 살아야 오히려 안전하게, 밥 잘 먹고 잠도 편하게 잘 수 있다는 걸 깨달았소. 갈 수 있겠소?"

"그럼요. 가구말구요."

어린애처럼 들뜬 아이바오가 상기된 얼굴로 다시 말했다.

"장 사장님 가시는 곳이라면 세상 끝까지라도 함께 따라가겠어요. 그 어떤 불행한 위험도 달게 감수할 수 있다구요."

"다만 몇 가지 우리가 지켜야 할 약속이 있소."

김구는 좀 더 솔직하게 털어놓아야 한다고 생각하며 잠시 뜸을 들인 뒤 계속했다.

"난징에 가면 나는 매달 당신이 뱃사공으로 벌고 있는 액수만큼의 금전을 당신 노모한테 생활비에 보태 쓰시라고 보내 줄 것이오. 그 대신 당신은 밥 짓고 빨래하고, 오랫동안 혼자 집 지키는 것도 태연스레 수행해 줘야 하오. 경찰이 호구 조사 같은 것 나오면 얼른 나가서 내 대신 잘 말해 줘야 하고. 알아듣겠소?"

"알아요, 알구말구요. 선생님 편한 대로 다 해드릴게요."

"내 뜻을 따라 주니 고맙구려. 당신과 함께 난징에 임시

둥지를 틀더라도, 이제는 식구들까지 딸린 데다가 일도 더 바빠졌소."

사실이 그러하였다. 그는 이제 마음이 더욱 절실해지고 다급했다.

바람 앞 등불 같은 임시정부의 정통성을 제 자리로 다시 되살려내는 일로도 더없이 바빴지만, 장제스를 만나 어렵사리 성사시켰던 뤄양 군관학교 한인 훈련반이 겨우 1기생 졸업만으로 그 위대한 과업을 끝낸 데 따른 후속 대책에도 정신이 없었다.

그는 무엇보다도 군대가 필요하다고 생각했다. 저 악랄한 일본군을 쳐부수고 일거에 뛰어넘으려면 가장 먼저 요구되는 것이 체계적으로 잘 훈련된 군사 조직이라는 판단이었다. 적을 향해 목숨을 걸고 싸울 수 있는 번개 같은 특수부대를 그는 우선 양성하고 싶었다. 아, 그런 믿음직스럽고 용맹한 군대 집단을 우리는 언제쯤에나 가질 수 있을 것인가. 진정 그래야만 정부다운 정부가 유지될 수 있으며 빼앗긴 나라도 되찾을 수 있을 것이었다. 진정 그래야만 늘 내부 분란이나 일으키며 아옹다옹 싸움질만 일삼는 저 한심한 지도자 동지들도 똑바로 제정신을 차릴 수가 있을 것이었다.

물론 항일 무력 투쟁과 대한민국의 정체성을 확립키 위한 강철 같은 군대의 필요성이 대두된 건 어제오늘의 일이 아니었다. 임시정부는 일찍이 직속 독립군 창군 준비로써 독립 투쟁에 대비한 군사 제도를 정립, 임정 시작과 함께 상하이에 6개월 단기 과정의 육군 무관학교를 설치해서, 1920년에 그 첫 번째 졸업식을 치러 초급장교 19명을 배출하기도 하였다. 그리고 그해 가을 다시 두 번째 22명을 졸업시키고는 극심한 재정과 인재난에 시달리다가 곧 문을 닫고 말았다. 꺼져가는 불 기어코 살려내겠다는 심정으로 장제스 총통을 붙잡아 뤄양 군관학교 한인특별반을 가까스로 운영케 되었던 것인데, 그런데 겨우 1년 만에 또 문을 닫다니, 김구는 마른하늘에 날벼락을 맞은 기분이었다.

　시국은 더욱 불안한 쪽으로 움직였다. 일본 제국주의자들은 이제 전 중국을 통째로 집어삼키려는 야욕을 솔직하게 드러내고 있었다. 그에 맞선 중국의 일본에의 민족 감정 또한 나날이 악화되어 두 나라 간의 참혹한 전면 전쟁은 시간문제로 보였다.

　1937년 7월 7일, 드디어 중일전쟁이 터졌다.

　김구가 그토록 기다리고 기다리던 '남의 불행'이었다. 그는 사실 오래전부터 이 전쟁을 목말라 기다려 왔거니와, 그러면 소위 대동아 공영권[1]을 획책하는 일본에 의해 반드시 세계대전이나 미일전쟁으로 확대될 것이고, 그러면 일본은 반드시 패망할 것이라고 굳게 믿고 있어서였다.

그리고 그보다 더욱 중요한 것은, 그 전쟁을 통해 우리가 일치단결하여 어떤 형태로든 저 왜놈들과 정면으로 맞서 싸울 계기가 마련될 수 있으리라는 확신이었다. 군대 없는 약소민족이 강대한 적과 싸워 이기려면 어떻게든 이웃의 다른 강국의 힘을 빌지 않을 수 없을 터인즉, 중일전쟁의 본격화야말로 힘 약한 우리나라가 독립할 수 있는 최적의 기회라고 김구는 굳게 판단했다. 그런데 침략자 일본은 김구가 그토록 원하던 대로 그 전면 전쟁의 화약고에 스스로 불을 붙여 준 것이었다.

중국 공산당은 즉각 전 민족의 항전을 촉구했으며, 뒤이어 국민당 정부도 '중국은 절대 영토의 작은 부분이라도 포기하지 않을 것이며, 하늘에서 부여받은 고유한 우리의 자위권으로 적의 침략에 대응할 것'이라고 성명, 치열한 항일

---

1 대동아 공영권: 아시아를 하나의 큰 공동체로 묶는 일.

전쟁으로 들어섰다. 아울러 중국은 한국의 독립운동을 공개적으로 지지하기 시작했으며, 임시정부 역시 이때부터 기나긴 지하 활동을 끝내고 중국 인민과 함께 당당히 일본과 맞서 싸워나갔다.

"때는 이미 우리에게 왔네. 어서 비상 국무회의를 소집하시게."

상기된 김구는 비서에게 외치듯 지시했다. 이동녕을 비롯한 일곱 명의 국무위원이 일제히 모여들었다. 임정은 이 회의에서 비상 군사위원회를 설치, 임정의 전시 체제를 확정지었다. 김구는 그들에게 호소하였다.

"오늘의 상황은 우리에게 친절히 잘 설명해 주고 있습니다. 우리의 독립 전쟁은 이미 시작되었다, 라고. 나라를 되찾을 기회가 절로 찾아왔으니 모든 동포는 반드시 이에 마땅한 준비를 갖추어야만 합니다!"

하지만 선전 포고도 없이 전쟁을 시작한 일본군의 기세를 꺾기에는 역부족이었다. 마침내 그해 11월 상하이는 함락되었고, 임정은 즉시 한인 동포들을 철수토록 해 난징으로 분산 이주시켰다. 전쟁의 검은 먹구름은 급속하게 드넓은 중국의 하늘과 땅을 온통 아수라장으로 뒤덮고 있었다. 난징 역시 속수무책이었다.

일본 군용기의 난징 폭격은 연일 쉬지 않고 계속되었다. 그들은 실로 엄청난 화력을 집중 투하하면서 이 유서 깊은 국민당 정부의 임시 수도를 불바다로 만들었는데, 김구 역시 어느 날 밤의 야간 공습에 하마터면 그대로 목숨을 날릴 뻔하였다. 초저녁부터 시작된 맹렬한 적기 출현 경보에 시달리다가 한밤중 겨우 잠이 들었던 것이나, 갑자기 콩 볶듯 하는 기총 소사와 포탄 폭발 소리에 놀라 벌떡 눈을 떴다. 그리고 반사적으로 문을 박차고 밖으로 뛰어나가 봤더니 이미 밤하늘이 벌겋게 달궈져 있었다. 새벽의 여명이 밝아오는 게 아니었다. 동틀 무렵의 그 용솟음치는 태양의 몸부림이 아니라, 인간과 땅과 뭇 생명을 마구잡이로 학살하고 폐허화시키는 적들의 참혹한 폭탄 세례였다. 그 순간 번쩍이는 푸른 섬광과 함께 김구의 등 뒤에서 벼락 치는 소리가 들렸다. 조금 전 놀라 뛰어나온 바로 그 집 천장이 와르르 무너져 내리고 있었다.

아니, 그럼 아이바오는?

김구는 허둥지둥 뒷방 쪽으로 달렸다.

"아이바오, 아이바오! 지금 어디 있소?"

"예, 저는 괜찮아요."

흙먼지를 흠뻑 뒤집어쓴 그녀가 이내 혼비백산 달려 나

왔다. 그 옆방과 옆방, 앞뒷집에서 터져 나오는 비명과 아우성으로 주위는 금세 지옥으로 변했다. 박살이 난 뒷집 벽 너머로 흘깃 내다보자 거리는 벌써 여기저기 피 흘리는 시체가 즐비하게 쓰러져 있었다. 대낮처럼 밝은 광란의 새벽이었다.

그래도 내 여자만은 용케 살았구나. 살아냈구나.

김구는 상처 하나 없이 나타난 주아이바오를 이리저리 살펴보면서 후우 안도의 한숨이 절로 새어 나왔다.

오직 나 하나만을 믿고 이 전쟁터로 목숨 걸고 따라온 여자가 아니던가. 정말 다행이다. 놈들의 폭격을 정통으로 얻어맞아 자칫 저세상으로 가버렸으면, 그땐 또 무슨 변명으로 얼굴을 들꼬.

아까운 그 청춘을 도대체 무엇으로 보상할 수 있단 말인가, 하고 김구는 자신도 모르게 그녀의 손을 그러잡았다. 그러면서 또 한편 생각하기를, 여기 이대로 머물러 있어선 결코 안 되겠다는 판단이었다. 지금껏 동거해 온 주아이바오를 당분간 그녀의 고향 집으로 보내는 것이 두 사람의 안전을 도모하는 데에도 여러모로 유리할 것 같았다.

8. 피난길에 꽃피운 독립운동

　전쟁의 여름은 그렇듯 무자비하고 참혹하게 흘러갔다.

　그리고 가을이 한창 깊어져 갈 무렵, 임정은 일단 충칭 (重慶)으로 가는 길목의 후난성 창사(長沙)로 옮기기로 결정 하였다. 임정 요인을 비롯한 독립운동가들과 그 가족들만 으로도 무려 1백여 명에 이르는 대집단이었는데, 우선 상 하이와 항저우의 동지들에게 난징으로 올 여비를 보내 집 결하도록 조치하였다. 난징은 이제 일본군에게 완전히 점 령당한 형편이었으므로, 물가가 싸고 기후 조건도 알맞은 지역을 고르다 보니, 창사가 그런대로 적당할 듯싶어 그쪽 으로 급히 피난지를 정한 것이었다. 문제는 거의 교통이 두 절되다시피 한 전시에, 이 많은 식구들을 어떻게 그곳으로 옮기고 먹여 살리느냐였다. 그래서 임정은 그동안 미주와 국내 동포들이 보내준 독립 자금을 한인 피난민 구제에 쓰 기로 하였다. 위급한 전시에 죽지 않고 요령 있게 도망 다 니는 것도 충분히 '독립운동'의 범주에 포함될 수 있을 것 이었다.

일본군의 잔인한 폭격과 방화, 약탈 행위는 좀체 멈추지 않았다. 하루가 다르게 난징은 온통 피난 행렬의 북새통이었다. 마침내 주아이바오와의 이별의 순간도 코앞으로 닥쳐왔다. 김구의 마음속에서는 뭐라 형언할 수 없는 갈등과 아픔이 일었다. 저 질곡 같은 5년 세월의 생사고락을 함께 나누고 부대꼈던 내 여자가 아니던가. 그러나 이제는 더 이상 머뭇거리고 있을 때가 아니었다. 그는 이것저것 중요한 짐들을 챙기다 말고 아이바오를 불렀다. 그녀는 이미 모든 것을 각오하고 있었던 듯,

"난징은 언제 떠나세요? 흉악한 일본군이 들이닥치기 전에 모두들 한시바삐 피하셔야 할 것 같아요."

태연스러운 웃음기마저 머금고 이쪽 걱정부터 해주고 나섰다. 김구는 이윽고 입을 열었다.

"그래, 우리 모두 서둘러 이곳을 빠져나가야 하오. 국민당의 난징 정부도 벌써 충칭으로 옮길 준비를 마쳤으니 하루 이틀 만에 바로 어디로든 출발해야 하는데, 그런데 이번에는 당신이랑 함께 갈 수 없을 것 같소. 정처가 없기 때문이오. 내가 보기에 아이바오도 고향 집을 그리워하며 식구들 안부를 몹시 걱정하는 듯하니, 우선 그리로 가 있는 게 어떻겠소?"

"알아요, 알고 있어요. 제가 장 사장님과 함께 갈 수 없다는 것을."

아이바오는 침착한 어조로 받았지만 두 눈에는 벌써 이슬방울이 맺혀 있었다. 잠시 뜸을 들인 뒤 그녀가 한 발 앞으로 다가서며 계속한다.

우리 고향 쪽도 폭격을 당했다고 하니까 제가 빨리 가서 우리 가족이 무슨 화를 입었는지 직접 확인해 봐야겠어요. 어디로 가시든, 저를 잊지는 않으시겠죠?"

"물론, 물론이오. 내가 어찌 당신을 잊을 수가 있겠소? 그리고 전쟁이 끝나면 우린 곧 다시 만날 수 있을 것이오."

목이 멘 김구는 아이바오의 눈동자를 지긋이 들여다보면서 두 손을 움켜쥐었다. 한없는 슬픔과 감회가 그 손에서 묻어 나왔다. 오로지 존경하고 사랑하는 한 남자를 위해 그 많은 물굽이를 헤치며 노를 저어주던 손, 마실 물을 긷고 차를 끓이고 따뜻한 밥을 지어주던 손, 갖은 빨래와 청소, 그 모든 궂은일을 싫은 소리 한마디 없이 마다하지 않고 늘 정성으로 해주던 바로 그 따뜻한 손이었다. 김구가 나직이 입을 열었다.

"미안하오. 그동안 진정 고마웠소. 당신의 사랑과 은혜, 언제 어디서나 기억하며 살 것이오."

"정말이죠? 저도 그럴 거예요. 저도 늘 장 사장님을 기억하며 다시 만날 날을 기다릴 거예요."

어디선가 쾅, 폭탄 떨어지는 소리가 들렸다.

난징에서 후난성 창사까지의 피난길은 실로 엄청난 고난의 연속이었다. 그러나 정작 임시정부의 수많은 짐과 식구들을 풀어놓고 보니 그런대로 난징보다는 훨씬 더 견딜 만한 생활 여건이며 환경이었다. 다행히 전부터 김구와 절친한 장쯔쭝(張治中) 장군이 후난성 주석으로 있어 매사 순탄하게 풀렸고, 임정 요인들의 신변도 잘 보호받을 수 있었다. 항상 궁핍에 시달리던 재정 문제에서도 이미 난징에서부터 중국 중앙정부에서 매월 보조해 주는 지원금과 미국 한인교포들이 보내주는 독립 자금으로 해서 별 어려움 없이 큰살림 꾸려 나갈 수가 있었다. 거기에 싼 물가와 온화한 기후 등은 정처 없이 떠도는 난민들에겐 더없이 괜찮은 삶의 조건이 아닐 수 없었다.

김구는 참으로 오랜만에 어머니를 모시고 자식들과 함께 한때나마 오붓한 일상을 누리게 되었다. 환란 속의 평화였다. 어머니가 손수 지어주는 따뜻한 밥상을 매끼 마주할 수가 있을 뿐 아니라, 지금껏 지하로 힘겹게 숨어 다니면서 사용했던 중국식 이름도 훌훌 떨쳐 버리고 김구 본래의 이름을 당당하게 되찾아 쓸 수가 있었다.

그런데 문제는 한곳에 모여 사는 내부 구성원들의 잦은 분열 현상이었다. 위급한 상황에서 저마다 노선이 다른 세 당(黨)의 대식구가 한꺼번에 몰리다 보니, 시간이 흐름에 따라 자연 갈등이 생기고 마찰이 일게 마련이었다. 하지만 안 될 일이었다. 하루가 다르게 급변하는 전세에 지혜롭게 대처하고 일본과 맞서 싸우기 위한 독립운동 진영의 역량을 높이 떨쳐 일어나기 위해서는, 어떻게든 하나로 일치단결해 뭉쳐야 했다. 그래서 김구는 우선 민족주의 계열의 이들 세 당만이라도 하나로 통합해야 한다고 생각했다.

1938년 5월 6일 밤, 그들은 드디어 한곳에 모였다. 조선혁명당의 임시 청사에서 3당 합당회의를 겸한 저녁 식사를 한창 진행하고 있었다. 그런데 화기애애한 술잔이 몇 차례 돌 무렵, 돌연 권총을 든 한 괴한이 실내로 들이닥쳤다. 괴한은 사전에 잘 준비했던 듯 회의장으로 들어서자마자 목표한 인사들을 향해 정확히 조준 발사하였다.

탕, 첫 번째 총탄이 김구의 가슴에 명중하였다. 두 번째 총탄은 현익철을 맞추었고, 곧이어 유동열과 이청천도 차례대로 시름없이 쓰러졌다. 현장은 순식간에 피바다로 돌

변하였다. 김구는 도무지 무슨 영문인지도 모른 채 그 자리에서 그만 의식을 잃고 말았다.

총을 맞은 네 사람은 곧 병원으로 옮겨졌는데, 이청천만이 운 좋은 경상일 뿐 셋은 모두 목숨이 위태로운 중상이었다. 조선혁명당 간부인 현익철은 병원에 도착하자마자 이내 숨을 거두고 말았다. 김구 역시 생명이 위독한 상태였다. 의사는 입원 수속을 밟을 필요가 없다면서 머리를 설레설레 내저은 채 아직 살아날 가망이 많은 유동열과 이청천의 진료에만 우선 매달렸다. 이를 지켜본 동지들은 김구가 도저히 살아날 수 없다는 쪽으로 미루어 짐작하고 홍콩에 가 있던 장남 인에게 아버지가 돌아가셨다는 전보를 급히 쳤다. 깜짝 놀란 인은 그곳에 머물고 있던 안공근과 함께 장례라도 치를 생각으로 서둘러 달려오지 않으면 안되었다.

그러나 김구는 결코 그렇게 쉬 죽지 않았다. 응급실 밖에 방치하다시피 포기해 두었던 그는 거짓말처럼 다시 살아났다. 총탄은 다행히 그의 급소를 맞춘 게 아니라 심장의 오른쪽을 살짝 비켜 나간 것이다. 실로 종이 한 장의 차이로 삶과 죽음의 경계를 넘나든 셈이었다. 가슴의 총탄 자국이 거의 다 나아갈 무렵에서야 김구는 그 자세한 진상을 비로소 알 수가 있었는데, 범인은 바로 이운환(李雲煥)이라는 자였다.

"뭐라구?"

그동안의 사정을 어렵게 털어놓은 엄항섭에게 김구는 믿을 수 없다는 듯 반문했다. 아니, 내게서 독립 자금을 얻어 가던 그 친구가? 하고 그는 더욱 어안이 벙벙해진 얼굴을 한동안 풀 수가 없었다. 괜스레 겸연쩍어하며 안절부절못하던 엄항섭이 위로하듯 덧붙인다.

"그래서 등잔 밑이 어둡다는 말이 생겼나 봅니다. 믿은 도끼에 발등 찍힌 격이지요."

"정말 그렇구먼. 은혜를 원수로 갚는다는 말이 그래서 생겨났구먼."

상처의 아픔보다도 더 심한 마음의 통증이 김구의 가슴을 서늘하게 훑고 지나갔다. 오직 사람만이 배신할 줄 아는 고등 동물이라더니 진정 그게 맞긴 맞는 모양이었다. 먹을 것 있는 곳에 파리가 끓듯, 사람도 돈이나 물질을 직접 손에 쥐어 주어야 비로소 내 사람으로 움직인다는 걸 김구 역시 일찍이 간파하고 그렇게 열심히 실행에 온 편이었는데, 왜 이런 불미스러운 일이 생겼단 말인가?

일본군의 기세는 날이 갈수록 더욱 험악해지고 있었다.

중국 정부군의 후퇴 경로를 따라 쉬지 않고 공습을 퍼부어 댔다. 창사도 이제는 안전지대가 아니었다. 김구가 응급치료만 받고 다리를 절뚝이며 병원을 물러 나온 그날도 놈들의 느닷없는 공습이 있었다. 찌는 듯 무더운 한여름이었다. 임정은 어쩔 수 없이 또 다른 곳으로 피난하지 않으면 안 되었다. 광둥성의 광저우(廣州)로 결정되었다.

김구는 곧 그 도움의 손길을 뻗치기 위해 아픈 몸을 이끌고 후난성 주석인 장쯔쫑을 찾아갔다. 장 장군은 힘닿는 대로 성의껏 도와주겠다면서 광둥성 주석 우티에청(吳鐵城)에게 자상한 소개장을 써주는 한편, 다시 역장에게 명령해 기차간 하나를 임정 일행에게 무상으로 내주도록 조치했다. 진정 어려울 때 도와줄 줄 아는 참 친구였다. 김구가 불의의 총을 맞고 병석에 누워 있을 적에도 이 장쯔쫑이나 국민당 수 장제스는 한결같이 직접 찾아와 문병하거나 치료비 전액을 보조해 주는 등 지원을 아끼지 않았었다.

창사에서 광저우까지는 기차로도 사흘이 걸렸다. 김구는 물론 임정 청사를 정하고 그에 딸린 대식구가 묵을 숙소를 알아보기 위해 하루 먼저 그곳으로 떠났지만, 한여름의 뙤약볕 속에서 가다 서기를 반복하며 게걸음 치는 비좁은 기차간의 1백여 한인 난민들의 복작대는 모습이나 그 고생은, 눈으로 직접 보지 않아도 너무 빤할 노릇이었다. 계절은 벌써 가을의 한복판이었다.

중국 국민당 정부에서도 전시의 임시 수도를 충칭으로 옮긴 상태여서, 김구는 임정 또한 그곳에 뿌리를 내리는 것이 합당하다고 생각, 장제스에게 전보를 쳐 다시 도움을 요청했다. 쾌히 오라는 답신이었다. 김구는 우선 자신이 먼저 충칭에 가, 임정의 터닦이 작업을 벌이며 활동하는 게 급선무라고 판단했다.

김구 일행은 창사에서 충칭으로 출발한 지 열흘 후에야 목적지에서 가까운 구이양(貴陽)에 도착했다. 토지가 말할수 없이 거칠고 먹을거리가 풍부하지 못한 곳이라, 임정 가족들이 머물러 피난할 만한 땅은 아닌 듯싶었다. 떠나온 광저우가 이미 무너질 만큼 일본군은 무섭게 대륙을 휩쓸면서 대한민국 임시정부를 바짝 뒤쫓고 있었다. 김구는 입술이 타는 심정으로 구이양에서 일주일쯤 지체하다가 서둘러 충칭으로 향했다.

차마 여기까지는 놈들이 쫓아오지 못하겠지.

그곳에 지친 몸을 풀고 보니 역시 잘 왔다는 생각이 들었다. 시난고난 부대껴 온 그동안의 지겨운 도피 생활이 꿈처럼 여겨지면서, 최후의 막다른 길목에 이른 지금부터가 어쩌면 진짜 항일 운동의 절정이 될지도 모른다는 생각 또한 없지 않았다. 어쨌든 두 눈을 크게 뜨고 정신을 더욱 바짝 죄어야 할 터였다.

쫓기는 임정의 선발대로 충칭에 도착한 김구는 그로부터 한 달 열흘쯤 지난 후에야 비로소 대가족이 류저우(柳州)에 도착했다는 소식을 들었다. 그들은 그동안 기나긴 양쯔강의 흙탕물 위에 뜬 대형 목선에서, 갖은 고생을 다 겪으며 표류해 왔다는 거였다. 하지만 아직 충칭 쪽에 그들을 풀 만한 여건이 마련되어 있지 않아, 아무래도 한겨울 동안은 어떻게든 류저우에서 날 수밖에 다른 도리가 없었다.

류저우는 중국 서남부의 유서 깊은 도시로 관을 만드는 데 일품 목재 산지이기도 한 바, 중국에서는 일찍이 쑤저우에서 낳고, 항저우에서 살며, 광저우에서 먹고 마시며, 류저우에서 죽는 게 평생소원이라는 말이 유명하였다. 장쑤성에 있는 쑤저우는 본디 땅이 기름지고 물이 좋아 미인과 인물이 많이 난다는 것이며, 저장성 항저우는 풍광이 아름답고 산자수명하여 누구나 다투어 살고 싶어 한다는 것이며, 광둥성의 광저우는 상큼한 열대 과일과 풍부한 먹을거리로 별의별 요리가 판을 치니, 무엇보다 먹는 재미에 인생의 참 의미를 두는 중국인들이 어찌 선망하지 않고 배길 수 있으랴. 이처럼 남다른 상팔자로 태어나서 맘껏 즐기며 먹고 사는 걸 최상의 기쁨으로 여기는 인간도, 때가 되면 어김없이 또 저세상으로 가게 마련. 그래도 같은 값이면 향기로운 좋은 관에 누워 땅에 묻히고 싶은 게 인간의 본능적 욕심인가.

어쨌거나 김구는 우선 이 류저우에 임정 식구들을 머물 수 있도록 손을 썼다. 충칭에는 아직 대가족이 어울려 살 거처가 마련되어 있지 않은 데다가, 모두들 너무 오랜 기간에 걸친 피난살이에 지칠 대로 지치고 더러는 기진맥진 병까지 나 있어서였다. 여기서 충칭까지는 아직도 한 달이나 더 걸려야 닿을 수 있는 곳으로, 산 넘고 물 건너는 그 강행군을 더 이상 버텨낼 재간도 남아 있지 않았다. 특히 나이 든 어른들이 걱정이었는데, 다름 아닌 김구 어머니와 이동녕 같은 이였다. 시름시름 앓는 일이 잦다고 하였다.

그럼에도 임시로 류저우에 머문 임시정부는, 이듬해인 1939년 봄에 이르러 충칭에서 30여 리쯤 떨어진 쓰촨성의 치장(綦江)으로 자리 잡아 옮길 수 있었다. 김구가 구이양에서 충칭으로 올 때 눈여겨 점찍어 두었던 곳이었다.

그 길고도 험난한 여정이 영 힘에 부쳤던지, 인간 김구가 세상에서 가장 존경하고 사랑하는 어머니가 그만 이 세상을 떠나고 말았다. 치장에 자리 잡은 지 겨우 한 달쯤 지났을 때, 그리하여 이제 좀 그런대로 마음 편히 살 수 있겠다 싶었을 때, 늙으신 어머니는 다시 병석에서 일어나지 못했다. 당신도 다시 일어서지 못할 것을 각오하고 아들을 불러 말했다.

"어서, 어서 독립 만세를 부르도록 하여라. 독립이 성공하여 귀국할 때는, 내 유골과 인이 어미 유골까지 수습해 가지고 돌아가 고향에 묻어다오."

불효자 김구는 실로 가슴이 찢어지는 것 같았다.

어머니는 내가 죽였어. 당신은 이 못난 아들 때문에 돌아가신 거야!

그는 실로 깊은 슬픔 속에 잠겨 울었다. 그 모진 피난살이와 풍토병에 쓰러진 당신은, 결국 다시 일어나지 못한 채 파란 많은 생애를 마감한 것이었다. 충칭 외곽 공동묘지에 자그마한 무덤을 만들어 어머니를 모신 김구는, 두 주먹으로 눈물을 훔치며 또 속으로 뜨겁게 약속했다.

"용서하십시오, 어머님. 못난 아들은 언제쯤에나 당신 한을 풀어 드릴 수 있을까요? 반드시 어머니 유언대로 우리 대한독립을 쟁취한 다음, 고향 땅으로 다시 모시겠습니다."

진정 막다른 길목이었다.

그러나 임시정부는 이제 더 이상 일본군에게 쫓기지 않을 것이며, 자칫 잘못되어 이 충칭을 떠나게 된다면 앞으로는 더 갈 곳도 없는 형편이었다. 더욱이 중일전쟁은 단지 중국과 일본만의 싸움이 아니어서, 일본군과 싸워야 할 중국 정부군이 엉뚱하게도 신사군이나 팔로군을 공격하는 일이 도처에서 속출하였다. 서로 도와야 할 내부의 중국군 사이에서, 누가 아군이고 누가 적인지도 분간하기 힘들 지경이었다. 그래서 우리 쪽의 어떤 이는, 이 충칭이 무너지면 이제 홍콩을 거쳐 베트남으로 내빼는 것이 어떻겠느냐는 패배주의자도 은밀히 생겨나는 판국이었으나, 그건 결코 안 될 일이었다. 차라리 이곳에서 장렬히 집단 자살할지언정, 일제 식민지 난민들이 또 어찌 프랑스 식민지로 망명한단 말인가.

임정이 상하이에서 쫓겨 온 그동안의 먼 여정을 따진다면 무려 6천 킬로미터. 그것은 실로 중공군이 정부군에게 밀려 도망갔던 만리장정과도 충분히 견줄 만한 기나긴 거리였고 세월이었으되, 그 고난의 피난길은 아직도 여전히 계속되는 중이었다. 그래서 어떻게든 임시정부는 이 막다른 충칭에서 끝장을 보지 않으면 안 되었다.

김구는 무엇보다도 실질적인 항일 운동이 가장 시급하다고 생각하였다. 그것은 곧 줄기찬 무력 투쟁을 의미하였고, 그 실체는 한국광복군의 창설이었다. 꿈에 그리던 우리의 군대를 갖는 일이었다. 그것이 곧 임정의 힘의 원천이며 대한민국의 정체성 확립이었다.

하지만 중국의 영토 안에서 우리의 국군(광복군)을 창설하고 군사 활동을 펼치기 위해서는, 먼저 중국 측의 승인과 협조가 필요하였다. 그래서 김구는 곧 중앙정부의 장제스에게 자세한 창군 계획서를 작성해 보냈는데, 그 회답은 곧바로 날아들었다. 흔쾌히 허락한다는 것이었다. 그런데 막상 중국군의 실무자들을 만나보니 은근히 까다로운 조건을 걸고 나왔다. 한국광복군은 어디까지나 중국 군사위원회에 예속되어야 한다는 주장이었다.

김구는 이내 고개를 가로저었다. 그리고 일단 독자적으로 한국광복군 총사령부를 구성, 그 사령관에 이청천을 임명하여 성대한 창립식을 거행하였다. 1940년 9월 17일.

김구는 중국 측과 사전협의 없이 전격적으로 광복군 창립 선언문을 발표하여, 임시정부 직할의 국군으로서의 자주성을 한껏 내외에 과시하였다. 미주 동포들이 보내준 4만 원의 성금으로, 모든 역량을 다 동원하여 치러낸 자랑스러운 임정의 큰 행사였다.

그러나 이 광복군을 3개 사단의 규모로 강화하기 위해서는, 동포들이 많이 살지 않고 전선이 먼 충칭에서는 결코 불가능하였으므로, 임정 국무회의는 광복군 총사령부를 시안(西安)으로 옮길 것을 결정하였다. 이에 충칭에는 이청천 총사령관과 이범석 참모장 등 몇 명의 간부만을 남기고, 각 지역별로 지대를 설치, 파견하였다.

임정은 이러한 광복군 활동을 적극 뒷받침하는 한편, 멀지 않은 장래에 다가올 조국 광복에 대비할 건국강령 만들기에 나섰다. 해방 후에 들어설 국가 건설 계획인 건국강령은, 좌우익 진영의 공통된 이념으로 돼 있던 조소앙의 삼균주의(三均主義)를 좀 더 구체적으로 체계화한 것으로, 임정은 네 차례에 걸친 의정원의 심의를 거쳐 이를 채택, 1941년 11월에 공포하였다.

이른바 이 삼균주의는, 기본적으로 민족과 민족 사이, 국가와 국가 사이, 개인과 개인 사이의 균등을 의미하면서, 또 다른 한편으로는 정치의 균등, 경제의 균등, 교육의 균등을 주창하는 이념과 사상이었다. 여기에서 특기할 만한 대목은, 정치와 교육의 균등은 자유 민주주의 노선에 의거하면서 경제의 균등에서만은 직접 농사 우선의 원칙에 따른 토지의 분배와 협동농장의 장려, 노동자, 농민을 우대하는 등의 사회주의 색채를 조금 더한 점이었다.

이 건국강령이 공포된 시기인 12월 8일 일본군이 진주만을 기습하여 태평양전쟁을 일으키자 미국과 영국이 일본을 향한 선전 포고를 터뜨렸고, 임정도 곧 그 뒤를 따랐다. 임정의 김구 주석은 국무회의 석상에서 한껏 고조된 음성으로 입을 열었다.

"자, 이제 올 것이 왔습니다. 마침내 때가 되었소이다. 우리도 힘차게 떨쳐 일어나, 저 원수들의 가슴에 복수의 칼날을 꽂읍시다."

그리하여 임정은 김구 주석의 이름으로 전 세계를 향해 공포하였다.

—우리는 삼천만 한국인과 정부를 대표하여 중, 영, 미, 소, 캐나다와 기타 여러 나라의 대일 선전을 삼가 축하한다. 일본을 격파하고 동아시아를 다시 일으키는 가장 유효한 수단인 까닭이다. 이에 아래와 같이 성명하노라.

1. 한국 전체 인민은 이미 반침략 전선에 참가하였거니와, 분명한 전투부대로서 침략국에 대하여 선전 포고한다.

2. 1910년 합방조약 및 일체 불평등 조약의 무효와 동시에 반

침략 국가의 한국에서의 합리적 기득 권익을 존중할 것을
거듭 선포한다.

3. 일본을 한국과 중국, 태평양에서 완전 쫓아내기 위하여 최
후의 승리까지 피를 바쳐 싸운다.

4. 일본의 품 안에서 조성된 창춘과 난징 정부를 절대로 승인
치 않는다.

5. 루스벨트와 처칠의 대서양 헌장 선언의 각 항을 결연히 주
장하여 한국 독립 실현에 적용하며, 특별히 민주 전선의 최
후 승리를 앞당겨 축복한다.

임정의 일본에 대한 이와 같은 선전 포고는 국내외에 커
다란 반향을 불러일으켰다. 한민족을 대표한 대한민국 임
시정부라는 주체가 이제 공식적으로 일본을 향해 적으로
선언하고 연합국의 일원으로서 국제 연대의 군사 활동을
펼치겠다는 비장한 각오였기 때문이다.

김구는 이에서 한 걸음 더 나아가 1942년 1월에 임시정
부 포고문을 다시 발표하여, 전 세계 26개 나라가 일본에
선전 포고하고 총공격을 개시한 지금의 시점이 조국 독립
의 마지막 기회이므로, 모든 동포들은 임정을 중심으로 굳
게 뭉쳐 천하의 적 일본을 향해 진공하자고 호소하는 한편,

중국의 중앙 정부와 미국의 루스벨트에게는 대한민국 임시 정부를 정식 승인해 줄 것을 강력히 요청하였다.

하지만 그것은 허공의 빈 메아리였다.

미국 워싱턴에서 발표된 26개국의 일본에 대한 선전 포고는 미국과 영국을 포함한 연합국 외에도 프랑스, 폴란드, 네덜란드 등의 망명 정부들이 골고루 섞여 들어 있었지만, 유독 우리 임시정부만은 이 공동 선언에 끼어들어 있지 않았다. 그것은 곧 대한민국의 임정이 연합국 중의 어느 나라의 공식 승인도 받고 있지 못하기 때문이었다. 진정 안타깝고 가슴 아픈 일이었다.

전시수도 충칭에도 쉴 새 없이 폭탄이 떨어졌다. 일본군의 최후 발악이었다. 하루에도 몇 번씩 무자비하게 벌어지는 공습으로 시체가 산처럼 쌓였다. 임정 식구들 역시 걸핏하면 방공호로 숨어들기 바빴고, 그래서 충칭 생활 5년여만에 옮겨 다닌 것만도 벌써 네 번째.

이 네 번째 마지막 건물은 그나마 골격이 제대로 갖추어진 청사였다. 전에 호텔로 쓰던 건물을 중국 정부의 도움으로 새로 얻어 들게 된 것인데, 암벽을 깎아 층층이 포갠 듯 지어진 건물이라 수십 명이 한꺼번에 들어갈 수 있는 강당과 여러 요인들의 숙식을 따로 또는 함께 해결할 수 있는 방들이 꽤 많이 갖춰져 있었다. 그럼에도 하루하루가 살얼음을 딛는 기분이었다. 또 언제 어떻게 공습을 받아 불에 타 무너질지 모르는 형편이었으므로 김구는 늘 불안 속의 나날이었다. 하지만 그는 좌절하지 않았다. 전쟁은 어쨌든 여지없는 일본 패망 쪽으로 확실하게 기울어져 가고 있어서였다.

아름답고 씩씩한 대한의 열혈 청년들이 충칭의 임정 청사를 찾아든 건 바로 이 무렵이었다. 1945년 1월 31일.

비록 오랜 탈출과 도피 생활로 해서 그들의 몰골은 말할 수 없이 초라했지만, 그 불타는 눈빛과 당당한 걸음걸이만은 한겨울의 찬바람을 녹이고도 충분한 열기로 가득 차 있었다. 50여 명으로 구성된 일본군 탈출의 학도병들이었다.

"허, 이게 꿈인가, 생시인가?"

김구는 처음엔 도무지 믿을 수가 없었다. 하루아침에 백만 대군을 얻은 듯 가슴이 벅차올랐다. 눈물이 핑 돌았다. 그가 눈을 씻고 다시 살펴보아도 거기에는 여전히 자랑스러운 한국 젊은이들이 질서정연하게 열을 맞춰 서 있었다. 좁은 임정의 앞마당이 모처럼 제구실하는 듯 빈틈없이 꽉 차 보였다. 김구는 푸르스름한 두루마기를 걸치고 천천히 문밖으로 나섰다. 연신 감개무량한 표정으로 청년들을 한

바퀴 휘둘러본 그가 무겁게 입을 열었다.

"여러분을 맞는 나의 가슴은 새로운 결의로 가득 차오르고, 지금껏 가난했던 마음 또한 든든하기 짝이 없습니다. 그동안 국내에 있는 동포들이 저 막된 왜놈들 등쌀에 못 이겨 일본 사람 다 된 줄 알았는데, 놈들에게 항거하여 용감하게 탈출해 온 여러분을 보니 그저 고마울 따름입니다."

그리고 그는 좌우로 임석한 임정 국무위원들을 일일이 소개해 나갔다. 김규식, 이시영, 조소앙, 최동오, 신익희, 엄항섭, 차이석, 조완구, 황학수, 유림, 유동열 등이었다. 그 모두가 백발이 성성한 독립투사들이었다. 그들 역시 하나같이 임정 청사를 찾아든 조국의 이 청년들이 그저 자랑스럽고 대견한 모양이었다. 김구는 짐을 푼 이들을 전원 따뜻한 물에 푸욱 목욕시킨 다음, 산뜻한 새 군복으로 갈아입히라고 비서장에게 지시했다.

이윽고 밤이 왔다. 임정 식구들과 탈출 학도병들은 다시 저녁 식사를 겸한 환영회가 열리는 식당으로 모여들었다. 너무 쪼들리는 가난한 임정의 살림살이라 식탁 위에 차려진 음식은 겨우 늘 먹고 마시는 국과 나물 반찬 따위의 소찬에 간단한 안주, 뚝배기에 담긴 독한 중국 배갈이 전부였지만, 그 자리에 모인 동포 애국자들은 그 어떤 잔칫상보다

도 더 맛있는 감동의 축배를 함께 치켜들지 않을 수 없었
다.

내무부장 신익희의 환영사와 김구 주석의 격려사가 끝나
자, 청년들을 대표한 장준하의 답사가 곧 뒤를 이었다. 빈
틈없는 이목구비의 반듯한 얼굴에, 무엇보다도 빛나는 눈
동자가 살아있는 젊은이였다.

"우리는 왜놈들의 통치 아래서 태어난 데다가 그 밑에서
교육을 받았기 때문에 태극기조차 거의 본 일이 없었습니
다. 일장기를 보고 우리 것으로 알았던 우리들, 이것이 곧
우리 조국의 현실입니다. 그러나 오늘 오후 이 임정 청사에
높이 휘날리는 태극기를 바라보고 우리가 안으로 울음을
삼켜가며 눌렀던 감격은 이루 형언할 수가 없습니다. 그 태
극기에 아무리 경례를 올려도 손이 내려지지 않고, 영원히
계속하고 싶었습니다. 우리는 이제 여한이 없습니다. 조국
과 민족을 위해서라면, 그리고 여러 선생님들의 그동안의
노고에 조금이라도 보답이 된다면 무엇이든 가리지 않고
하라는 대로 할 각오가 되어 있습니다."

장준하 청년은 더 이상 말을 잇지 못하였다. 이미 장내는
울음바다로 넘쳐났으므로, 그 역시 눈물이 앞을 가리고 목
이 메는 모양이었다. 김구도 울고, 임정의 다른 노인들도

함께 울었다. 그동안 앙금처럼 쌓여 있던 민족의 설움이, 고난에 찬 이역 하늘 밑 방랑의 고달픔이 한꺼번에 봇물 터지듯 터진 것이었다.

일본군에 강제 징집되어 낯설고 물선 중국 전선에 배치되었다가 용감하게 탈출, 조국의 광복군에 참여한 학도병들의 이야기는, 현지 신문을 포함한 세계 여러 나라 언론에 연일 보도되기에 바빴다. 그에 따른 환영 행사도 여기저기서 그치질 않았다.

자, 그러면 똑똑하고 용감한 이 일꾼들을 앞으로 어떻게 대접하고 어디에 배치하지? 나라와 민족을 위해 과연 어떻게 써먹어야 하지?

김구는 땅거미가 몰려오고 있는 창밖을 무연히 바라보며 생각했다.

우선 이들이 마음 편한 안정과 휴식을 취하면서 내일의 광복을 도모할 수 있는 적당한 수용시설이 필요할 것 같았다. 임정 주변에는 아무래도 이들 50여 명을 한꺼번에 묵게 할 만한 공간이 없어 걱정이었다. 김구는 일단 임정 가족들이 집단생활하고 있는 한인 교회 건물을 이들의 임시 막사로 정했다. 그 강당을 부랴부랴 침실과 식당으로 꾸며 이들이 별 불편 없이 지내게 하는 한편, 광복군 관계자나 임정의 국무위원을 파견해 혁명운동사나 광복군 활동 방향 등을 가르치고, 체력 단련에도 힘쓰도록 조치하였다.

그렇게 한 달 보름이 또 훌쩍 지나갔다. 충칭 시내는 연일 일본군의 공습이 발악하듯 벌어지고 있었지만, 어쨌거나 전쟁은 막바지로 치닫고 있었다. 김구는 그 절박한 소용돌이 속에서 또 아까운 혈육을 잃었으니, 큰아들 인이의 죽음이었다.

벌써 세 번째의 가족 날벼락. 이미 사랑하는 아내를 잃고, 어머니를 잃었다. 그리고 둘도 없는 동지처럼 서로 믿고 의지할 만한 스물여덟 한창나이의 아들마저 폐병으로 가버렸다. 청상으로 늙기에는 아직 너무나도 새파란 자기 아내와 어린 딸을 뒤에 놔두고서 말이다.

아들을 애통하게 떠나보내고 난 김구는 다시 태연스러운 일상으로 돌아와 이범석을 불렀다. 둘은 일찌감치 장준하, 김준엽을 포함한 이 유능한 한국의 학도병들을 조국 광복의 전위대로 삼아야겠다는 의지를 똑같이 공유하고 있었던 것인데, 시안에서는 이미 이범석 휘하의 광복군 일부가 미군과 합작해서 한국 침투 작전을 위한 비밀공작 활동이 한창 전개되던 중이었다.

"저 젊은이들을 바로 시안으로 데려가시오."

그리하여 마침내 광복군의 'oss 결사대'가 이제야 제대로 골격을 갖추게 된 셈이었다.

"나는 여러분의 젊음이 부럽소. 그 젊음이 한없이 부럽고 고맙소. 강철 같은 애국심으로 떠나는 여러분에게 우리 조국의 명운이 걸려 있거니와, 이 몸은 그 길에 함께 동참하지 못하니 참으로 부끄럽고도 미안하오."

김구는 말하다 말고 그만 울컥 목이 메었다. 이 아까운 젊은이들을 다시는 돌아올 수 없는 저 땅으로 내몰고 있는 건 아닌가 하는 슬픈 자책감이 한순간 봇물 터지듯 가슴 속으로 밀려 들어왔기 때문이었다. 그러나 김구는 결코 약한 모습을 보여서는 안 된다고 고쳐 생각했다. 지도자는 모름지기 그 어떤 죽음이나 비통함도 즐겨 웃음으로 맞고 보낼 수 있어야 한다고 여기면서 잠시 침묵을 지킨 그는, 불현듯 두루마기 안주머니에서 반짝이는 웬 회중시계를 꺼내어 높이 쳐들어 보였다.

"여러분, 이게 뭔지 아시오? 윤봉길 의사의 시계입니다. 그이가 내게 남기고 간 마지막 선물이올시다. 그리고 뜻깊은 오늘 4월 29일은, 죄 많은 내가 그 윤봉길 군을 죽을 곳으로 떠나보내던 날이오. 또 우연찮게도 지금이 바로 그 시각이오. 여러분, 이 우연의 일치를 나는 참으로 역사적이고 감개무량한 기분으로 맞고 있습니다. 나는 여러분의 불타는 눈동자 속에서 윤봉길 의사의 그 눈빛, 그 얼굴을 함께 보고 있습니다. 이건 결코 우연의 일치가 아니라 반드시 하늘의 뜻이라 생각합니다!"

"……."

모두들 말이 없었다. 마른침조차 삼키지 못했다. 벅찬 감격과 결의가 그들의 가슴마다 새롭게 꿈틀대고 있어서였다. 한 차례의 정적 끝에 임정 지도자들과 아쉬운 작별의 악수 세례가 퍼부어졌다. 그리고 청년들은 곧 이범석 장군의 인도로 미리 대기하고 있던 네 대의 미군 군용 트럭에 올라 임정 청사를 떠났다.

김구는 그 이후에도 쉬지 않고 훈련 책임을 맡고 있는 이범석 장군으로 하여금 광복군 국내 진입 작전을 치밀하게 준비시켰다. 그들이 낙하산이나 잠수함으로 한반도에 투입되면, 우선 일본 요인 암살과 군사시설 파괴 공작을 수행하도록 미리 결정되어 있었다. 그 단계별 작전이 성공할 경우, 미군 상륙과 때를 맞추어 후방을 교란시키고 임시 편성된 국민군을 지휘하는 책임까지 맡도록 치밀하게 짜여 있었다.

그렇게 oss 결사대가 드디어 3개월간의 훈련을 마치고 국내 침투 준비를 거의 끝낼 무렵의 8월 7일. 이제는 한시도 머뭇거릴 수 없을 만큼 전세가 더욱 급박하게 돌아간다고 본 김구는, 무엇보다도 한여름 땡볕에 새까맣게 탔을 우리의 젊은 친구들을 어서 빨리 보고 싶었다.

미군이 제공한 군용 수송기를 이용해 시안에 도착한 김구 일행은, oss 총책임자인 도노반 소장을 비롯한 현지 미군 지휘관들의 따뜻한 영접을 받았다. 역시 통이 크고 힘이 센 나라의 군인들이라서인지 모든 게 시원시원하고 여유만만하였다. 여러모로 풍족한 분위기 속에서 만족스레 회담을 마친 도노반 소장은 이렇게 선언하였다.

"오늘 이 시간부터 아메리카 합중국과 대한민국 임시정부는 공동의 적 일본에 대해 항거하는 비밀공작을 시작합니다!"

"아, 좋습니다. 그런데 기왕이면 비밀공작이 아닌 전면전쟁을 더 원하는 게 우리의 입장이오. 만약 미군이 우선적으로 제주도를 해방시켜 준다면, 임시정부는 즉각 협조하여 제주도로 들어갈 것이며, 전 한국인을 이끌고 지도하여 미군의 본토 상륙 작전을 돕겠소. 가능하다면 반드시 우리 손으로 일본 놈들을 쳐부수고 싶다는 이야기외다!"

"오, 그러셔야죠. 선생의 그 뜻을 우리 중국 전구사령관에게 꼭 전달하겠습니다."

도노반과 미군 장교들은 하나같이 너그러운 웃음과 자신 감 넘치는 몸짓으로 김구의 제의에 화답했다. 하지만 미군은 이미 하루 전 히로시마에 원자폭탄을 터뜨린 후였고, 그 무시무시한 위력 앞에 일본은 곧 무릎을 꿇고 말 거라는 승리감으로 한껏 도취되어 있는 상황이었다. 일본에의 선전 포고를 감행한 소련군 또한 이제 곧 만주와 북한 쪽으로 물밀듯 밀고 내려가리라는 것도 예고된 일이었다. 그럼에도 순진한 중국 속의 한인들이나 김구 일행만 그런 기막힌 사실들을 까마득히 모르고 있었다. 하긴 원자폭탄이 아예 무엇인지도 모르는 판국이니 한 치 앞의 일본 항복인들 어찌 상상이라도 할 수 있었으랴.

8월 10일, 마침내 일본이 패망했다는 소식이 날아들었다. 김구는 가슴이 철렁 내려앉았다.

"뭐, 뭐라구? 왜적이 항복?"

그는 탄식이 절로 나왔다. 기어이 올 것이 오긴 왔으되, 너무 빨리, 전혀 다른 방향에서 찾아왔기 때문이었다. 김구는 그 사실을 들뜬 목소리로 알려준 중국인 친구에게 되물었다.

"왜놈이 항복하다니, 아닌 밤중에 홍두깨도 유분수지 대체 무슨 말씀이오?"

"충칭 정부에서 보내온 소식이니, 아마 확실할 겁니다. 아무튼 잘됐지 뭡니까? 어제도 나가사키에 원자탄이 떨어진 모양인데, 그에 놀란 일본이 포츠담선언을 무조건 수락하겠다고 중립국을 경유해 통고해 왔다는 겁니다. 김구 주석님, 한국도 이제 해방입니다. 축하합니다!"

"허, 이런 변이 다 있나?"

적어도 김구에게는 그게 결코 듣기 좋은 희소식만은 아니었다. 하늘이 무너지고 땅이 꺼지는 날벼락이기도 했다. 수년 동안 순전히 우리 힘으로, 용감한 대한 남아들의 무력으로 애써 일본을 물리치고자 치밀하게 준비했던 게 모두 허사로 돌아가고 말아서였다. 광복군이 그토록 갈망했던 국내 침투 계획의 임무를 시작도 해보지 못한 채 전쟁이 끝나버렸으니, 이제 우리는 남이 가져다준 그 조국 광복의 의미를 어떻게 받아들이고 새겨야 할 것인가? 임정은 과연 앞으로 어떻게 움직여야 할 것이며, 되찾은 나라는 또 어떻게 운영해 나갈 것인가?

김구는 절로 눈앞이 어지러웠다. 시원섭섭하다는 게 바로 이런 기분일까.

그동안 피땀 흘려 갈고 닦은 총칼을 제대로 한번 써보지도 못한 채 그저 어리둥절한 혼란 속에 빠져 있는 한국의 젊은이들을, 김구는 차마 정면으로 마주 바라볼 수가 없었다. 하지만 어쨌거나 우리한테 독립이 찾아온 건 크게 즐거운 일이 아니냐며, 그들을 다독이고 함께 어정쩡 기뻐하는 일 외에 다른 도리가 없었다.

마침내 8월 15일, 일본 천황은 무조건 항복을 선언했다.

시안 시내는 광란의 축제 분위기였다. 요란한 딱총 소리가 온밤을 지새웠다.

김구는 서둘러 다시 충칭으로 향했다. 8월 21일, 충칭 시내는 아직도 승전의 들뜬 분위기에 젖어 있었다. 항상 아편에 찌든 악취와 석탄 연기, 안개로 뒤덮이기 일쑤이던 이 도시가 모처럼 활짝 갠 하늘의 축복을 맘껏 누리고 있었다.

그러나 임정의 속사정은 갈수록 태산이었다. 부지런히 환국을 준비하고 있던 임정에 뜬금없이 날아든 미국 쪽의 회답은, 이미 미군정이 독립된 정부로서 엄연히 서울에 자리 잡고 있으니 임정은 어디까지나 개인 자격으로 귀국해야 한다는 거였다. 그들은 또 일본의 앞잡이 노릇을 자행하던 친일파들을 그대로 공직에 눌러 앉히거나 새로운 친미 세력으로 열심히 끌어들이고 있다고도 했으며, 뒤늦게 참전한 소련은 미국보다도 더 빨리 평양을 점령, 북한 땅을 마구잡이로 유린하고 있다는 소식이었다. 북위 38도선을 경계로 한 미국과 소련의 분할 통치는 이제 더 이상 거역할 수 없이 굳어버린 셈이었다. 두 강대국의 새로운 침략이었다. 충칭의 임정은 이내 미국 측의 임정 불인정과 개인 자격 귀국 종용으로 큰 충격에 휩싸였다.

그럼에도 어쨌든 임정은 허울뿐인 망명정부로 계속 중국 땅에 남아 있을 수는 없는 노릇이었다. 김구와 임정의 국무위원들은 어쩔 수 없이 '개인 자격 귀국'을 받아들이기로 했다. 그 길밖에 다른 방법이 없었다.

막상 임정의 마지막 기착지였던 충칭을 떠나려 하니 김구는 마음이 착잡하기 이를 데 없었다. 그래서 그는 먼저 어머니와 아들의 묘소를 찾아가 꽃다발을 바치고 홀로 울었다. 상하이의 공동묘지에 묻힌 아내를 포함해, 세상에서 가장 사랑했던 가족들을 이 황량하고도 드넓은 이역에서 잃어버린 게 모두 자기 탓만 같아, 김구는 더욱 슬프고 안타까웠다. 김구를 비롯한 임정 요인들이 중국에서 내어준 두 대의 비행기를 타고 충칭에서 상하이를 향해 떠난 건 11월 5일. 감격과 통한의 해방을 맞이하고도 무려 두 달 반 이상이나 걸린 시점이었다. 그런데도 더욱 기가 막힌 사실은 상하이에서 다시 18일 동안이나 더 발이 묶여버린 데 있었다. 조국을 위해 몸 바친 이들에게 호의를 베풀고, 그 귀국에 대한 수송을 책임져야 할 미국 측의 소홀한 대접 탓이었다. 하지만 김구는 제2의 고향이나 다름없는 이 상하이에 체류하는 동안, 윤봉길 의사가 장렬하게 폭탄을 터뜨렸던 그 홍커우 공원에서 대대적으로 열린 한인 환영 행사에 참석, 그날의 통쾌하고도 슬픈 의미를 새삼 감격스럽게 곱씹을 수가 있었으며, 13년 동안이나 한 번도 찾지 못했던 아내의 무덤 앞에도, 모처럼 벅찬 마음으로 슬픈 꽃다발을 바칠 수가 있었다.

"여보, 나 혼자 귀국하게 돼 미안하오. 어쨌거나 우리나라가 저 왜놈들 손에서 독립했으니 당신도 기뻐해 주구려. 내 꼭 당신의 혼백을 고향으로 다시 모시리다."

그리고 마침내 1945년 11월 23일.

큰 꿈을 안고 고국 땅을 떠난 지 실로 27년 만의 환국이었다. 참으로 힘겹게 미군정 사령관인 하지의 지시로 날아온 c_47 군용 비행기는, 김구 주석을 비롯한 열다섯 명의 임정 요인들을 싣고 다시 김포공항을 향해 은빛 날개를 활짝 차고 올랐다. 모두들 아무 말이 없었다. 시끄러운 소음의 군용 수송기 안은 침묵보다 더 무거운 정적이 흘렀다. 저마다의 가슴은 온갖 상념과 감격으로 요동칠 테지만, 그 얼굴과 표정들은 이상하게도 하나같이 굳은 돌처럼 긴장되어 있었다.

그렇게 세 시간쯤 말없이 검푸른 서해 상공을 날았을 때, 드디어 그립고 한 맺힌 한반도가 점점이 눈 아래 펼쳐지기 시작했다. 누군가가 들뜬 목소리로 외쳤다.

"아, 보인다, 보여. 우리나라가 보인다!"

저마다의 놀람과 반가움, 감격이 뒤섞인 순간이 지났다. 그리고 곧 애국가가 터져 나왔다. 누구의 입에선지 모르게 흘러나온 그 애절한 노랫소리는, 이내 시끄러운 비행기 소음도 일시에 잠재워 버릴 만큼 크고 우렁차게 울려 퍼졌다.

"……무궁화 삼천리 화려강산, 대한 사람 대한으로 길이 보전하세."

돌부처처럼 앉아있던 김구의 두 눈에서도 주르륵 붉은 눈물이 흘러내렸다.

아, 드디어 왔구나. 그렇게나 애타게 그리던 조국의 품에 마침내 안겼구나.

좁은 기창 아래로 펼쳐지는 초겨울의 산하를 내려다보면서 그는 주체할 수 없는 기쁨과 슬픔을 동시에 느꼈다. 오랜 왜놈들의 압박과 설움에서 해방된 건 더할 수 없이 큰 기쁨이로되, 갈고 닦은 우리의 힘과 투쟁으로 쟁취한 해방이 아니라는 데 또한 견딜 수 없는 슬픔이 도사리고 있었다. 그래서 그는 흐르는 눈물을 마냥 내버려 두었다. 생각 같아서는 목청껏 통곡이라도 내지르고 싶었지만 꾹 눌러 참았다.

서해의 푸른 물결이 꿈틀꿈틀 일어섰다. 섬과 섬들이 따라 일어섰으며, 헐벗은 산과 산, 알곡식을 다 털어낸 논과 밭, 얼어붙은 땅들도 덩달아 일어나 덩실덩실 춤추고 있었다.

9. 아, 해방! 고국으로 돌아오다

　환영 나온 동포들의 열띤 인파로 넘쳐날 줄 알았던 김포 비행장은, 그러나 거의 낯선 미군뿐이었다. 김구는 잠시 어안이 벙벙했지만 이내 그 이유를 알아차리고 차분한 마음으로 돌아갔다. 도착 시간이 확실히 정해지지 않은 데다가, 거기에 의젓한 임시정부 주석으로서가 아닌 일개 개인 자격으로 귀국하는 딱한 처지임에랴.

　음, 하고 혼잣속으로 깊게 신음을 내뱉은 그는, 천천히 고개를 들어 사방을 휘둘러보았다. 그 땅, 그 하늘이 거기 그대로 변함없이 놓여 있었다. 옛날 그대로의 헐벗은 그 산과 들판이었다. 어쨌거나 이 나라 이 국토를 다시 감격스레 밟게 해준 건 앞서간 선대들의 피땀 어린 투쟁과 노고 덕분이 아니던가. 모두들 착잡한 표정을 씻지 못한 채 여전히 어리둥절한 혼란 속에 잠겨 있는 일행에게 그가 말했다.

　"자, 순국하신 선열들께 묵념부터 올립시다."

　그제야 일행은 처음 떠나올 때의 초심으로 돌아가 다시금 경건한 자세로 고개 숙여 묵념을 올렸다. 묵념을 끝내고 눈을 떠 다시 본 그의 시야에는, 그러나 여전히 낯선 미국인들만 가득하였다.

"타시지요."

안내를 맡은 한 미군 장교가 손짓한다. 그가 가리키는 건 아까부터 대기하고 있던 여섯 대의 장갑차였다. 김구 일행은 두서너 명씩 짝을 지어 그 밀폐된 차 안으로 들어갔다. 이윽고 차가 이동했다. 꿈에도 그리던 조국의 들판이 좁은 차창 밖으로 펼쳐졌다. 소를 모는 농민이 길을 비켜 지나가고, 보퉁이를 인 남루한 흰옷의 아낙들이 지나갔다. 그리고 한 떼의 책보를 둘러멘 학생 아이들. 김구는 그제야 울적했던 기분이 조금 풀리는 기분이었다. 우리의 미래를 이끌어 나갈 아이들이, 하나둘 줄지어 한데 걸어가는 씩씩한 기상이 의외로 명랑하고 한껏 활달해 보였기 때문이다.

땅거미가 어둑해진 저물녘에야 숙소인 경교장(京橋莊)에 도착하였다. 임정환영위원회에서 애써 마련해 준 저택이었는데, 서대문 안 양지바른 언덕 위에 자리 잡은 우람한 이 양식 건물은, 지금껏 집다운 집 없이 고단한 객지살이로만 지내온 김구에게 어쨌든 더 없는 안식처로 다가온 셈이었다. 이제부터 새로운 국가건설의 큰일에 매진해야 할 처지에서 본다면, 그 바쁜 작업 공간으로서의 조건이나 환경은 더할 나위 없이 괜찮게 여겨졌다.

하루가 지나자 사람들이 떼 지어 몰려들기 시작했다. 그
때껏 극심한 혼란에 빠진 해방 정국을 이끌고 있던 송진우,
정인보, 김병로, 안재홍, 김창숙 등이 찾아오고, 그 밖의 이
름 모를 손님들로 인산인해를 이루었다. 그들은 하나같이
이역만리 중국 땅에서 살아 돌아온 김구가 어지러운 조국
의 새로운 시련과 혼란을 통쾌하게 해결해 주기를 바라고
있는 것만 같았다. 해방된 나라가 느닷없는 미국과 소련의
군정 지배 아래 놓이게 된 데다가, 거기에 인민들은 또 남
북 두 쪽으로 갈라진 것도 모자라 온갖 이념과 사상, 당파
로 갈가리 찢긴 채 어디로 어떻게 헤쳐 나갈지 모르는 현실
임에랴. 그래서 사람들은 더욱더 애타는 갈증과 그리움으
로 꾸역꾸역 경교장으로 모여들었다. 김구는 더욱 눈코 뜰
새가 없었다.

김구는 그중에서도 우리 쪽 정치 지도자들을 활발히 만나
봐야겠다고 생각했다. 오늘의 혼탁한 정국을 움직이는 4당
당수를 차례로 만나기로 한 날 아침, 어지러운 잠자리에서
일어난 김구는 그래도 모처럼 상쾌한 기분을 느꼈다.

오전 10시 30분, 약속된 시각에 맞춰 국민당 당수인 안
재홍이 경교장 응접실에 도착했다.

"참으로 고생이 많으셨습니다. 안재홍입니다."

안재홍은 여전히 상기된 표정이었다. 해방 직후 여운형의 권고로 건국준비위원회에 참여, 그 부위원장으로 활동했다가 이 조직의 실권이 공산도배에게 철저히 장악되어 가고 있다는 걸 간파하고선, 거기에서 미련 없이 곧 물러 나온 중간파 사회주의자인 그는, 철저한 민족주의자 김구에게 뭔가 할 말이 많은 모양이었다. 그가 다시 입을 연다.

"백범 선생도 잘 아시다시피 지금 나라가 몹시 어지럽습니다. 민족진영과 공산 계열의 두 계급 진영 간에 치열한 주도권 다툼이 벌어져서 혼란이 극에 달해 있는 것입니다. 건국준비위원회를 기반으로 한 인민공화국에 제가 가담하지 않은 것도 다 이와 같은 대결 상태를 피하고 싶은 일념에서였는데, 이게 나날이 더 격화되고만 있으니 이쯤에서 백범 선생의 임정에서 적극 나서 주셔야겠습니다. 그 모든 법통을 과도정부가 들어서면 바로 넘기겠다고 들었는데, 그런 방관자로서가 아닌 직접 당사자로서 임정이 나서야 이 극심한 혼란도 잠재우고 나라의 기틀도 바로 섭니다."

"무슨 말씀인지는 대강 짐작하겠습니다만, 아직은 때가 아닙니다. 임정 각료들이 다 귀국하지 못한 상태이니 그들을 기다렸다가 협의해 보십시다. 또 국내의 여러 정당과 사회단체들의 의견도 두루 들어보고, 이들이 하나로 결집된 기운이 조성되어야 그런 결정도 쉬 나올 수 있을 겁니다. 그런데 그 뭐냐, 안 선생의 그 '다사리' 정신에 대해서도 한 말씀 들려주시지요."

"아, 그거는 다른 게 아니올시다."

가볍게 웃음을 머금고 난 안재홍이 짐짓 복잡 미묘한 화제에서 비켜 가려는 김구의 저의를 쉬 간파하며 계속한다.

"그 또한 오늘의 어지러운 현실을 극복하는 방책으로서의 본질적인 한 대안이라고 할 수 있겠습니다. 그건 한마디로 이렇게 요약되지요. 모든 사람이 저마다 제 말을 하고, 모든 사람이 함께 어울려 사는 것."

"옳은 지적이십니다."

"그걸 정치적으로 좀 더 풀어 쓰자면, 기존의 어느 한 이데올로기에 얽매이지 말고 민족의 구성원 모두가 함께 더불어 살아야 한다는 정신 아래, 계급을 뛰어넘는 통합된 민족 국가를 건설하자는 겁니다. 저는 이 같은 목표를 위해서라면 언제라도 몸을 던질 각오가 돼 있습니다."

"맞는 말씀입니다. 꼭 그렇게 되도록 노력하십시다."

김구는 가능한 한 말을 아끼려고 애썼다. 이따가 또 만날 세 사람의 정치 지도자들한테도 역시 그러할 거였다. 아직은 이쪽의 깊은 주의 주장을 내보임 없이, 의례적인 수인사 정도로 그들을 만나고 떠나보낼 작정이로되, 다만 그들이 힘주어 말하는 국내 사정이나 정치 철학, 전망과 계획 따위는 정성 들여 귀 기울일 터였다.

안재홍이 가고 난 뒤 얼마 안 있어 한국민주당 당수 격인 수석총무 송진우가 당도하였다. 몸집이 약간 비대하면서도 온화한 귀족풍의 냄새가 물씬 풍기지만, 한번 열린 말문은 박력 있는 애국심으로 가득 차 있었다. 이런저런 수인사 끝에 내놓은 그의 해방 정국 해결책은 대강 다음과 같았다.

"우리가 독립한 건 아무래도 연합국의 도움이 절대적이었으니, 앞으로 통일된 민주 국가를 세우는 데 있어서도 그네들과 손을 잡지 않을 수 없습니다. 그러니 빠른 시일 내에 선생님의 친서를 지닌 친선 사절단을 여러 전쟁 승리 당사국들에 파견해야 좋을 것 같습니다. 우리 스스로도 자주 독립할 만큼 실력이 돼 있으니, 이 나라 임시정부를 지체 없이 승인해 달라고 말이죠. 이런 일을 하려면 또 어김없이 돈이 필요하고 집무 조직도 일사불란해야 할 터인즉, 임시정부의 법통을 이어받을 수 있는 행정체계를 하루속히 만들어 나가면서, 국내외의 돈 있는 사람들한테서 크고 작은 헌금을 받아내, 형편없이 부족한 나라 살림을 융통성 있게 꾸려 보십시다. 그러다 보면 지금 이토록 어지러운 치안이나 정국도 자연 바로잡힐 수 있을 것이며, 무엇보다 시급한 국민들의 경제 활동과 심각한 민생고도 차츰차츰 나아지지 않겠습니까."

"좋은 생각이십니다. 허나 우리 앞에는 저 완강한 미군정이 가로막고 있으니…… 그래도 힘닿는 대로 노력해 보십시다."

이번에도 김구는 여전히 말을 아끼고 있었다. 두꺼비 같은 두 손을 마주 비비며 묵묵부답으로 앉아 있다가, 그저 의례의 인사치레만 툭툭 내던지는 식이었다. 하지만 상대의 열정에 비해 이쪽의 성의가 너무 부족하다고 느꼈던지 김구가 다시 입을 연다.

"그건 그렇고, 송 선생의 임정 봉대에 대한 고마움을 이제나마 감사드려야겠습니다. 일제가 허겁지겁 물러나면서 가장 먼저 그 인수인계의 적임자로 송 선생을 점찍었으나, 이를 일언지하에 거절하며 우리 임정이 귀국하기만을 기다리겠다고 말씀했다는 사실, 잘 알고 있습니다."

"그야 뭐, 너무 당연한 일이 아니겠습니까. 우리 국가의 법통은 어디까지나 지금도 여전히 붉은 사상으로 설쳐대고 있는 인민 공화국보다는, 망국의 설움으로 해외에서 고생한 임정이니까요. 미친 듯 날뛰는 저들의 발호를 막기 위해서라도, 하루바삐 선생님이 정치 일선에 나오셔야겠습니다."

"고맙습니다만, 진즉부터 교육과 언론으로 민족 자강 운동을 벌여온 송 선생의 몫이 크지요. 아무튼 우리 함께 힘을 모아봅시다."

"암은, 그러셔야죠. 우리가 살길은 오로지 굳건한 민족주의로 일치단결하는 것뿐입니다."

그리고 송진우는 물러갔다. 친구인 김성수의 동아일보에서 20년 가까이 날카로운 펜을 휘둘러 온 우국지사답게, 그의 말과 걸음걸이는 한껏 당당하고 기백이 넘쳤다. 나이는 비록 오십 초로에 불과하지만, 민립대학 설립이다, 물산장려운동이다, 혹은 농촌 계몽에 한글운동이다 하면서 산전수전 다 겪어온 경험이, 그만큼 넉넉한 자신감을 갖게 했을 거였다. 과연 지금도 서울 한복판에서 '인민공화국 타도'를 앞장서 외칠 만큼 큰사람이었다.

이날 오후에 만난 여운형은 그보다 더 보폭이 크고 당당했다. 한눈에도 꽤 잘생긴 미남형에 당찬 통솔력이 느껴지는 인물이었는데, 훤한 이마에 부리부리한 이목구비가 과연 어지러운 해방 정국을 가장 먼저 헤쳐 나온 지도자로서의 면모를 확실하게 보여주는 듯했다.

한때나마 상하이에서 함께 독립운동했던 김구는 낯익은 그를 반갑게 맞이했다. 뜨거운 악수의 손길을 내밀며 여운형이 말한다.

"그동안 얼마나 수고가 많으셨습니까. 선생님이 들어오신 후 일하실 수 있는 기틀을 마련하고자 무진 애를 써보았습니다만, 제대로 잘 되질 않더구먼요."

"나라가 매우 혼란한 때 애 많이 쓰셨더군요."

"진정한 독립운동은 지금부터가 아닌가 합니다. 이제 선생님이 오셨으니 제가 나설 일은 별로 없는 줄 압니다."

"아무튼 우리에게는 미군이라는 큰 벽이 있소이다. 이를 깨부수지 않고는 아무 일도 못 하게 돼 있으니 정신 바짝 차리고 함께 일해 봅시다."

"그렇지요. 아무리 좌익이니 우익이니 박 터지게 싸워봤자 적전 분열밖에 더 되겠습니까. 어떤 형태로든 한 민족이라는 이름으로 한데 뭉쳐 일어나야지요."

그랬다. 좌우합작의 중간파를 자처하며 어떻게든 하나의 통일 정부를 갖고자 하는 게 여운형의 꿈이며 큰 정치 행보인 듯했다.

여운형이 돌아가고 난 뒤 혼자 2층 방으로 들어서던 김구는, 문득 다가오는 진한 외로움에 고개를 들었다. 자신을 포함한 오늘의 지도자 모두 황량한 벌판에 내동댕이쳐진 갈 곳 없는 고아들 같아서였다. 저 치욕적인 일제 식민지도 모자라서. 이제는 해방 원조국이라 믿었던 미국과 소련까지 남북으로 양분해 철저한 점령군 노릇을 자행하고 있으니, 이 어찌 참담하게 슬프고 외로운 일이 아니랴.

그나마 다행인 것은, 그다음 날 의암 손병희 선생의 성못 길에서 돌아오다가, 한 떼의 구름 같은 아이들을 만난 일이었다. 종암초등학교 운동장 앞이었다.

"아이구, 저 아이들! 저, 저, 뛰노는 우리 어린 자식들!"

자신도 모르게 김구는 탄성을 내질렀다. 그리고 급히 차를 세우라 일렀다. 차가 멎자 그는 성큼 차에서 내려 교문 안으로 들어갔다. 처음 한순간 영문을 몰라 하던 일행도 이내 그의 심중을 알아차리고선 엉거주춤 뒤를 따랐다.

운동장 안은 그야말로 아이들 천지였다. 이리 뛰고 저리 내달으며 저마다 무리 지어 노는 데 열심이었다. 공을 쫓아 치고 달리는 사내 녀석들, 고무줄놀이하느라 춤추듯 팔랑대는 꽃 같은 계집아이들. 누구는 철봉에 매달려 재주를 부리기도 하고 또 누구는 공기놀이에 빠져 온 신경을 집중시키고. 운동장 안은 시끄럽게 뛰노는 이런저런 아이들로 정신없었다. 그 어지럽고 무질서한 아이들 속을 김구는 하염없는 감격으로 헤쳐 들어갔다. 오래 참고 기다려 온 그 누군가를 애써 찾기라도 하듯, 그는 두리번두리번 아이들을 살피면서 아주 천천히 그 속으로 걸어 들어가고 있었다.

그래, 바로 이 아이들이야. 이 순진무구한 아이들 어깨 위에 조국의 앞날이 걸려 있어!

인자한 할아버지처럼 그는 입가에 미소를 머금고 한 아이의 머리를 쓰다듬었다. 놀란 아이가 멋쩍은 표정으로 물러서며 흘깃거린다. 그래도 그는 아이들 속을 헤쳐가면서 여전히 머리를 쓰다듬고, 어깨를 다독이고, 복숭아 같은 두 뺨을 어루만지기에 바빴다. 소식을 듣고 달려 나온 교장과 젊은 교사들이 정중히 인사하며 놀라 반겨 맞는다. 김구는 말했다.

"요 앞을 지나다가 문득 들렀소이다. 운동장에서 뛰는 아이들이 너무나 귀엽고 예뻐서!"

"아이구, 영광입니다. 고명하신 주석님께서 예정에도 없는 저희 학교를 다 방문해 주시다뇨."

교장은 어찌할 바를 몰라 주춤거리며 어서 전교생을 운동장 한가운데에 집합시키도록 다른 교사에게 이른다. 이어서 땡, 땡, 땡, 종이 울리고, 전부 여기 모이라는 지도교사의 지시에 따라 1천여 어린 학생들이 일제히 운동장 한 가운데로 달려들었다. 줄과 줄을 맞춰 선 거대한 동아리가 한순간에 이루어졌다. 연단에 오른 교장이 어리둥절한 아이들을 향해 상하이 임시정부와 김구를 소개했고, 그에 따라 김구가 다시 연단에 올랐다. 잠시 말 없는 감동으로 아이들을 한 바퀴 이윽히 내려다본 그가 띄엄띄엄 입을 열었다.

"한창 뛰어노는 여러분이 하도 귀엽고 대견해서, 이렇게 불쑥 들어왔지요. 저기 저 북한산의 맑고 우람한 정기를 이어받아서인지, 어린이 여러분은 하나같이 몸과 마음이 씩씩하고 건강한 것 같군요. 그래서 한결 마음이 놓이고 든든합니다. 언제 나라를 잃었더냐 싶게 지난 과거사의 아픔이 싹 가신다 이겁니다. 여러분은 이제 독립된 이 나라의 주인입니다. 주인이 되기 싫어도 꼭 되어야 합니다. 몸도 건강하고 공부도 잘해서, 아주 부강하고 아름다운 나라를 만들어 나가야 합니다. 늙은 이 몸이 국내에 들어와서 가장 먼저 무엇을 본 줄 아시오? 그건 다름이 아니라 바로 여러분 같은 아이들이었어요. 쓸쓸한 귀국길의 차 안에서 길옆으로 줄지어 당당하게 책보를 끼고 걸어가는 여러분만 한 또래의 어린 학생들을 보고, 아, 이제는 됐다, 저런 희망의 나무들이 씩씩하게 자라고 있으니 다시는 나라를 빼앗기지 않겠구나 생각했지요. 나는 지금 너무나 감격스럽습니다. 또 여러분에게 너무 기대가 큽니다. 그러니 날마다 열심히 배우고 갈고 닦아, 옳고 바른 청년으로 자라서, 다시는 망국의 설움을 겪지 않는 이 나라의 당당한 일꾼이 되어 주길 간곡히 부탁하고 싶습니다."

차마 말끝을 제대로 맺지 못할 만큼 가슴 떨리는 연설이었다. 어른들한테 들려주는 것보다 훨씬 어렵고 힘든 감회이며 당부의 말이었다. 그래도 김구는 어쨌거나 기분이 새로워, 힘찬 박수가 끝나지 않은 교정을 몇 번이고 돌아보고 또 돌아보았다.

그 길로 곧 도산 안창호의 묘를 찾았다. 망우리였다. 김구는 그 산소의 머리맡에도 한 아름의 화환을 바치고 일행과 함께 묵념했다.

'참으로 오랜만이외다. 그토록 조국의 독립을 갈망하며 함께 분투하던 선생이 여기 이렇게 혼자 누워 계시다뇨. 다제 탓만 같아 송구스럽기 짝이 없습니다. 그래도 나라 잃은 설움을 씻고 이렇게나마 다시 만나 뵐 수 있으니 얼마나 다행입니까.'

눈을 감고 고개 숙인 그의 뇌리로 도산과의 지난 일들이 주마등처럼 지나갔다. 죽기 아니면 살기로 상하이에 뛰어든 김구에게 도산은 주저 없이 갓 출범한 임시정부의 경무국장을 맡겼고, 직속상관인 내무총장으로서 마치 형님(나이는 비록 두 살이 아래지만) 같은 보살핌을 여러모로 아끼지 않았다. 그리고 온갖 풍파를 함께 겪었던 것인데, 철저하게 김구가 기획한 윤봉길 의거가 있었던 직후, 그만 왜놈들의 검거 바람에 휘말려 하필이면 당신이 그 마수에 맨 먼저 걸려들 줄이야! 도산은 곧장 본국으로 송환되었고, 모진 옥살이의 고초 끝에 결국 한 줌의 흙으로 돌아가고 말았다.

생각할수록 분하고 억울하지만 그것도 이제는 다 지나간 일, 나라를 올바로 다시 일으켜 세우는 것만이 당신께 보답하는 유일한 길이라고 김구는 속으로 다짐하였다. 짧은 겨울 해는 벌써 서쪽으로 저만큼 기울어 가고 있었다.

나라의 운명은 진정 바람 앞 등불이었다.

춥고 어지러운 나날 속의 그해 12월 27일, 그래도 거리의 사람들은 아직 벅찬 해방의 기쁨을 간직한 채 알 수 없는 희망에 잔뜩 부풀어 있었다.

아, 다가오는 새해에는 뭔가 확실한 숨통이 트이겠지. 남북으로 갈리고 좌우로 찢긴 이 지긋지긋한 민족의 분열상이나 못된 사색당파도, 내년쯤엔 결국 좋은 쪽으로 끝장을 보고 말겠지.

그리하여 완전 하나로 통일된 독립 정부, 모두가 함께 더불어 사는 자유롭고 민주적인 진짜 해방의 나라를 건설할 수 있으리라는 기대가 바로 그것이었다.

그런데 이 무슨 아닌 밤중의 홍두깨란 말인가. 방금 배달되어 온 신문의 1면 머리기사 특호 활자를 뚫어질 듯 응시하던 김구는,

"소련이 신탁 통치 주장이라니, 이게 무슨 잠꼬대 같은 망발이야?"

마치 귀신에게라도 홀린 듯 자기 눈을 의심하고 또 의심아, 다가오는 새해에는 뭔가 확실한 숨통이 트이겠지. 남북으로 갈리고 좌우로 찢긴 이 지긋지긋한 민족의 분열상이나 못된 사색당파도, 내년쯤엔 결국 좋은 쪽으로 끝장을 보고 말겠지.

그리하여 완전 하나로 통일된 독립 정부, 모두가 함께 더불어 사는 자유롭고 민주적인 진짜 해방의 나라를 건설할 수 있으리라는 기대가 바로 그것이었다.

그런데 이 무슨 아닌 밤중의 홍두깨란 말인가. 방금 배달되어 온 신문의 1면 머리기사 특호 활자를 뚫어질 듯 응시

하던 김구는,

"소련이 신탁 통치 주장이라니, 이게 무슨 잠꼬대 같은 망발이야?"

마치 귀신에게라도 홀린 듯 자기 눈을 의심하고 또 의심했다. 맞은편에 앉은 이시영도 깜짝 놀라기는 마찬가지였다. 그 역시 뭔가에 씐 듯 혼잣말처럼 탄식한다.

"설마 했던 게 현실로 다가왔구먼. 허, 큰일 났구먼. 이게 사실이라면 지금 즉시 긴급 국무회의를 열어 대책을 강구해야겠소이다."

"아무래도 기사가 잘못 나온 것 같습니다. 내일 정오에 정식으로 모스크바 삼상회의 결과가 발표된다니까, 그 발표문을 보고 나서 소집하지요."

그리고 김구는 새로이 정신을 가다듬고서 탁자 위에 내팽개쳤던 신문을 다시 펼쳐 들었다. 역시 미국과 소련, 영국, 중국이 자치 능력이 없는 신생 한국에 신탁통치1를 실시하여 독립 정부를 차근차근 세우도록 준비케 하되, 그 기간은 5년으로 한다는 내용이었다. 이것이 진정 사실이라면

---

1 신탁통치(信託統治): 국제연합으로부터 신탁을 위임받은 나라가 일정한 지역을 통치하는 일.

과연 이 나라는 어떻게 될 것인가, 신탁통치는 원래 미국의 복안이었는데 오히려 소련이 그 주장을 들고나왔다면, 그들의 속셈은 분명 우리 한반도를 온통 붉은 공산주의 천지로 물들이겠다는 게 아닌가, 하고 김구는 생각했다. 어쨌든 이건 보통 일이 아니었다.

그리하여 이튿날 밤 급히 야간 국무회의가 열렸다. 중국의 임시정부 때처럼 들끓는 분노와 탄식, 억울한 하소연과 비장한 결의가 뒤죽박죽으로 이어졌다. 이 두서없는 비상 국무회의를 주재한 김구는, 그러나 심각한 표정으로 결론을 이끌어내듯 다시 목소리를 높였다.

"진정한 독립운동은 지금부터가 아닌가 합니다. 우리가 갈가리 찢어져 집안싸움을 일으키고 있는 사이, 저 욕심 많은 미국과 소련, 영국의 세 외교장관들이 모스크바에 모여 우리를 5년간 신탁 통치하겠다고 결의했다는데, 도대체 이를 어찌하면 좋겠습니까?"

"즉각 전 국민과 함께 반탁운동[2]을 전개해야지요. 모든 정당과 사회단체가 하나로 뭉쳐야 할 필요가 있으니, 내일

---

2 반탁운동(反託運動): 남의 나라 통치를 반대하는 시위운동.

이라도 당장 신탁통치 반대 국민총동원위원회를 조직합시다.”

흥분한 조완구가 이렇게 말하자, 다른 국무위원들도 다투어 방책을 제시해 나갔다.

“피로써 건립한 독립국 정부가 이미 존재하고 있음을 선언합시다. 그래서 이번 기회를 통해 우리 임정이 아예 실질적인 최고 권력기관으로 행세할 수 있도록 전면에 나섭시다.”

“맞습니다. 반탁운동은 바로 국권을 되찾는 제2의 독립운동으로 발전시켜야 합니다.”

“그러기 위해선 우리의 존재와 주장을 4개 강국에 긴급으로 알려야 합니다. 아울러 우리 국민들에게는 신탁통치 반대운동을 어떻게 전개해야 하고, 앞으로의 마음가짐이나 일반 사회생활은 또 어떻게 영위해야 할 것인지의 지침도, 임정의 이름으로 발표하여 널리 일깨워 줍시다.”

“그렇게 하십시다.”

잠자코 듣고 있던 김구가 못을 박고 나섰다. 그리고 그는 이렇게 매듭짓는다.

“이 문제는 우리 한국의 운명을 좌우하는 중대한 사안인 만큼, 오늘의 긴급회의에서 정부로서의 방침과 태도를 결정하여 내일 아침 발표토록 합시다. 그 결론은 오직 하나, 뜨거운 투쟁만이 있을 따름입니다. 독립운동을 계속해야 합니다. 우리가 진정으로 기대하지 않았던 신탁통치라는 올가미가 삼천만의 머리 위에 덮어 씌워졌습니다. 이 치욕의 올가미를 벗어 던질 운동을 곧바로 전개해야겠습니다."

그리하여 임정은 즉각 탁치 반대운동을 선언하는 한편, 탁치 반대 국민총동원위원회를 조직하였다. 그리고 다음과 같은 내용의 전문을 미, 소, 영, 중국의 원수에게 급히 띄워 보냈다.

그것은 즉, 신탁통치는 민족자결3의 원칙을 고수하는 한국 민족의 뜻에 절대로 위반된다는 것, 제2차 세계대전 중 여러 차례 선언한 당신들의 약속에 위배된다는 것, 연합국 헌장에 규정한 3국 통치 적용 용례의 어느 대목도 한국에 맞지 않는다는 것, 한국에 탁치를 실시함은 동아시아의 안전과 평화를 파괴한다는 것이었다. 그리하여 신탁통치 반대운동은 금세 활활 타오르는 불길처럼 산지사방으로 번져 나갔다.

---

3 민족자결(民族自決): 한 민족이 다른 민족이나 국가의 간섭을 받지 않고 자신의 정치적 운명을 스스로 결정하는 일.

"우리 한국 인민은 신탁통치를 결사반대한다!"

"우리의 독립은 우리 힘, 우리의 손으로!"

좌우를 막론한 각 정당과 사회단체가 모두 한 마음, 한 몸으로 나섰다. 모든 학생들은 물론, 식당과 댄스홀, 이발소, 극장에서까지 탁치를 반대하는 성명서와 담화를 발표하며 시위를 벌였고, 미군정청의 한국인 직원이나 경찰서의 서장과 경찰관, 은행원, 법조계에서조차 속속 총파업과 사퇴 운동에 동참, 전국은 그야말로 반탁을 외치는 함성과 비라, 포스터의 홍수를 이루었다.

하지만 공산주의 계열에서는 오히려 찬탁운동을 가열하게 벌였다. 나라는 온통 혼란의 구렁텅이였다.

미군정의 꼭두각시인 입법의원이 개원을 앞두고 있던 11월 23일, 김구는 환국 1주년을 맞이하여 이렇게 그 감회를 말했다.

"나의 심사를 언제나 요란케 하고 뭉클하게 하는 것이 있으니, 그것은 '일제시대만도 못하다'는 소리입니다. 내가 입국한 지 얼마 되지도 않아 이 소리를 듣기 시작했는데, 요즘에는 전국 각지에서 수시로 이 소리를 듣습니다. 이와 같은 모순의 현상을 개선할 의무와 능력을 가진 사람은 물론 위정자입니다. 그중에서도 더 큰 책임을 진 사람은 한인

공무원들이 아닐 수 없거니와, 우리 자신에게도 책임이 있는 것을 잊어서는 안 됩니다. 보십시오, 입으로는 통일을 외치면서 정치 단체는 자꾸 만들어 냅니다. 주의와 사상이 같지 않다는 것을 빙자하지만 같은 진영 안에서도 뭉치고 흩어짐이 끝없고, 민족 반역의 죄를 벌주자면서도 새로 나오는 민족 반역은 살펴보지도 않습니다. 친일분자 숙청은 마땅하지만 그 죄상을 옳게 가늠하지 않고 자기 기분에 따라서 용서할 만한 자도 기어이 매장하자고만 합니다. 그 반면에 친일분자로 지목받는 자 중에서, 일찍이 왜적 이상으로 왜국을 위하여 충견 노릇한 무리는 감히 입에 올리지도 못하니 어찌 된 일입니까. 물가는 점점 치솟아 민생은 수렁에 빠졌건만, 돈은 점점 극소수의 장사치와 부호의 손으로 들어가고 있습니다. 그리하여 중산 계급 소시민까지 가난한 빈민층으로 몰락하는 경향을 보이고 있습니다. 여하간 이런 독소가 남아 있는 한, 모든 정황은 일제시대와 같든지 그만도 못할 것입니다. 우리가 혁명에 완전히 성공하려면 반드시 마음부터 먼저 뜯어고쳐야겠습니다. 조국의 완전한 독립과 동포의 자유로운 번영을 위하여 새로운 국가를 건설하려는 우리는, 먼저 새로운 마음을 건설하지 않으면 안 되겠습니다."

요컨대 처절한 정신혁명이 무엇보다도 먼저 요구된다는
뜻이었다.

저 압제의 왜놈들 밑에서 오랜 기간 노예로 살아온 것도
억울한데, 아직도 남(미국)의 덕에 의지해 뭔가를 바라는 헛
꿈에 젖어 있으니, 이게 대체 무슨 꼴이냐는 것이다. 보라,
이남에 있는 자식이 이북에 있는 부모를 공양할 수가 없고,
부모 형제가 이사해도 속수무책으로 보고만 있어야 하니,
우리가 어찌 통일된 나라의 단일민족이라 할 수 있으랴.

김구는 정녕 할 말이 많았다. 곡절 심한 개인 자격으로
환국한 이래의 지난 시간을 되돌아보니, 오로지 땅을 치며
통곡하고 싶은 마음뿐이었다. 발을 딛고 서 있는 곳이 분명
내 땅이긴 하되, 또한 자랑스러운 내 땅이 아니어서였다.
해방 역시 진정한 해방이 아니요, 나라도 진정으로 독립한
내 나라가 아니어서였다.

10. 꿈에도 소원은 남북통일

　깊은 밤, 그러나 김구는 잠이 오지 않았다. 동지선달의 매운 밤바람이 한차례 창을 흔들고 지나간다. 그는 다시금 『백범일지』의 마지막 교정지를 감개무량한 눈으로 뚫어질 듯 들여다보았다. 힘들게 살아온 지난날의 생애가 남김없이 기록된 자서전이었다. 더 이상 보태거나 뺄 것도 없이, 하늘을 우러러 한 점 부끄러움 없는 기분으로 가장 진솔하고 정직하게 써 내려 온 피눈물의 회고록이었다. 그것이 마침내 책으로 출간된다는 것이다.

　춘원 이광수가 일부 문장을 다듬었다.

　역시 당대의 문장가답군. 그래, 수고 많았네.

　김구는 혼자 고개를 끄덕이며 이광수에게 속으로 감사했다. 상하이 시절 초기 한때는 함께 독립운동의 의지를 불태우던 동지가 아니던가. 따지고 보면 너나없이 다 불쌍한 족속이었다. 서로 치고받고 헐뜯으며 숱하게 자중지란을 일으킨 그 모습 또한 나라 잃은 비극이 빚어낸 망국인의 슬픈 자화상이었다. 그런데 해방된 지 두 해가 지났음에도 아직

껏 나라다운 내 나라를 가질 수가 없으니, 이 무슨 운명의 장난이며 업보란 말인가. 김구는 절로 한숨이 나오고 가슴이 메었다. 아무래도 민족의 통일은, 남북이 하나 된 통일 정부의 원대한 꿈은 이제 저만큼 물 건너간 것 같았다.

그래, 이 처절한 통곡의 느낌과 애끓는 나의 소원을 고스란히 『백범일지』의 결말로 삼아보자.

지금껏 성실히 서술해 온 솔직한 과거사는 그것대로 꽤나 의미 깊고 가치 있는 일이라 해 두고, 그것을 한 묶음으로 아우르며 결론지을 수 있는 글을 지은이의 후기처럼 보태어 싣는 것이 좋겠다는 생각이었다. 자신의 평소 인생의 가치관, 혹은 사상과 이념을 솔직담백하게 밝혀 보자는 것이다.

김구는 먼저 '민족과 국가'에 대한 소원부터 시작하기로 했다.

—'네 소원이 무엇이냐?' 하고 하느님이 물으시면, 나는 서슴지 않고 '내 소원은 대한 독립이오' 하고 대답할 것이다.

'그다음 소원은 무엇이냐?' 하면, 나는 또 '우리나라의 독립이오' 할 것이요, 또 '그다음 소원이 무엇이냐?' 하는 셋째 번 물음에도 나는 더욱 소리를 높여서 '나의 소원은 우리나라 대한의 완전한 자주독립이오' 하고 대답할 것이다.

동포 여러분!

나 김구의 소원은 이것 하나밖에는 없다. 내 과거의 칠십 평생을 이 소원을 위해 살아왔고, 현재에도 이 소원 때문에 살고 있고, 미래에도 나는 이 소원을 달성하려고 살 것이다. 독립이 없는 백성으로 칠십 평생에 설움과 부끄러움과 애탐을 받은 나에게는, 세상에 가장 좋은 것이 완전하게 자주독립한 나라의 백성으로 살아보다가 죽는 일이다. 나는 일찍이 우리 독립 정부의 문지기가 되기를 원했거니와, 그것은 우리나라가 독립국만 되면 나는 그 나라에 가장 미천한 자가 되어도 좋다는 뜻이다. 왜 그런고 하면, 독립한 제 나라의 빈천이 남의 밑에 사는 부귀보다 기쁘고, 영광스럽고, 희망이 많기 때문이다.

옛날 일본에 갔던 박제상(朴堤上)이 '내 차라리 계림1의 개돼지가 될지언정 왜왕의 신하로 부귀를 누리지 않겠다' 한 것이 그의 진정이었던 것을 나는 안다. 제상은 왜왕이

---

1 계림(鷄林): 신라.

높은 벼슬과 많은 재물을 준다는 것도 물리치고 달게 죽임을 받았으니, 그것은 '차라리 내 나라의 귀신이 되리라' 함에서였다.

근래 우리 동포 중에는 우리나라를 어느 이웃 나라의 연방에 편입하기를 소원하는 자가 있다 하니, 나는 그 말을 차마 믿으려 아니하거니와, 만일 진실로 그러한 자가 있다 하면, 그는 제정신을 잃은 미친놈이라고밖에 볼 길이 없다. 나는 공자, 석가, 예수의 도를 배웠고 그들을 성인으로 숭배하거니와, 그들이 합하여서 세운 천당, 극락이 있다 하더라도 그것이 우리 민족이 세운 나라가 아닐진대, 우리 민족을 그 나라로 끌고 들어가지 아니할 것이다. 왜 그런가 하면, 피와 역사를 같이하는 민족이란 완연히 있는 것이어서 내 몸이 남의 몸이 못 됨과 같이 이 민족이 저 민족이 될 수는 없다. 마치 한 형제도 한집에서 살기에 어려움이 있는 것과 같은 이치이다. 둘 이상이 합하여서 하나가 되자면 하나는 높고 하나는 낮아서, 하나는 위에서 명령하고 하나는 밑에서 복종하는 것이 근본 문제가 되는 것이다.

이에 일부 좌익의 무리는 한 혈통의 조국을 부인하고 소위 사상의 조국을 떠들어대며, 혈족의 동포를 무시하고 소위 사상의 동무와 프롤레타리아2의 국제적 계급을 주장하여, 민족주의라면 마치 이미 가치가 떨어진 생각인 것같이 말하고 있다. 심히 어리석은 생각이다. 철학도 변하고 정치, 경제의 학설도 변하지만 민족의 혈통은 영원하다. 일찍이 어느 민족 안에서나 종교로 혹은 학설로, 혹은 경제 정치적 이해의 충돌로 두 파 세 파로 갈려서 피로써 싸운 일이 없는 민족 없거니와, 지내놓고 보면 그것은 바람과 같이 지나가는 일시적인 현상이다. 민족은 필시 바람 잔 뒤의 초목 모양으로 뿌리와 가지를 서로 걸고 한 수풀을 이루어 살고 있다. 오늘날 소위 좌, 우익이란 것도 결국 영원한 혈통의 바다에 일어나는 일시적인 풍파에 불과하다는 것을 잊어서는 안 된다.

이 모양으로 모든 사상도 가고 신앙도 변한다. 그러나 혈통의 민족만은 영원히 공동 운명의 인연에 얽힌 한 몸으로 이 땅 위에 남는 것이다. 세계 인류가 내남없이 한집이 되어 사는 것은 좋은 일이요, 인류의 최고 최후의 희망이며 이상이다. 그러나 이것은 멀고 먼 장래에 바랄 것이지 현실

---

2 프롤레타리아(prolétariat): 자신의 노동력을 팔아 생활하는 노동자 계급.

의 일은 아니다. 사해동포3의 크고 아름다운 목표를 향하여 인류가 향상하고 전진하는 노력을 하는 것은 좋은 일로서 마땅히 할 일이나, 이것도 현실을 떠나서는 안 되는 일. 현실의 진리는 민족마다 최선의 국가를 이루어 최선의 문화를 낳아 길러서 다른 민족과 서로 바꾸고 서로 돕는 일이다. 이것이 내가 믿고 있는 민주주의요, 이것이 인류의 현단계에서는 가장 확실한 진리다.

그러므로 우리 민족으로서 해야 할 최고의 임무는, 첫째로 남의 절제도 안 받고 남에게 의뢰도 아니 하는 완전한 자주독립의 나라를 세우는 일이다. 이것이 없이는 우리 민족의 생활을 보장할 수 없을뿐더러, 우리 민족의 정신력을 자유로 발휘하여 빛나는 문화를 세울 수가 없기 때문이다. 이렇게 완전 자주독립의 나라를 세운 뒤, 둘째로 이 지구상의 인류가 진정한 평화와 복락을 누릴 수 있는 사상을 낳아, 그것을 먼저 우리나라에서 실현하는 것이다.

나는 오늘날 인류의 문화가 불완전함을 안다. 나라마다

---

3 사해동포(四海同胞): 사해형제. 온 세상 사람이 모두 형제와 같다는 뜻으로, 친밀함을 이르는 말.

안으로는 정치, 경제, 사회상으로 불평등과 불합리가 있고, 밖으로 국제적으로는 나라와 나라, 민족과 민족의 시기와 알력, 침략, 그 침략에 대한 보복으로 작고 큰 전쟁이 그칠 사이가 없어서, 많은 생명과 재물을 희생하고도 좋은 일이 오는 것이 아니라 인심의 불안과 도덕의 타락은 갈수록 더하니, 이래서는 전쟁이 그칠 날이 없어 인류는 마침내 멸망하고 말 것이다.

그러므로 인류 세계에는 새로운 생활 원리의 발전과 실천이 필요하게 되었다. 이야말로 우리 민족이 담당한 천직이라고 믿는다. 이러하매 우리 민족의 독립이란 결코 삼천만의 일이 아니라 진실로 세계 전체의 운명에 관한 일이요, 그러므로 우리나라의 독립을 위해 일하는 것이 곧 인류를 위해 일하는 것이다.

만일 우리의 오늘 형편이 초라한 것을 보고 지레 자굴지심4을 일으켜, 우리가 세우는 나라가 그처럼 위대한 일을 할 것을 의심한다면, 그것은 스스로 모욕하는 일이다.

내가 원하는 우리 민족의 과업은 결코 세계를 무력으로

---

4 자굴지심(自屈之心): 스스로 자기를 굽히는 마음.

정복하거나 경제력으로 지배하려는 것이 아니다. 오직 사랑의 문화, 평화의 문화로 우리 스스로 잘 살고 인류 전체가 의좋게 즐겁게 살도록 하는 일을 하자는 것이다. 어느 민족도 일찍이 그러한 일을 한 이가 없었으니, 그것은 공상이라고 하지 말라. 일찍이 아무도 한 자가 없기에 우리가 하자는 것이다. 이 큰일은 하늘이 우리를 위하여 남겨 놓으신 것임을 깨달을 때, 우리 민족은 비로소 제 길을 찾고 제 일을 알아본 것이다.

나는 우리나라의 청년 남녀가 모두 과거의 조그맣고 좁다란 생각을 버리고, 우리 민족의 큰 사명에 눈을 떠서 제 마음을 닦고 제힘을 기르기로 낙을 삼기를 바란다. 젊은 사람들이 모두 이 정신을 가지고 이 방향으로 힘을 쓸진대, 30년이 안 되어 우리 민족은 세계와 당당히 맞서게 될 것을 나는 확신한다.

너무 이상주의로 흘렀나? 아니면, 지나친 설교조?

둘 다 맞는 것 같다. 그럼에도 김구는 속으로 매우 흡족했다. 평소에 우리 국민에게 시원스레 쏟아놓고 싶었던 말들이어서였다.

그는 곧 두 번째 항목인 '정치 이념'으로 들어갔다.

─나의 정치 이념은 한마디로 표시하면 자유이다. 우리가 세우는 나라는 자유의 나라라야 한다.

　자유란 무엇인가?

　절대로 각 개인이 제멋대로 사는 것을 자유라 하면 이것은 나라가 생기기 전이나, 저 레닌의 말처럼 나라가 소멸한 뒤에나 있는 일이다. 국가 생활을 하는 인류에게는 이러한 무조건의 자유는 없다. 왜 그런가 하면, 국가란 일종의 규범 속박이기 때문이다. 국가 생활을 하는 우리를 속박하는 것은 법이다. 개인의 생활이 국법에 속박되는 것은 자유 있는 나라나 자유 없는 나라나 마찬가지이다. 자유와 자유 아님이 갈리는 것은, 개인의 자유를 속박하는 법이 어디서 오는 데 달렸다. 자유 있는 나라의 법은 국민의 자유로운 의사에서 오고, 자유 없는 나라의 법은 국민 중의 어떤 한 개인, 또는 한 계급에서 온다. 한 개인에서 오는 것을 전제 또는 독재라 하고, 한 계급에서 오는 것을 계급 독재라 하는데 통칭 파쇼5라고 한다.

　나는 우리나라가 독재의 나라가 되기를 원치 아니한다.

---

5 파쇼(fascio): 파시즘적인 운동·경향·지배 체제 따위를 가리키는 말.

독재의 나라에서는 정권에 참여하는 계급 하나를 제외하고는, 다른 국민은 노예가 되고 마는 것이다. 독재 중에서 가장 무서운 독재는 어떤 주의, 즉 철학을 기초로 하는 계급 독재다. 군주나 기타 개인 독재자의 독재는 그 개인만 제거되면 그만이지만, 다수의 개인으로 조직된 한 계급이 독재의 주체일 때에는 이것을 제거하기가 매우 어렵다. 이러한 독재는 그보다 큰 조직의 힘이거나 국제적 압력이 아니고는 깨뜨리기 어려운 것이다.

우리나라의 양반 정치도 일종의 계급 독재였는데 수백 년 계속되었다. 이탈리아의 파시스트, 독일의 나치스는 누구나 다 아는 일이다. 그러나 모든 계급 독재 중에도 가장 무서운 것은 철학을 기초로 한 계급 독재이다. 수백 년 동안 조선에 행하여 온 계급 독재는 유교, 그중에도 주자학파의 철학을 기초로 한 것이어서, 다만 정치에 있어서만 독재가 아니라 사상과 학문, 사회생활, 가정생활, 개인생활까지도 규정하는 독재였다. 이 독재 정치 밑에서 우리 민족의 문화는 소멸하고 원기는 마를 것이다. 주자학 이외의 학문은 발달하지 못한 채 이 영향은 예술과 경제, 산업에까지 미치었다. 우리나라가 망하고 국력이 쇠잔하게 된 가장 큰 원인이 실로 여기에 있었다.

왜 그런가 하면 국민의 머릿속에 아무리 좋은 사상과 경륜이 생기더라도 그가 집권 계급의 사람이 아닌 이상, 또 그것이 사문난적[6]이라는 범주밖에 나지 않는 이상 세상에 발표되지 못하기 때문이었다. 이 때문에 싹이 트려다가 눌려 죽은 새 사상, 싹도 트지 못하고 밟혀버린 경륜이 얼마나 많았을까. 언론의 자유가 얼마나 중요한 것임을 통감하지 않을 수 없다. 오직 언론의 자유가 있는 나라에만 진보가 있는 것이다.

그러므로 어느 한 학설을 표준으로 하여 국민의 사상을 속박하는 것은, 어느 한 종교를 국교로 정하여서 국민의 신앙을 강제하는 것과 마찬가지로 옳지 아니한 일이다. 산에 한 가지 나무만 나지 아니하고, 들에 한 가지 꽃만 피지 아니한다. 여러 가지 나무가 어울려서 위대한 숲의 아름다움을 이루고, 백 가지 꽃이 섞여 피어서 봄들의 풍성한 경치를 이루는 것이다. 우리가 세우는 나라에는 유교도 성하고, 불교도 예수교도 자유롭게 발달하고, 또 철학을 보더라도 인류의 위대한 사상이 다 들어와서 꽃이 피고 열매를 맺게

---

6 사문난적(斯文亂賊): 유교의 교리를 어지럽히고 그 사상에 어긋나는 말이나 행동을 하는 사람들을 이름.

할 것이니, 이러고 나서야만 비로소 자유의 나라라 할 것이요, 이러한 나라에서만 인류의 가장 크고 가장 높은 문화가 발생할 것이다.

　나는 노자의 무위7를 그대로 믿는 자는 아니거니와, 정치에 있어서 너무 인공을 가하는 것을 옳지 않게 생각하는 자이다. 대개 사람이란 전지전능할 수가 없고 어떤 학설도 완전무결할 수 없는 것이므로, 한 사람의 생각, 한 학설의 원리로 국민을 통제하는 것은, 한때 잠깐 진보를 보이는 듯하더라도 결국엔 병이 생겨서 폭력의 혁명을 부르게 되는 것이다. 모든 생물에는 다 환경에 순응하여 저를 보존하는 본능이 있으므로, 가장 좋은 길은 가만히 두는 것이다. 작은 꾀로 자주 건드리면 이익보다도 해가 많다. 개인 생활에 너무 잘게 간섭하는 것은 결코 좋은 정치가 아니다. 국민은 군대의 병정도 아니요, 감옥의 죄수도 아니다. 한 사람 또 몇 사람의 호령으로 끌고 가는 것이 극히 부자연스럽고 또 위태로운 일인 것은, 파시스트 이탈리아와 나치스 독일이 불행하게도 가장 잘 증명하고 있지 아니한가.

---

7 무위(無爲): 자연에 따라 행하고 인위적인 것을 보태지 않음.

미국은 이러한 독재 국가들에 비해 매우 무력한 것 같고 일의 진행이 느린 듯해도, 그 결과로 보건대 가장 큰 힘을 발휘하고 있으니, 이것은 그 나라의 민주주의 정치의 효과이다. 무슨 일을 의논할 때 처음에는 백성들이 저마다 제 의견을 내세워 꽤나 시끄럽고 결정할 바를 모르는 것 같지만, 갑론을박으로 서로 토론하는 동안에 의견이 차차 정리되어서 마침내 두어 큰 갈래로 포섭되었다가, 다시 다수결의 방법으로 한 결론에 도달하는 것이다. 즉 언론의 자유, 투표의 자유, 다수결에 복종, 이 세 가지가 곧 민주주의이다. 어느 개인이나 당파의 특정한 철학적 이론에 좌우되는 것이 아님이 미국식 민주주의의 특색인즉, 언론과 투표, 다수결 복종이라는 절차만 밟으면 어떠한 철학에 기초한 법률이나 정책도 만들 수 있으니, 이것을 제한하는 것은 오직 그 헌법의 조문뿐이다. 그런데 헌법도 결코 독재 국가의 그것과 같이 신성불가침의 것이 아니라, 민주주의 절차로 개정할 수가 있는 것이므로, 그래서 민주주의, 곧 국민이 나라의 주권자라 하는 것이다. 이러한 나라에서 국론을 움직이려면, 그중에서 어떤 개인이나 당파를 움직여서 되는 게 아니고, 그 나라 국민의 의견을 움직여야 가능하다.

국민들의 작은 의견은 이해관계로 모이고, 큰 의견은 그

국민성과 신앙과 철학으로 결정된다. 여기서 문화와 교육의 중요성이 생긴다. 국민성을 보존하는 것이나 수정하고 향상하는 것이 문화와 교육의 힘이요, 산업의 방향도 문화와 교육으로 결정됨이 큰 까닭이다. 교육이란 결코 생활의 기술을 가르치는 것만을 의미하는 것이 아니다. 교육의 기초가 되는 것은 우주와 인생과 정치에 대한 철학이다. 어떠한 철학의 기초 위에, 어떠한 생활의 기술을 가르치는 것이 곧 국민 교육이다. 그러므로 좋은 민주주의의 정치는 좋은 교육에서 시작될 것이다. 건전한 철학의 기초 위에 서지 아니한 지식과 기술의 교육은, 그 개인과 그를 포함한 국가에 해가 된다. 인류 전체를 보아도 그러하다.

  이상에서 말한 것으로 내 정치 이념이 대강 짐작될 것이다. 나는 어떠한 의미로든지 독재 정치를 배격한다. 나는 우리 동포를 향하여 부르짖는다. 결코 독재 정치가 아니 되도록 조심하라고. 우리 동포 각 개인이 언론 자유를 누려서, 국민 전체의 의견으로 모이는 정치를 하는 나라를 건설하자고. 일부 당파는 어떤 한 계급의 철학으로 다른 다수를 강제함이 없고, 또 현재의 우리들의 이론으로 우리 자손의 사상과 신앙의 자유를 속박함이 없는 나라, 천지와 같이 넓고 자유로운 나라, 그러면서도 사랑의 덕과 법의 질서가 우주 자연의 법칙과 같이 준수되는 나라가 되도록 우리나라를 건설하자고. 그렇다고 나는 미국의 민주주의 제도를 그대로 닮자는 것은 아니다. 다만 소련의 독재적 민주주의에 대하여 미국의 언론 자유적인 민주주의를 비교하여 그 가치를 판단하였을 뿐이다. 둘 중에서 하나를 택한다면 사상과 언론의 자유를 기초로 한쪽을 취한다는 말이다.

그 민주주의의 거대한 수레바퀴를 끌어가기 위해선, 무엇보다도 교육의 힘이 절실히 필요하다고 김구는 생각하였다. 한 그루의 나무를 키우더라도 그것을 어떤 땅에 어떻게 심느냐부터, 적당한 물대기와 거름주기, 착실한 가지치기와 해충 퇴치, 잡초 제거 따위가 그침 없이 요구되듯이, 민주 의식이 제대로 박힌 한 사람의 인물을 만들어 내기 위해서는 수많은 몸과 마음, 학문과 예술의 담금질이 참된 제도 교육을 통해 이루어져야 한다는 게, 그의 한결같은 철학이며 신념이었다. 그 자신 항상 속으로 깨우치며, '교육이 아니었다면, 스스로의 교육에 대한 열망과 노력이 아니었다면, 오늘의 내가 과연 존재할까?' 버릇처럼 뇌이고 자문자답하기 일쑤였다.

암, 그것이 아니었다면 해주 상놈 그대로였을 테지. 사냥을 해도 애먼 백정 소리를 여지없이 들었을 테고, 왜놈을 죽여도 단순한 살인자밖에 더 되었겠느냐?

그래서 그는 늘 한 나라를 이끌어 가는 지금에 이르러서도, 젊었을 적 한 자라도 더 배우지 못하고 더 가르치지 못한 걸 평생의 한으로 여길 지경이었거니와, 앞으로 세울 나라는 바로 '교육입국'이 최우선의 조건이라야 한다고 굳게 믿어온 터였다.

자, 그러면 마지막으로 '내가 원하는 우리나라'를 한번 만들어 보자.

—나는 우리나라가 세계에서 가장 아름다운 나라가 되기를 원한다. 가장 부강한 나라가 되기를 원하는 것은 아니다. 내가 남의 침략에 가슴이 아팠으니, 내 나라가 남을 침략하는 것을 원치 아니한다. 우리의 경제력은 우리의 생활을 풍족히 할 만하고, 우리의 군사력은 남의 침략을 막을 만하면 족하다. 오직 한없이 가지고 싶은 것은 높은 문화의 힘이다. 문화의 힘은 우리 자신을 행복하게 하고, 나아가서 남에게 행복을 주기 때문이다. 지금 인류에게 부족한 것은 무력도 아니오, 경제력도 아니다. 자연 과학의 힘은 아무리 많아도 좋으나, 인류 전체로 보면 현재의 자연 과학만 가지고도 편안히 살아가기에 넉넉하다.

인류가 현재에 불행한 근본 이유는 인의8가 부족하고, 자비심이 부족하고, 사랑이 부족하기 때문이다. 이 마음만 발달하면 현재의 물질로 20억이 다 편안히 살아갈 수 있을 것이다. 인류의 이 정신을 배양하는 것은 오직 문화이다. 나는 우리나라가 남의 것을 모방하는 나라가 되지 말고, 이러한 높고 새로운 문화의 근원이 되고, 목표가 되고, 모범이 되기를 원한다. 그래서 진정한 세계의 평화가 우리나라에서, 우리나라로 말미암아서 실현되기를 원한다.

　　'홍익인간'이라는 우리 국조 단군의 이상이 이것이라고 믿는다. 또 우리 민족의 재주와 정신과 과거의 단련이 이 사명을 다하기에 넉넉하고, 국토의 위치와 기타의 지리적 조건이 그러하며, 또 1차와 2차 세계 대전을 치른 인류의 요구가 그러하며, 이러한 시대에 새로 나라를 고쳐 세우는 우리의 서 있는 시기가 그러하다고 믿는다. 우리 민족이 주연배우로 세계의 무대에 등장할 날이 눈앞에 보이지 아니한가. 이 일을 하기 위하여 우리가 할 일은 사상의 자유를 확보하는 정치 양식의 건립과 국민 교육의 완비다. 내가 위

---

8 인의(仁義): 사람 사이의 도리와 의리.

에서 자유의 나라를 강조하고, 교육의 중요성을 말한 것이 이 때문이다. 최고 문화 건설의 사명을 다할 민족은 한마디로 모두 성숙한 인간을 만드는 데 있다. 대한 사람이라면 간 데마다 신용을 받고 대접받아야 한다.

우리의 적이 우리를 누르고 있을 때는 미워하고 분노하는 살벌한 투쟁의 정신을 길렀지만, 적은 이미 물러갔으니 우리는 증오의 투쟁을 벌이고 화합을 일삼을 때이다. 집안이 불화하면 망하고, 나라 안이 갈려서 싸우면 망한다. 동포 간의 증오와 투쟁은 망조이다. 우리의 얼굴에서는 따뜻함이 빛나야 한다. 우리 국토 안에는 언제나 봄바람이 불고 요동쳐야 한다. 이것은 우리 국민 각자가 한번 마음을 고쳐먹음으로써 이루어지고, 그러한 정신의 교육으로 영속될 것이다. 최고 문화로 인류의 모범이 되기로 사명을 삼는 우리 민족의 각 성원은, 이기적 개인주의자여서는 안 된다. 우리는 개인의 자유를 극도로 주장하되, 그것은 저 짐승들과 같이 저마다 제 배를 채우기에 쓰는 자유가 아니요, 제 가족을, 제 이웃을, 제 국민을 잘살게 하기에 쓰이는 자유다. 공원의 꽃을 꺾는 자유가 아니라 공원에 꽃을 심는 자유다. 우리는 남의 것을 빼앗거나 남의 덕을 입으려는 사람이 아니라, 가족에게, 이웃에게, 동포에게 주는 것으로 낙을 삼는 사람들이다. 우리는 이른바 선비요 점잖은 사람들이다. 그러므로 우리는 게으르지 아니하고 부지런하다. 사랑하는 처와 자식을 가진 가장은 부지런할 수밖에 없다. 한없이 주기 위함이다. 힘든 일은 내가 앞서 하니 사랑하는 동포를 아낌이요, 즐거운 것은 남에게 권하니 사랑하는 자를 위하기 때문이다. 우리 조상들이 좋아하던 인후지덕[9]이란 것이다.

이러함으로써 우리나라의 산에는 삼림이 무성하고 들에는 오곡백과가 풍성하며, 촌락과 도시는 깨끗하고 풍성하고 화평할 것이다. 그리하여 우리 동포, 즉 대한 사람은 남자나 여자나 얼굴에는 항상 화기가 있고, 몸에서는 덕의 향기가 날 것이다. 이러한 나라는 불행해지려 하여도 불행할 수 없고, 망하려 하여도 망할 수 없는 것이다. 민족의 행복은 결코 계급투쟁에서 오는 것도 아니요, 개인의 행복이 이기심에서 오는 것이 아니다. 계급투쟁은 끝없는 계급투쟁을 낳아서 국토의 피가 마를 날이 없고, 내가 이기심으로 남을 해치면 천하가 이기심으로 나를 해칠 것이니, 이것은

---

9 인후지덕(仁厚之德): 어질고 따뜻함을 덕으로 삼는 것.

조금 얻고 많이 빼앗기는 법이다. 일본이 이번에 당한 보복은 국제적, 민족적으로도 그러함을 증명하는 가장 좋은 실례다.

이상에 말한 것은 내가 바라는 새 나라 모습의 일단을 그린 것이거니와, 동포 여러분! 이러한 나라가 될진대 얼마나 좋겠는가. 우리네 자손을 이러한 나라에 남기고 가면 얼마나 만족하겠는가.

옛날 한나라 땅의 기자10가 우리나라를 사모하여 왔고, 공자께서도 우리 민족이 사는 데 오고 싶다고 하셨으며, 우리 민족을 인11을 좋아하는 민족이라 하였으니, 옛날에도 그러하였거니와 앞으로는 세계 인류가 모두 우리 민족의 문화를 이렇게 사모하도록 하지 아니하는가.

나는 우리의 힘으로, 특히 교육의 힘으로 반드시 이 일이 이루어질 것을 믿는다. 우리나라의 젊은 남녀가 다 이 마음을 가질진대 아니 이루어지고 어찌하랴!

나도 일찍이 황해도에서 교육에 종사하였거니와, 내가 교육에서 바라던 것이 이것이었다.

---

10 기자(箕子): 기자 조선의 시조로 알려진 전설상의 인물.
11 인(仁): 지혜로운 어짊.

내 나이 이제 70이 넘었으니, 직접 국민 교육에 종사할 시일이 넉넉지 못하지만, 나는 천하의 교육자와 남녀 학도들이 한번 크게 마음을 고쳐먹기를 빌지 아니할 수 없다.

이렇게 「나의 소원」의 마지막 문장의 점을 찍고 나니 김구는 비로소 책을 완결 지었다는 생각이 들어 흡족했다. 요컨대 앞으로의 새 나라 건설의 핵심은 '문화와 교육'이라는 사실의 깨달음이었다. 그래서 그는 지난 3월에 이미 '건국실천원양성소'를 세워 내일의 이 나라를 짊어지고 나갈 젊은 인재 양성에 나섰던 것이며, 이 사업은 계속해서 더욱 확대 재생산시켜 갈 터였다. 자신의 살아온 생애를 평소 품어온 여러 생각과 함께 솔직하게 털어놓고자 한 것도, 다 그런 목적과 배경이 작용했다고 보아야 한다. 『백범일지』는 그해(1947년) 마지막 달 그렇게 해서 탄생했다.

세상은 아직도 여전히 혼란스러웠다. 남한만의 총선 실시 분위기는 급속도로 확산되어 갔다. 남북한 정당 단체의 회의를 평양에서 개최하니, 이에 참석하라는 공개 초청장을 일방적으로 보내온 것도 바로 그 무렵이었다. 김구는 어떻게든 남북통일의 기반을 마련키 위해 이듬해(1948년) 봄

평양에도 다녀왔지만, 결국 이승만의 남한만의 단독정부 수립을 막지는 못했다. 이승만 정권은 오로지 이승만의 독재 체제로 무섭게 치달려 나갔다.

아무래도 내 마지막 사업은 이제 교육입국12의 도모밖에 없는 것 같다!

김구는 신음처럼 홀로 결심했다. 반쪽짜리 정부가 볼품없게 들어선 이 나라를 진정한 통일 국가로 일으켜 세울 주인공은 오로지 젊은 청년들에게 기댈 수밖에 없은즉, 그들을 옳게 가르치고 정의감을 심어주는 게 가장 시급하다고 그는 생각했다. 그는 일찍이 이 교육입국에 대한 신념이 신앙처럼 굳혀 있었거니와, 진정 참된 민족주의의 이상은 결국 아름다운 문화의 꽃을 세계만방에 피우는 것이고, 그것은 곧 국민 서로가 애써 배우고 가르치는 교육의 힘에서 비롯된다는 사실을 온몸으로 절감해 온 터였다.

그리하여 그는 곧 건국실천원양성소를 본뜬 '백범학원'을 금호동에 설립했다. 두어 채의 교사는 비록 시멘트 블록

---

12 교육입국(敎育立國): 교육으로 나라의 기틀을 세움.

으로 세운 허름한 가건물이지만, 김구의 교육 철학에 감동한 젊은이들은 이내 구름처럼 몰려들었다. 그는 그 청년 학생들에게 힘주어 말했다.

"한 민족이 제대로 된 국민 생활을 영위하려면, 반드시 그 기초가 되는 이념이 있어야 하오. 국민이 함께 추구할 수 있는 공통의 목표와 가치가 굳게 확립되어야 한단 말이외다. 이것이 없으면 더러는 저 나라의 힘과 정치에 쏠리고 더러는 이 민족의 그릇된 풍조에 끌리어, 우리 고유 사상의 독립, 정신의 독립을 유지하지 못한 채 남을 의지하거나 저희끼리의 추태를 나타내게 마련이오. 나는 이를 철저한 교육의 힘으로 반드시 극복하며 옳게 확립해내리라 믿습니다. 교육입국, 이것이 곧 나의 변함없는 정치 철학이며 생전에 이루고 싶은 마지막 꿈이외다."

그리하여 김구는 다시 그 봄 마포구 염리동에도 백범학원과 같은 성격의 '창암학원'을 세워, 정치에서 못다 이룬 꿈을 조금이나마 보상받고자 하였다. 창암(昌巖)이라는 까마득한 어릴 적 아명까지 내세워 굳이 학원 이름으로 삼은 까닭은, 그토록 배움에의 갈망에 목말라하면서도, 그 배움터를 쉬 찾을 수 없었던 어릴 적 한을 뒤늦게나마 속 시원히 풀어보고 싶어서였다. 아니, 지금도 그보다 더 열악하거나 절박한 처지에 놓인 어린 청소년들의 학구열을, 좀 더 체계적으로 북돋아 주기 위해서였다.

그래, 내가 그 교실을 마련해 주마. 이 늙은 몸이 힘닿는 데까지, 오직 젊은 그대들의 참된 등불이 되어 주마.

스승으로서, 혹은 학부모로서의 길잡이 노릇만으로도, 벅찬 내일이 기다리고 있다는 걸 김구는 비로소 크게 의식했다. 이제 그것만으로도 충분하다고 생각했다. 그리하여 가능하다면 서울 바깥의 전국 방방곡곡에도, 쉬지 않고 하나하나 학교를 세워 나갈 작정이었다.

그날 정오 무렵에도, 김구는 무덤덤한 마음으로 돌아가 붓을 놀렸다. 이번에는 천길폭포가 쏟아지듯, 확 트인 초원으로 잘생긴 흑마가 내달리듯 붓글씨가 시원스레 시작된다 싶은데, 바로 그때 누군가가 거실문을 똑, 똑, 똑 두드렸다. 뒤에 웬 장교복 차림의 건장한 사내를 달고 있는 선우진 비서였다.

"저번에 탄피 화병을 선물로 가져왔던 포병 소위 안두희라고…… 두어 달 전에 우리 한독당원이 된 유일한 현역 군인입니다. 선생님을 뵙겠다고 찾아왔습니다."

"어, 그래?"

붓을 놓고 건너다보니 몇 번인가 익히 만났던 얼굴이라, 김구는 흔연스레 사내의 인사를 받으며 다시 이른다.

"가까이 다가오게."

"예, 선생님. 저 안두희가 인사 올립니다. 그동안 안녕하셨습니까?"

김구를 향해 거실 한가운데로 들어선 안두희가 덥석 무릎을 꿇자, 이에 적이 안심한 선우진 비서는 이내 자리를 비켜 식당이 있는 지하실로 내려갔다.

화창한 초여름의 햇살 두어 줄기가, 투명한 유리창을 통해 빗금으로 쏟아져 들어오는 실내. 대각선으로 마주한 두 사람의 시선이, 짧은 순간 소리라도 날 것처럼 부딪쳤다. 어디에 손을 두어야 할지 모를 만큼, 안두희의 행동거지는 어딘지 불안하고 어수선했다. 그러나 김구는 태연스레 다시 책상이 놓인 의자 쪽으로 자리를 바꿔 앉으며 부드럽게 말했다.

"자네, 어디 불편한 게 아닌가? 몹시 피곤해 보이는구먼."

"아, 네. 괜찮습니다."

"이 휘호를 완성해서 자네한테 주고 싶구먼. 지난번에 가져갔던 두 폭짜리는 왠지 내 마음에 들지 않아 께름칙했거든."

"선, 생, 님!"

안색이 더욱 창백해진 안두희가 갑자기 더듬거리는 어조로 외쳤다. 어쩌면 잔뜩 겁에 질린 외마디 비명 같기도 하고, 또 어쩌면 원망과 하소연이 잔뜩 실린 탄식 같기도 한 처절한 부르짖음이었다. 아아, 그리고 짐승 같은 총성이 김구를 향해 연이어 불을 내뿜었다.

탕, 탕, 탕, 탕!

마침내 이 땅의 큰 별이 땅에 떨어졌다. 1949년 6월 26일, 낮 12시 36분이었다.

장편소설 김구 해설

그의 삶이 곧 한국의 근현대사

백범 김구의 일생은 미상불 그 어떤 기막힌 대하드라마보다도 더 파란만장하였다. 이 낱말이 이렇듯 직절하게 들어맞는 경우도 아마 매우 드물 터이다. 온갖 시련과 역경, 시대적 아픔을 온몸으로 고스란히 받아들이며 '역사'로 만들었기 때문이다. 그러므로 그가 살아온 영욕의 삶과 죽음이 곧 한국의 살아있는 근현대사라고 해도 무방하리라.

열아홉 나이로 접주가 되어 치열한 동학농민전쟁에 스스로 앞장서 뛰어드는가 하면, 이 나라 왕비를 무참히 죽인 데 대한 복수로 일본인 장교를 살해, 사형수로 감옥살이하다 탈옥한 거라든가, 105인 사건에 연루되어 모진 고문에 시달리며 재수감을 되풀이하는 등의, 고난에 찬 역정이 이를 잘 뒷받침해 설명해 준다. 때로는 낯선 승려 생활로 불교에 귀의하기도 하고, 또 때로는 다시 환속해 기독교로 개종, 열정적으로 교육 사업에 매진하며 애국 계몽 운동을 펼치는 것만 봐도, 그가 얼마나 뜨거운 가슴의 소유자인지 쉬 짐작할 수 있을 법하다.

이와 같은 불타는 애국 활동 중에서도 가장 진가를 발휘하는 정점은, 상하이 임시정부 시절이라고 보아야겠다. 3·1운동이 한창이던 때, 새로 발족한 임시정부의 문지기라도 돼야겠다고 서둘러 압록강 국경을 넘었던 김구는, 상하이에 도착하자 곧 자신의 소원대로 임시정부의 경무국장1 일을 안창호의 주선에 의해 맡게 되는데, 나중에는 결국 내무총장이나 국무위원, 국무령, 주석으로까지 발전해 나간다.

하지만 그의 독립운동으로서의 능력이 유감없이 발휘된 대목은 한인애국단을 조직, 치열하게 암약하고 조직체를 이끌어가던 시기였다. '거지 중에 이런 상거지도 없으리라' 며 김구 스스로 자탄할 만큼 임시정부 살림이 어렵던 시절, 그는 부하 단원인 윤봉길과 함께 목숨을 건 엄청난 거사를 도모한다. 홍커우 공원에서 벌어진 일본군 경축 행사장에

---

1 경무국장: 경찰 임무와 교민 보호 등

'도시락 폭탄'을 투척해, 일곱 명의 일본 지휘관을 죽거나 다치게 한 '윤봉길 의거사건'이 그것이다. 중국군 30만 명의 완강한 저항도 물리치고 상하이를 무력 점령한 다음, 그걸 자축하기 위해 들떠 모인 일본군 지휘부를 한꺼번에 섬멸해버린 특공 작전이었다.

절망에 싸여 있던 중국인과 한국인들은 동시에 환호했다. 장개석은 '우리 백만 대군도 못 할 일을 한국 청년이 해냈다'고 칭송하며, 그때부터 물심양면으로 임시정부를 적극 돕기 시작했고, 독립운동의 침체기에 빠져 있던 국내외 동포와 단체들도 각종 지원을 재개, 확대하여 임시정부를 새롭게 부활시켜 나갔다.

하지만 어렵게 상하이를 탈출한 임시정부와 김구는 갈수록 고난의 연속이었다. 거액의 현상금을 걸고 뒤쫓는 일제의 감시망을 피해, 그들은 험한 산을 넘고 깊은 강을 건너면서, 죽을 고비를 몇 번씩이나 되풀이하지 않으면 안 되었다. 항저우와 난징, 광저우, 유저우 등을 거쳐 마지막 정착지인 안개의 도시 충칭에 이를 때까지의 피난 과정은, 실로 김구 자신의 목숨과 망명정부의 존망이 걸린 대장정이었다.

가까스로 안정을 되찾은 김구는 다시 광복군을 조직, 국내 진공 작전을 위한 치밀한 준비에 들어갔다. 어떻게든 우리 힘으로 조국을 되찾기 위한 마지막 수단으로, 그래야 우리가 당당한 독립을 쟁취할 수 있다는 굳은 신념에 의해서였다.

하지만 곧 미국의 원자폭탄 투하로 해서 침략자 일본은 '무조건 항복'을 선언했고, 광복군은 한번 제대로 싸워보지도 못한 채 타의의 해방을 맞이하고 말았다. 김구는 그날 넘치는 기쁨보다도, 스스로 독립을 쟁취하지 못한 데 대한 아쉬움이 더 컸다.

'우리 힘으로 승리하지 못한 게 천추의 한이로다!'

김구의 이 깊은 한탄대로, 우리의 현실은 아직도 남북 분단의 비극을 극복하지 못한 상태이다. 승전국이었던 미국의 직간접적 영향력 또한 여기저기 여전하다. 남북통일에 대한 김구의 소원은 과연 언제쯤에나 가능할 것인가.

김구 연보

1876년 8월 29일   황해도 해주 백운방 텃골에서 아버지
김순영과 어머니 곽낙원의 외아들로
태어남.

1879년   천연두 앓음. 어머니가 예사 부스럼
다스리듯 죽침으로 고름 짜 얼굴에 마
마 자국.

그의 어린 시절은 아버지 숟가락으로
엿 사 먹고 혼나는 등 자주 개구쟁이
노릇.

1887년   집안 어른들이 갓을 쓰지 못하게 된
상놈 사연을 듣고 양반이 되기 위해
공부하기로 결심. 아버지가 글방 차려
줘 서당 공부 시작.

1890년   별세한 할아버지 탈상을 치른 후 더욱
공부에 매진, 『통감』『사략』『대학』
등을 배움.

1892년		과거에 응시했으나 매관매직의 타락상을 보고 벼슬에 대한 회의. 관상 공부. 『손자』『육도삼략』 등의 병서 탐독. 집안 아이들 모아 훈장 노릇.
1894년		동학 입도한 후 해월 최시형으로부터 해주 지역 접주가 됨. 동학농민전쟁에 선봉장으로 참여했으나 일본군에 패배.
1895년	2월	신천 청계동의 안중근 집으로 몸을 의탁, 유학자 고능선을 만나 가르침 받음. 참빗장수로 변장한 동학 접주 김형진 만나 함께 청나라 기행.
1896년	3월	치하포에서 일본인 쓰치다를 죽임. 이후 해주와 인천에서 감옥 생활.
1898년	3월	감옥에서 탈옥. 가을에 공주 마곡사에서 승려 생활 시작.
1899년	3월	금강산으로 공부하러 간다고 마곡사 떠남. 부모님 다시 만나고 환속.
1901년	1월	아버지 별세.
1904년	12월	최준례와 결혼. 기독교에 입문하고 교

육 사업에 적극 매진.

1908년	10월	해서교육총회 학무총감.
1909년	10월	안중근 의사의 이토 히로부미 총격사건에 연루, 체포되었다가 풀려남.
1911년	1월	일제의 조작된 신민회사건으로 투옥. 서대문과 인천감옥에서 모진 수형 생활.
1915년	8월	가출옥. 아내가 교원으로 있는 안신학교로 감.
1918년	11월	맏아들 인 출생.
1919년	3월	3·1운동 일어남. 상하이로 망명, 임시정부의 경무국장이 됨.
1922년	9월	임시정부의 내무총장이 됨. 둘째아들 신 출생.
1924년	1월	아내 최준례 사망.
1926년	12월	임시정부 국무령에 선출됨.
1929년	5월	『백범일지』 상권 탈고. 8월, 상하이교민단 단장이 됨.
1931년		한인애국단 창단.
1932년		윤봉길 의사의 폭탄 투척 사건으로 임

		시정부 상하이를 탈출, 항저우로 옮김.
1933년	5월	장개석과 면담, 중국군관학교에 한인 특별반 설치.
1935년		임시 의정원 비상회의에서 국무위원으로 선임, 김구시대 개막. 한국국민당 조직.
1938년	7월	임시정부, 광저우로 옮겼다가 다시 유저우로.
1939년	4월	어머니 별세.
1940년	9월	임시정부, 충칭으로 옮김. 광복군 창립식.
	10월	임시정부 주석으로 취임.
1941년	11월	'대한민국 건국강령' 제정 발표. 일본에 선전 포고.
1942년	7월	광복군, 중국 각지에서 연합군과 공동작전 시작.
1943년	7월	중국 군사위원회에서 장개석과 회담.
1944년	4월	임시정부, 제5차 개헌을 단행하여 주석의 권한을 강화, 주석으로 재선됨.
1945년	3월	장남 인, 세상을 떠남.

	8월	시안에 가서 미군 노도반 장군을 만나고 광복군 훈련 참관. 그리고 곧 일본의 무조건 항복 소식 들음.
	11월	귀국.
1946년	2월	비상국민회의 의장에 선출됨.
	6월	이봉창·윤봉길·백정기 3의사의 유해를 모셔 와 국민장으로 효창원에 모심.
1947년	1월	반탁독립투쟁위원회를 조직, 치열한 반탁 운동 전개.
	3월	건국실천원양성소 개설. 한국독립당, 남북 대표회의 의결.
1948년	4월	통일을 위한 평양행, 남북연석회의에 참석.
	7월	남한의 단독정부뿐 아니라 북한의 단정 수립에도 반대한다는 입장 밝힘. 통일독립촉진회 결성.
	8월 15일	남한만의 단독정부 탄생.
1949년	1월	백범학원 세움.
	3월	창암학원 세움.

6월 26일 12시 36분, 경교장에서 안두희의 총

탄에 맞아 운명.

장편소설 김구를 전후한 한국사 연표

1876년 2월   한일 강화도조약 조인.

1882년 6월   임오군란.

1884년 10월   갑신정변으로 김옥균, 박영효 등 일본
                 망명.

1893년 3월   동학교도 보은에 집결.

1894년 1월   전봉준의 고부민란 발생.

      6월   청일전쟁 발발.

      11월   동학군 패배.

1895년 8월   명성왕후 시해됨.

      11월   단발령 공포.

1896년 1월   전국 각지에서 의병 일어남.

      2월   고종, 아관파천.

1902년 3월   서울~인천 전화 개통.

1903년 1월   임금 전용 자동차를 미국에서 구입.

1904년 2월   러일전쟁 발발.

      11월   경부 철도 완공.

1905년	11월 17일	일본과 을사늑약 체결. 민영환 자결.
1907년	4월	항일 비밀 결사 신민회 조직.
	7월	군대 해산으로 전국적인 의병운동.
1909년	10월 26일	안중근 의사 하얼빈에서 이토 히로부미 사살.
1910년	3월	안중근, 여순감옥에서 사형.
	8월 29일	한일합방 조약 강제 조인.
1911년	9월	조선총독부, 105인사건과 신민회사건 조작.
1919년	1월	고종 승하.
	3월	3·1운동 발발.
	4월	상하이에서 대한민국 임시정부 수립.
1920년	10월	청산리 전투 승리. 유관순 옥중에서 순국.
1924년	4월	이동녕 임정 국무총리에 취임.
1926년	6월	6·10 만세운동.
1929년	11월	광주 학생운동 일어남.
1932년	1월	이봉창 의사 일왕에게 수류탄 던졌으나 실패, 교수형.
	4월 29일	윤봉길 의사 상하이 훙커우 공원에서

폭탄 투척해 시라카와 대장 등을 즉사 시킴.

12월 　 윤의사 순국.

이후 상하이를 탈출한 임시정부는 중국 곳곳 전전하며 갖은 고난 속에서 항일 운동.

1942년 12월 　 조선어학회 사건 일어남.

1943년 10월 　 일제, 조선에서 징병제 실시.

1945년 8월 15일 　 일본의 무조건 항복으로 해방.

9월 　 여운형 주도의 조선인민공화국 수립 선포.

12월 　 신탁통치 반대운동 전국으로 확산.

1946년 3월 　 제1차 미소공동위원회 개최.

6월 　 이승만, 정읍에서 남한 단독정부 수립 발언.

1947년 7월 　 여운형 피살.

11월 　 유엔총회에서 유엔 감시하의 총선 가결. 장덕수 피살.

1948년 1월 　 유엔 한국임시위원단 입국.

4월 　 제주 4 · 3사건 발생.

	5월	남한만의 총선거 실시, 제헌국회 개원.
	7월	국호를 대한민국으로 결정.
	8월	대한민국 정부수립 선포.
	10월	여순반란 사건 일어남.
1949년	1월	미국, 대한민국을 승인. 반민특위 발족.
	5월	국회프락치 사건 일어남.
	6월	농지개혁법 공포.